일본 설화 (II)

낯선 세계 낯선 존재를 찾아 떠나는 모험담의 세계

건국대 서사와문학치료연구소
다문화 구비문학대계 12

일본 설화 (II)
낯선 세계 낯선 존재를 찾아 떠나는 모험담의 세계

2022년 5월 10일 초판 인쇄
2022년 5월 15일 초판 발행

지은이 신동흔 외
펴낸이 이찬규
펴낸곳 북코리아
등록번호 제03-01240호
전화 02-704-7840
팩스 02-704-7848
이메일 ibookorea@naver.com
홈페이지 www.북코리아.kr
주소 13209 경기도 성남시 중원구 사기막골로 45번길 14
우림2차 A동 1007호
ISBN 978-89-6324-862-2 (94810)
978-89-6324-850-9 (세트)

값 15,000원

건국대 서사와문학치료연구소
다문화 구비문학대계 12

일본 설화 (II)

낯선 세계 낯선 존재를 찾아 떠나는 모험담의 세계

신동흔 박현숙 김정은 오정미
조홍윤 김영순 황혜진 강새미
김민수 김자혜 김현희 엄희수
이승민 이원영 한상효 황승업

북코리아

머리말 : 현장에서 만난 1,364편의 생생한 이야기

캄보디아, 베트남, 필리핀, 중국, 일본, 인도, 카자흐스탄, 에스토니아, 브라질….

세계 여러 나라에서 온 이주민 화자들이 한국어로 구술하는 설화들을 들으면서 마치 꿈속의 한 장면에 들어와 있는 듯했다. 그들의 입에서 가지각색 설화들이 술술 흘러나오고 있는 광경이 거짓말 같았다. 책에서나 볼 수 있었던, 아니 책으로도 볼 수 없었던, 깊은 재미와 의미가 차락차락 우러나는 원형적 이야기들! 그 보물 같은 이야기들을 현장에서 만날 수 있다는 것은 최고의 축복이었다.

한국에 이주해서 생활하는 외국 출신 제보자들을 대상으로 한 설화 조사를 계획하면서 기대보다는 걱정이 컸다. 한국과 달리 설화 문화가 유지되고 있어서 구전설화를 기억하고 전해줄 수 있으리라는 기대가 있었지만, 30~50대가 주축을 이루는 제보자들이 설화를 오롯이 구연할 수 있을지 의문이었다. 모국어가 아닌 한국어로 구술해야 하는 상황이라서 더 그랬다. 한국생활이 쉽지 않을 이주민들이 선뜻 마음을 열어줄까 하는 걱정도 없지 않았다.

결과는 기대 이상이었다. 수많은 이주민 제보자들이 기꺼이 자국 설화 구연에 나서 주었다. 모국의 이야기와 문화를 알린다고 하는 책임감과 자부심이 주요 동기였지만, 그들은 곧 설화 구연이 매우 즐겁고 유익한 일이라는 사실을 깨달았다. 그들은 한 명의 문학적 주체가 되어서 자신이 아는 이야기들을 성심성의껏 들려주었다. 고향에 계신 어른들에게 연락해서 묻거나 숨은 자료를 찾아서 구연해 주기도 했다.

모든 이야기는 책이나 자료를 읽어주는 형태가 아니라 내용을 기억하고 새겨서 말로 구술하는 형태로 조사를 수행했다. 마음으로 기억해서 재현한 것이라야 화소(話素)와 스토리가 살아있는 진짜 구비문학 자료가 되는 것이기 때문이다. 제보자들이 구술로 전해준 이야기들 속에는 실제로 구비문학적 힘이 생생히 깃들어 있다. 재미있고 의미심장하며, 현장감이 넘친다. 그 언어는, 살아 있다.

조사 과정에서 이야기를 들으면서 놀란 적이 한두 번이 아니다. 이주민 제보자들은 평균적인 한국 사람들보다 훨씬 이야기를 잘했다. 한 사람이 수십 편의 설화를 유려하게 구술한 사례가 여럿이며, 한 편의 설화를 30분 이상 완벽하게 구연한 경우도 꽤 많았다. 캄보디아의 킴나이키 제보자 같은 경우는 한 편의 설화를 2시간에 걸쳐 생생하게 구연하기도 했다. 한국의 유력한 이야기꾼들에게서도 좀처럼 보기 어려운 모습이다.

10여 명으로 구성된 조사팀이 만 3년에 걸친 현지조사를 통해 만난 화자는 150명 이상이며, 수집한 자료는 약 2,000편에 이른다. 이 중 공개 동의를 얻지 못한 이야기와 완성도가 낮은 이야기들을 제외하고 가치 있는 것들을 선별한 결과 27개국 130여 명 제보자가 구술한 1,364편의 이야기 자료가 추려졌다. 자료마다 기본 구연정보와 줄거리(개요) 등을 갖추어서 정리하니 분량이 단행본 20권을 채우게 되었다. 양적·질적 측면에서 '한국구비문학대계'에 비견될 '다문화 구비문학대계'라고 해도 좋겠다고 생각해서 이를 총서명으로 삼았다. 『한국구비문학대계』(1980~1988; 전 82권)는 한국 구비문학 조사사업의 빛나는 성과이자 인류의 소중한 문화유산으로서, 갈수록 가치가 증대되고 있는 구술자료집이다. 우리의 『다문화 구비문학대계』도 그와 같은 역할을 하게 될 것으로 믿는다. 세계 각국의 설화를 생생한 한국어로 집대성했다는 점에서 전에 없던 새롭고 특별한 언어문화 자료집이다. 이와 같은 현지조사 성과는 세계적으로도 유례없는 일임을 강조하고 싶다.

다문화 구비문학대계는 20권의 자료집과 1권의 연구서로 구성되어 있다. 자료집 구성은 다음과 같다.

1~2권 : 캄보디아 설화 (64편)
3권 : 태국·미얀마 설화 (53편)
4~5권 : 베트남 설화 (114편)
6권 : 필리핀·인도네시아·대만·홍콩 설화 (72편)
7~9권 : 중국 설화 (186편)
10권 : 몽골 설화 (92편)
11~12권 : 일본 설화 (149편)
13권 : 인도·네팔 설화 (78편)
14권 : 카자흐스탄 설화 (61편)
15권 : 러시아·중앙아시아 설화 (55편)
16권 : 유럽·중동·중남미 설화 (57편)
17권 : 세계의 문화와 풍속 이야기 (93편)
18권 : 세계의 속신·금기와 속담 (160편)
19권 : 세계의 신과 요괴 전승 (91편)
20권 : 한국 이주 내력 및 생활담 (39편)

1~16권까지 각국 설화를 나라별로 정리해 실었고, 17~20권에는 세계 여러 나라 문화 이야기와 속담, 생애담 등의 구술담화를 모아서 수록했다. 15권의 '중앙아시아'에는 우즈베키스탄, 키르기스스탄, 타지키스탄이 포함되며, 16권에는 에스토니아, 스웨덴, 터키, 아제르바이잔, 사우디아라비아, 도미니카공화국, 칠레, 브라질, 파라과이 등 9개국 자료가 실려 있다. 다 합치면, 설화가 수록된 나라는 총 27개국에 이른다. 중국편 자료가 가장 많은데, 한족과 조선족 자료를 포괄한 것이다. 7권에 한족 제보자의 구술자료를, 8~9권에 한국계 중국인 제보자 구술자료를 수록했다. 설화는 각 나라마다 앞쪽에 신화와 전설에 해당하는 것들을 싣고 뒤쪽에 민담을 실었다. 같은 유형의 자료를 한데 모으고 서로 내용이 통하는 자료를 이어서 배치함으로써 효과적으로 내용을 견줘볼 수 있게 했다.

27개국 총 1,364편에 해당하는 설화 자료 가운데는 한국에 처음 소개되는 것들이 매우 많다. 1, 2권에 해당하는 캄보디아 설화는 대부분 길고 흥미로운 것들인데, 모두가 한국어로 처음 출판되는 것들이다. 필리핀과 몽골, 인도, 카자흐스탄 등의 수많은 이야기들도 대부분 새로운 것들로 구성돼 있다. 베트남과 중국, 일본 설화 가운데는 한국에 알려진 유명한 이야기들도 포함돼 있지만, 새롭게 소개되는 것들도 많다. 각국의 대표 설화, 예컨대 베트남 설화 〈의붓자매 떰과 깜〉이나 일본 설화 〈복숭아 동자 모모타로〉 같은 경우는 제보자마다 이야기를 구술해서 최대 7~8편에 이르는 각편을 수록했는데, 세부 내용상 크고 작은 차이가 있다. 각편(各篇)마다 미묘한 차이가 있는 것은 구비설화의 본래적 특징으로, 이는 중요한 연구대상이 된다. 각국 주요 설화의 구술자료 각편들을 생생한 구어로 풍부하게 갖춘 것은 해당 국가에도 없던 일로서, 본 자료집의 가치를 더욱 높여주는 요소가 된다.

구비문학에 낯선 독자들로서는 구술을 녹취한 본문이 처음에 다소 어색하게 여겨질 수도 있을 것이다. 하지만 찬찬히 읽어나가다 보면 구술 담화의 맛과 가치를 생생히 느끼게 되리라고 믿는다. 구술자의 다양한 목소리가 귀에 쟁쟁 울려오는 듯한 경험을 할 것이다. 이주민 구술자들에 대하여, 이들은 오롯한 문화적·문학적 주체이자 구비문학 아티스트라고 말하고 싶다. 설화를 전공하는 한국인 연구자들에게 한국어 구술로 큰 감동과 깨우침을 안겼으니 특별한 아티스트가 아닐 수 없다. 현지조사 과정에서도 틈나는 대로 부탁했거니와, 이들이 앞으로도 적극적인 설화 구술로 21세기 한국어문화의 한 주역이 되어 주기를 기대한다.

본 자료집은 구비문학 연구와 언어문화 연구, 다문화 한국사회 연구를 위한 기초 자료로 널리 활용될 수 있다. 학술연구 외에 문화콘텐츠와 교육용으로도 본 자료집은 큰 의의를 지닌다. 작가와 기획자들에게 새롭고 특별한 소재를 제공할 것이며, 각급 학교와 평생교육 기관 등에서 다문화 교육자료 등으로 활용될 것이다. 아울러 본 자료는 일반 독자들에게도 재미있고 소중한 문학적·문화적 경험을 전해줄 것이다. 한국인 독자들은 외국의 문학과 문화에 대한 이해를 넓히는 한편으로 이주민들에 대한 인식을 일신할 것이며, 이주민과 다문화가정 구성원들은 문화적 정체성과 자부심을 내면화할 것이다. 아무쪼록 이 책이 한국사회 구성원들이 열린 마음으로 서로를 이해하는 가운데 상생적 화합과 발전을 이루어나가는 데 기여하기를 바라는 마음이다.

3년간의 현지조사와 정리 작업은 한국학중앙연구원 한국학 토대연구 지원 사업에 힘입어 진행되었다. 꼭 필요한 지원이 이루어져서 좋은 자료들을 널리 수집할 수 있게 된 데 대해 감사의 뜻을 밝힌다. 자료의 출판은 연구지원과 별개로 이루어진 것으로, 출판사의 후의와 결단에 의해 이루어졌다. 자료집의 가치를 이해하고 기꺼이 출판을 맡아준 북코리아 이찬규 사장님과 편집부 김수진 과장님께 깊은 감사 인사를 드린다.

이 자료집이 나올 수 있었던 것은 현지조사와 자료정리의 실무를 맡아 수고한 전임연구원과 연구보조원들이 있었기 때문이다. 팀장을 맡아서 일련의 길고 힘든 작업을 훌륭히 감당해준 박현숙, 김정은, 오정미, 조홍윤 박사와 이원영, 황승업, 김자혜, 김현희, 한상효, 김민수, 이승민, 엄희수, 강새미 등 여러 연구원의 노고에 감사와 사랑의 마음을 전한다. 공동연구원으로서 현지조사와 연구작업을 적극 뒷받침해준 김영순, 황혜진 선생님께도 깊이 감사드린다.

이 책은 기꺼이 이야기를 들려준 여러 제보자들에 의해 이루어진 것이다. 낯선 조사자들을 반갑게 맞이하고 바쁜 시간을 쪼개어 열성껏 이야기를 풀어내 주신 130여 명 제보자들께 머리 숙여 인사드린다. 본 자료집이 특별하고 귀중한 문화유산으로 자리 잡아 오래도록 널리 활용됨으로써 제보자들의 열정과 노고가 빛을 발할 수 있기를 바라 마지않는다. 모두들 행복하게 씩씩하게 잘 지내면서 한국사회의 실질적 주역 구실을 해주시기를 기원하며, 다시 만나 많은 이야기들을 즐겁게 나눌 수 있기를 기대한다.

2022년 5월
저자를 대표하여
신동흔

목차

일러두기

1. 본 자료집은 한국에 와 있는 세계 여러 나라 이주민이 한국어로 들려준 설화와 생애담, 문화 이야기 등을 화자가 구술한 대로 녹취하여 정리한 것이다. 현지조사는 구비문학 전공자들이 만 3년에 걸쳐서 진행했으며, 구비문학 조사 및 정리 방법에 따라 자료를 수집 정리했다. 27개국에서 온 130명 이상의 제보자를 직접 만나서 구술 자료를 녹음했다. 제보자의 주축은 결혼이주민이며, 유학생과 이주노동자도 포함돼 있다.

2. 자료집은 총 20권으로 구성되어 있으며, 총 1,364편의 구술 이야기 자료가 수록되어 있다. 1~16권에는 각 나라별로 신화와 전설, 민담 등 설화자료를 실었고, 17~20권에는 여러 나라 문화 이야기와 속신·속담, 신과 요괴 전승, 생애담 등을 종합해서 실었다. 별권으로 연구서 『다문화 이주민 구술설화 연구』를 갖추어 조사사업의 성격과 의의를 밝히고, 자료 총목록을 제시했다.

3. 모든 자료마다 조사일시와 장소, 제보자와 조사자 등 기본 구연정보를 제시하고, 이야기 줄거리(또는 개요)를 제시하여 이해의 편의를 도왔다. 그리고 모든 설화와 생애담 자료에 '구연상황'을 제시하여, 해당 이야기가 어떤 맥락에서 구술되었는지 알 수 있게 했다. 설화집에 해당하는 1~16권 말미에는 나라별 제보자에 대한 정보가 제시되어 있다. 제보자 인적사항과 특성은 조사 당시를 기준으로 삼은 것으로, 추후에 변동되었을 수도 있다.

4. 이야기 본문은 녹음된 내용을 그대로 받아 적었으며, 현장 상황을 생생히 전하기 위해 조사자와 청중의 반응 부분을 함께 담았다. 한국어 어법에 맞지 않는 구술도 그대로 반영하여 전사했으며, 오해의 소지가 큰 경우 괄호 속에 표준어 표기를 제시했다. 내용 이해를 위해 필요한 경우에는 각주를 달아서 보충 설명을 했다.

5. 이야기 본문에서 제보자의 구술 외에 조사자와 청자의 반응은 [ ] 속에 넣어서 정리했으며, 기타 보충설명은 ( ) 안에 제시했다. 여러 조사자가 발언한 경우 '조사자 1', '조사자 2' 등으로 표시했는데, 번호는 구연정보의 조사사 순서에 준한다. 본문은 이야기 전개 흐름에 따라 문단을 나누었으며, 대화에 해당하는 부분은 행을 바꾸어 표현했다. 대화에 부수되는 언술은 행을 달리하되, '고'나 '구'는 구어체 특성을 살려 대화문 뒤에 붙였다. 2인 이상의 제보자가 공동으로 구술한 자료는 각 제보자와 조사자의 발화를 단위로 삼아 단락을 나누는 방식으로 편집했다.

6. 본 자료집에 자료를 수록한 모든 제보자들에게는 사전에 자료공개 동의를 받았다. 다만, 생애담 등의 구술에서 사적 정보가 노출될 수 있는 부분은 내용을 일부 삭제하거나 **로 표시하기도 했다. 조사장소도 개인정보 보호를 위해 번지수와 같은 세부정보를 삭제했다.

꽃 피우는 할아버지 [1]

● 구연정보

조사일시 : 2017. 05. 01(월) 오전
조사장소 : 인천시 부평구 삼산동
제 보 자 : 노마치 유카 [일본, 여, 1974년생, 결혼이주 10년차]
조 사 자 : 신동흔, 조홍윤, 황승업

● 구연상황

제보자가 일본의 〈혹부리 영감〉에 관해 이야기를 한 뒤 이야기 속에서는 착한 할아버지와 못된 할아버지가 대조적인 인물로 제시되는 경우가 많다며, 그러한 맥락에서 '하나사카지상(はなさかじいさん)'에 관한 이야기를 구연했다. 〈하나사카세이상〉은 우리말로 '꽃을 피우는 어른'이라는 뜻이다.

● 줄거리

옛날에 착한 할아버지와 욕심쟁이 할아버지가 살았다. 착한 할아버지는 개 한 마리를 애정을 다해 키웠는데, 어느 날 개가 한 곳의 땅을 가리키며 그곳을 파라고 짖었다. 땅을 파보니 금이 나와 부자가 되었다. 그 소식을 들은 욕심쟁이 할아버지가 개를 빼앗아서 때리며 땅을 가리켜 짖도록 했다. 개가 아파서 짖으므로 그곳의 땅을 파보니 쓰레기만 나왔다. 화가 난 욕심쟁이 할아버지가 개를 마구 때리자 개가 못 견디고 죽었다. 착한 할아버지가 개를 정성스럽게 묻어줬는데, 그 자리에 나무가 자랐다. 그러던 어느 날 착한 할아버지의 꿈속에 개가 나타나 자기 묘에 자라난 나무로 절구를 만들어 떡을 찧으라 했다. 그 말대로 하자 절구에서 금이 만들어졌다. 이를 본 욕심쟁이 할아버지가 절구를 빼앗아 찧었지만 절구에서는 쓰레기만 올라올 뿐이었다. 그가 화가 나서 절구를 태워버리자 착한 할아버지는 또 가슴 아파하면서 그 재를 모았는데, 할아버지의 손에 든 재가 바람에 날리자 죽은 나무에 벚꽃이 피어 꽃잎이 흩날리기 시작했다. 이를 본 영주가 상을 내리자 욕심쟁이 할아버지는 그 재가 자기 것이라며 빼앗아서 뿌렸다. 하지만 꽃은 피지 않고 재가 영주의 눈에 들어가 벌을 받았다.

그런 뭐랄까. 착한 할아버지, 좀 욕심 많은 할아버지가 세트로 많이 나오는데, 그 사쿠라(さくら), 벚꽃 피는 계절에 딱 맞는 이야기가 있는데, 〈하나사카세이(はなさかせい)〉예요. 하나사카세이, 하나사카세이상이라고 하기도 하고. '하나(はな)', 그러니까 꽃 피우게 하는 할아버지. [조사자 2: 하나사카?] 하나사카세이상.

그 할머니, 할아버지가, 아주 착한 할아버지가 그 개 하나 키웠는데 아주 예뻐했죠. 개도 할아버지 좋아했고. 그런데 어느 날 그 개가 할아버지를 이렇게 데리고 가가지고 여기를 파라고. 그 일본서 '왕왕' 있는데요. (웃음)

"여기 파라, 왕왕."

이렇게 했어요. 그러니 할아버지가,

"어, 뭐가 있냐?"

하고 이렇게 파줬더니 거기서 막 금이 나오는 거예요.

그래서 부자가 됐다는 얘기를 듣고 옆집 아저씨가, 아니 할아버지가 욕심이 많아서,

"에이, 그 개 나한테 좀 빌려줘!"

하고 막 억지로 끌고 가요. 그런데 계속 울어라, 아니 그

"짖어라, 짖어라!"

하는데 안 울잖아요. 그래서 때렸어요.

"빨리 짖으라니까!"

하니까,

"아, 아, 아!"

아파서 그 소리가 나는 거예요. 그래서 거기를 이렇게 팠더니 막 쓰레기들이 나오는 거예요. 그래서 화가 나서 막 봉으로 때렸더니, 잘못 맞아서 죽어요.

그런데 그 할머니, 할아버지가 그 얘기를 듣고,

"아이고, 불쌍해라."

하고 애를 데리고 와요. 데리고 와서 그 태워가지고 묘지에다가 묻어, 묻어주는데. 아, 태웠는지는 모르겠어요. 그냥 묘지를 만들어 줬어요. 그랬더니 거기서 나무가 생기더래요. 몇 년 후인지 모르지만.

그런데 그 어느 날, 꿈에 그 개가 나타나서,

"할아버지, 그 걸로 그 절구? 절구통. 절구통을 만들어서 떡을 해 드세요."

하는 거예요. 그래서 어, 아 그러고 보니까 그 개가 보치(ぽち)라고 하는데,

'아, 떡을 좋아했구나!'

하고 생각하면서 그 나무 베고 절구 만들어서 떡을 해요. 그랬더니 떡을 하고 있었는데 안에서 금이 막 나오는 거예요.

그래서 더 더 잘 살게 되는데, 옆집 아저씨가 또 절구를 가져가잖아요. 그런데 하는데, 또 쓰레기 막 올라, 아, 이렇게 나오는 거예요. 그래서 화가 나서 불에다가 던져서 태워버렸어요. 그래 그거를 듣고 또 할아버지가 너무 슬펐어요.

"그 강아지 것에서 나온 것이었는데!"

하고. 그래도 재를 (손으로 모으는 행동을 하며)

"이렇게 재라도 가져가야 되겠다."고.

이렇게 가지고 오죠. 그런데 가는 길에 바람이 불어서 그게 재가 날아가는데, 그 주변에 죽은 나무들이 있었는데 그 나무가 다시 살아나서 꽃 피는 거예요. 그게 벚꽃이었던 거죠.

"어, 신기하다!"

해서,

"죽은 나무에 꽃을 피웁시다!"

하고 막 신나게 이렇게 피우고 다녀요. 그랬더니 사람들 막 보러 오잖아요.

"어, 죽었는데 다시 피네?"

하고 다 좋아하는데, 그 장군 갑에, 급(級)에 오오토모사마(おおともさま)●라고 하는데, 그 뭐지? 장군이죠. 장군님이 와가지고, 지

● 오오토모(おおとも, 大友) 가문은 일본 전국 시대에 북큐슈를 재패했던 명문 가문의 이름이다. 이야기 속에서는 그 오오토모 가문의 다이묘(だいみょう, 大名) 중 한 명이 등장하고 있는 것이다.

나가다 보고,

"으아, 정말 너는 대단하다!"

하고 상을 내려줘요.

그런데 그거를 듣고 있던 욕심 많은 사람이 또 그 재를,

"아이, 내 거야!"

하고 뺏어 가지고 인도에 막 뿌리는 거예요. 그랬더니 꽃은 하나도 안 피고 그 재가 그 장군님의 눈에 들어가서 벌을 받았다는 얘기예요. (웃음) 그 하나사카세이상.

[조사자 2: "그때 이후로 벚꽃이 그렇게 폈다."라고 그런 건가요?] 아니, 꼭 그렇진 않지만, 사람들이 벚꽃을 좋아하니까 그걸 피게 했다는 데 큰 의미가 있는, 상을 받을 만한 의미가 있다고 하는 거죠.

벚꽃은 아주 옛날에는 그 사람 죽으면은 다 산에 가서 신이 된다고, 그런데 그 신이 마을에 한 번씩 돌아오는데 그때가 봄이에요. 벚꽃, 벚꽃에, 그 벚꽃을 약간 신성한 나무로 여겨가지고 그게 더, 그래서 같이 하기 위해서 그 나무 밑에 돗자리를 깔고 꽃구경, 벚꽃 구경을 하는 것을 지금의 풍습의 시작이에요.

그러니까 그냥 뭐 지금 술 마시고 노는데, 옛날에는 그

"돌아가신 조상들하고 같이 한다."

그 의미가 있었던 것 같아요. (웃음)

[조사자 1: 이야기가 감동적이에요, 굉장히.] 에, 그러니까 항상 그런, 뭔가 조상들하고 함께.

꽃 피우는 할아버지 [2]

● **구연정보**

조사일시 : 2016. 11. 18(금) 오후

조사장소 : 강원도 강릉시 초당동

제 보 자 : 코마츠 미호 [일본, 여, 1969년생, 결혼이주 20년차]

조 사 자 : 박현숙

● **구연상황**

제보자가 〈혹부리 영감〉 이야기 구연을 마친 뒤, 할아버지가 등장하는 다른 이야기 '하나사카지상(はなさかじいさん)'이 있다고 했다. 제보자는 자신이 좋아하는 이야기라고 말한 뒤 구연을 시작했다. 제보자가 구연을 마친 뒤 조사자가 유사한 화소를 지닌 한국 설화를 간략하게 들려주자 제보자가 흥미롭다는 반응을 나타냈다.

● **줄거리**

옛날에 하얀 강아지를 키우는 노부부가 살았다. 하루는 강아지가 노부부에게 밭을 파 보라고 짖어서 땅을 팠더니 땅속에서 금화가 나왔다. 옆집 욕심쟁이 노부부가 그 사실을 알고 강아지를 훔쳐갔다. 욕심쟁이 노부부도 강아지가 짖는 곳을 팠는데 거기서는 깨진 도자기와 괴물이 나왔다. 욕심쟁이 노부부가 화가 나서 강아지를 죽이자, 주인 노부부가 죽은 강아지를 데려와 땅에 묻고 나무를 심었다. 강아지가 할아버지 꿈에 나타나서 무덤의 나무를 베어서 떡판을 만들라고 했다. 할아버지가 그 나무로 떡판을 만들어 떡을 치자 금이 나왔다. 이번에는 욕심쟁이 노부부가 떡판을 훔쳐다가 떡을 쳤지만 깨진 도자기와 괴물이 나와 떡판을 태워버렸다. 주인 노부부가 타고 남은 떡판의 재를 가져오자 강아지가 또 꿈에 나타나서 원님 행차 때 재를 나무에 뿌리라고 했다. 할아버지가 원님 행차 때 나무에 재를 뿌리자 나무에서 벚꽃이 피어서 원님에게 상을 받았다. 욕심쟁이 노부부도 원님 행차 때 재를 훔쳐서 나무에 뿌렸는데 재가 원님의 눈에 들어가는 바람에 벌을 받았다.

제가 좋아하는 건데. 옛날에 그 어떤 할아버지하고 할머니가 있었는데 어, 그 어떤 강아지를 키우고 있었어요, 그 하얀 강아지를. 하얀 강아지를 예뻐하면서 키우고 있었어요. 근데 어떤 날에 그 강아지가 그 밭에서 일을 하고 있을 때 강아지가,

"여기를 파내라."고.

"멍멍멍멍."

하고 알려줬어요.

그래서 어? 할아버지가 거기를 팠어요. 그니까 거기서 보물, 보물이 나왔어요. 그 오방코방? 그니까 돈. 돈이 나왔어요. 그래서 (조사자에게 확인하며) 돈이라고 하나요? 금이죠, 그때는. 금화가 나왔어요. 그래서 할머니하고 할아버지는 되게 좋아서 좋아했었는데 또 역시 욕심쟁이 할아버지가, 옆에서 부부가 그거를 보고,

"야, 저 강아지를 데리고 오자."고.

"어디 파내면 좋은지 그 강아지를 데리고 오면 알 수 있을 거라."고.

훔쳐왔어요 그 강아지를.

그래서 그 강아지가, 강아지를 밭에 데리고 가서 있었는데 그 강아지가,

"여기 파내라."고.

"멍멍멍멍."

했어요. 그래서 가서 여기 파내보니까 거기서 저기, (단어를 떠올리며) 그, 뭐지? 깨진, 깨진 그, (컵을 가리키며) 이런 거 뭐죠? [조사자: 컵? 도자기?] 응. 도자기나 뭐 괴물 같은 거. 네, 그런 거 막 나왔어요. (웃음) 그래서 할아버지하고 할머니가 막,

"이거는 뭐냐?"고.

그 강아지를 죽여 버렸어요.

"이런, 이러냐."고.

죽여 버렸어요.

그 착한 주인 할아버지하고 할머니가 그 강아지가 죽는 거를 보면서 너무 슬퍼하면서 그 강아지를 데리고 왔어요. 그리고 그 강아

지를 그 땅속에다가 묻어서 그거 만들었어요. 근데 거기에 강아지가 있다는 표시로 이렇게 나무를 심어서 강아지가 여기 있다고 해서 심었어요. 그래서 그 나무가 이렇게 크니깐, 많이 컸는데, 어떤 날에 꿈에서 강아지가,

"할아버지! 그 나무를 잘라서,"

그, 그거 뭐죠? 그 떡을 할 때 [조사자: 절구?] 그거, 네. 그 때리는 거 아니고 (손으로 네모 모양을 만들며) 그거. [조사자: 떡매? 이렇게 떡 놓는 판?] 아 그거. 네.

"그거를 그 나무로 나무 잘라가지고 그거를 만들라."고.

꿈속에서 알려줬어요. 그래서 할아버지가 꿈에서 봤으니까 하는 대로 그 나무를 잘라서 그거를(떡판을) 만들었어요. 거기서 만들어서 떡을 이렇게 쳤는데 거기서 또 금이 나왔어요. 그래서 역시 그 옆에서 보고 있는 노부부가,

"어, 그거 갖고 와야 된다."고.

"우리 집에서도 떡 만들어야 된다."고.

갖고 왔어요.

훔쳐왔는데. 거기서 역시 또 그 깨진 도자기나 괴물이 나왔어요. 화가 나가지고 그거를 태워, 불을 태워버렸어요. 그래서 재가 됐죠.

재가 된 거를 그 주인 할아버지, 할머니가 갖고 왔어요, 집에. 근데 또 갖고 왔는데 또 꿈에서 강아지가 나와 가지고 이제 지금 이제 겨울인데, 시들은 나무에 아무것도 없지마는, 사또, 사또? 그 마을에서 제일 [조사자: 원님, 사또?] 네. 그 사람이 올 텐데 그전에, 그때에,

"그 재를 나무에다가 뿌려 보라."고.

강아지가 그냥 알려줬어요. 그래서 꿈에서 한 대로 밖에 나가서 그 뭐죠? 그 상, 행진인가? [조사자: 행차.] 있을 때 그거 왔는데 그때 뭐지? 그거 재를 이렇게 뿌렸어요. 그니까 거기에 벚꽃이 이렇게 막 피어가지고 그 원님이, 아 사또가,

"그거는 대단하다."고.

상을, 너무 좋아서, 상을 줬어요.

그래서 그거를 보고 옆집 할아버지 할머니가 부러워가지고 (웃

으며) 그 재를 또 갖고 왔어요. 근데 또 그 사또가 왔을 때 뿌렸대요. 그니까 (웃으며) 그 꽃 피지 않고 사또 눈에다가 그 재가 막 들어가서,

"아프다."고.

막 해서 혼났다는 이야기. 벌 받았다.

[조사자: 애니메이션으로 보면 진짜 재미있겠는데요?] 네. [조사자: 애들도 되게 좋아했었죠?] 네. 좋아해요.

[조사자: 재미있는 얘기다. 한국에는 이 재 뿌리는 게 아니고 나뭇가지 나오고.] 아, 그래요? [조사자: 예. 그리고 이제 나무가 자라서 하늘까지 뻗어갖고 하늘에 있는, 그니까 마음 착한 분은 이제 하늘까지 찔러서 곳간, 곳간을 찔러서 거기 하늘에 있는 온갖 곡식들이 수북이 쌓여서 부자가 되고. 그 사람이 따라와서 이거 우리 거니까 가져간다고 가져간 거예요. 이렇게 쭉 자랐는데 똥간을 찔러가지구 똥이 그냥.]

아, 그런 이야기가 있구나. [조사자: 네. 비슷한 이야기 많죠? 이야기도.] 네네. 비슷하네요. [조사자: 그래서 꽃, 재가 있으니까 꽃이 피는데. 재밌네요.]

꽃 피우는 할아버지 [3]

● 구연정보

조사일시 : 2016. 12. 16(금) 오후
조사장소 : 강원도 강릉시 교동 강릉문화원
제 보 자 : 곤도 사끼에 [일본, 여, 1966년생, 결혼이주 20년차]
조 사 자 : 박현숙, 김민수

● 구연상황

곤도 사끼에 제보자가 〈고양이가 열두 띠에 들지 못한 이유〉에 관한 이야기 구연을 마친 뒤 조사자가 또 어떤 이야기가 기억이 나는지 묻자 유명한 이야기를 이미 코마츠 미호 제보자가 대부분 한 것 같다고 답했다. 한번 했던 이야기도 괜찮으니 구연을 해달라고 청하자 제보자가 구연을 시작했다. 제보자는 구연을 마친 뒤 이 이야기를 어릴 때 애니메이션을 통해서 알게 됐다면서, 일본에서 워낙 유명한 이야기라 유치원에서 교사들이 아이들에게 자주 들려준다고 했다. 코마츠 미호 제보자가 청자로 참여해서 적극 호응하며 내용을 보완해 주었다.

● 줄거리

옛날에 노부부가 강아지를 키웠는데 어느 날 강아지가 할아버지에게 돈이 나오는 곳을 알려주었다. 욕심 많은 이웃집 할아버지가 이 사실을 알고 강아지를 빌려갔으나 강아지가 돈이 나오는 곳을 알려주지 않자 강아지를 죽여버렸다. 착한 할아버지는 강아지 죽은 자리에 나무를 심었다. 그 나무에서 벚꽃이 피자 이웃집 할아버지가 나무를 잘라버렸다. 그러자 강아지가 착한 할아버지 꿈에 나타나서 잘린 나무로 절구를 만들라고 했다. 착한 할아버지가 나무로 절구를 만들자 절구에서 돈이 나왔다. 이웃집 할아버지가 절구를 빌려 갔지만 좋지 않은 일이 생기자 그 절구를 태워버렸다. 착한 할아버지가 절구를 태운 재를 받아와서 나무에 뿌리자 예쁜 벚꽃이 피어났고, 할아버지는 왕에게 상을 받았다. 이웃집 할아버지도 재를 뿌렸으나 재가 왕의 눈에 들어가는 바람에 벌을 받았다.

그 하나시카지상이라는 게 어떤 멍멍이를 키우는 노부부가 있었어요. 근데 그 멍멍이를 너무 귀여워해서 어떤 날 그 멍멍이가,

"여기를 파 보세요."

라고 할아버지한테 하니까 너무 그게 옛날에 돈이 나온 거죠.

근데 그 돈을 해서 그 옆에 또 욕심이 많은 할아버지가 그걸 보고,

'아, 우리 집에도 한번 그 개를 좀 빌려가야겠다. 그런 좋은 거 알려주니까.'

그랬더니 그 개를 데리고 가니까 개는 사람의 마음을 알죠. 욕심이 많은 거 아니까 엉터리로 알려줘서 안 좋은 거 나왔죠. 뭐가 나왔는지 기억이 안 나는데 돈이 아니었어요. 가치가 있는 게 아니어서 개를 때려서 죽였어요.

죽였는데 착한 할아버지한테는 죽였다 얘기를 안 하고 어디 가서 없어졌다고 거짓말을 한 거예요. 그래서 그 할아버지가 그 개를 사랑했는데 없어졌으니까 많이 불쌍하게 여겨서 어떤 나무를 심었어요. 나무를 심어서 했는데 그 꼭 뭐 나무도 어정쩡하네. 나무를 심었는데 그 나무에 너무 예쁜 벚꽃 피는 거죠.

근데 뭐였죠? 그 나무를 잘라서 뭐 했나? 옷을 만들었나? [청자: 네, 맞아요.] 그죠. 그게 중간을, [청자: 그게 강아지.] 강아지를 그리워해서 하는데 그 나무를 그 할아버지가 잘라 버리는 거죠. 그 욕심 많은 할아버지가 잘라 버리는 거예요. 벚꽃이 아니었어요?

[청자(코마츠 미호): 그러니까 그 강아지 죽였는데 그 시체를 이렇게 묻었어요. 거기다가 근데 거기다가 벚꽃나무 심었어요. 근데 그 자라서.] 벚꽃이 너무 자랐는데 그 옆에 할아버지가 그걸 잘라버리죠.

[청자: 그걸 할아버지가 꿈꿨어요.] 꿈을 꿨어요? [청자: 그 착한 할아버지가 그거 심었는데 강아지가 할아버지 그 나무 잘라서 떡 만드는 그거 뭐죠?] 아, 떡 만드는 거 있죠. [청자: 그 떡 만드는 나무로 생긴 거 뭐라고 하죠?] 동그란 거, 키네(キネ)라고 하는데 [청자: 우스(ウス). 우스.] 우스. 우스가 뭐지? [청자: 우스. 아, 저 절구. 절구를 만들라고.] 아, 꿈에서 나타난 거야? 아, 맞아 맞아. 맞아. [청자: 꿈에서 만들어 달라고. 그래서 착한 할아버지가.] 그 벚꽃나무를 잘라서 절구를 만들었다. 근데

절구를 떡 찌면 돈이 나온 거예요. 절구에서 떡을 만들라고 하더니 돈이 더 나온 거예요.

근데 또 옆에 욕심이 많은 할아버지가 그걸 보고 또 그 절구를 빌려달라는데 또 좋은 일이 없죠. 뭔가 안 좋은 일이 있어서 짜증이 나서 [청자: 쓰레기 같은 거 막 나와서.] 또 짜증나서 절구를 (코마츠 미호를 쳐다보면서) 태워버렸죠? 태워버린 거예요.

근데 태워버려서 (착한 할아버지가)

"재만 좀 달라."

그래서 그 재를 가지고 가서 뿌렸더니 너무 예쁜 벚꽃이 피는 거죠. 근데 거기에 임금님이 오셔가지고,

"그 예쁜 벚꽃은 너무 좋아요."

해서,

"너한테 상을 주겠다."

했는데 또 옆에 욕심이 많은 할아버지가,

"나도 예쁜 벚꽃을 피울 수 있다."고.

해서 재를 뿌렸더니 임금님 눈에 들어가서 그 사람은 벌을 받았다.

그래서 '항상 욕심을 많이 가지면 안 좋은 일이 있고 욕심 없이 순수하게 살면 좋은 일이 있다.' 그런 교훈으로 유명하죠.

[조사자: 그럼 요것도 애니메이션 보셨던 거 기억한 거죠?] 네네, 책에서도 나왔어요. 우리 집에 유치원에서 선생님이 늘 얘기해 주시는 거 있어요. 그래서 유치원 다녔을 때 선생님이 그렇게 책을 하거나 그림책이라든가 가미시바이(かみしばい)●라고 해서 한 장씩 한 장씩 그림이 있고 그거 순서대로 보여주는 거 있어요.

옛날에 애니메이션 생기기 전에 인데 그걸 한 장씩 그림으로 그렇게 떠넘기면서 얘기해주시는데 거기서도 자주 선생님이 그거 보여주셨어요.

● 이야기를 몇 장의 그림으로 만들어 놀이나 공연하는 형식이다.

꽃 피우는 할아버지 [4]

● **구연정보**

조사일시 : 2017. 10. 21(토) 오후
조사장소 : 경기도 안산시 단원구 원곡동 세계문화체험관
제 보 자 : 토리카이 쿠미코 [일본, 여, 1977년생, 결혼이주 10년차]
조 사 자 : 김정은, 황승업

● **구연상황**

제보자가 〈용궁에 다녀온 우라시마타로〉에 이어서 바로 구술했다. 중국의 박영숙 제보자와 우즈베키스탄의 허율리나 제보자가 청중이 되어 질문도 하고 반응도 하면서 재미있는 이야기판을 형성했다.

● **줄거리**

옛날에 가난한 노부부가 살았다. 하루는 하얗고 작은 개가 노부부의 집에 찾아왔는데, 노부부는 그 개에게 하얗다는 뜻의 시로라는 이름을 지어 키웠다. 어느 날 시로가 땅을 가리키며 파보라고 했는데, 그 곳에서 많은 돈이 나왔다. 그러자 옆집의 욕심 많은 노부부가 시로를 데려가서 땅 팔 곳을 알려달라고 했다. 시로가 알려준 곳을 파자 쓰레기가 나왔다. 화가 난 옆집 부부는 시로를 죽였다. 착한 노부부는 슬퍼하며 시로를 묻어주었는데, 그곳에서 나무가 자랐다. 착한 노부부는 그 나무로 절구를 만들었는데 떡을 찧을 때마다 다 금으로 변했다. 욕심 많은 옆집 부부가 절구를 빌려가 따라했다가 떡이 쓰레기로 변하자 절구를 태워버렸다. 착한 노부부는 타고 남은 재를 가져갔는데 재가 날리자 예쁜 벚꽃으로 변했다. 지나가던 왕이 그것을 보고 착한 노부부에게 보물을 주었다. 욕심 많은 부부가 이를 또 따라 했는데 재가 왕의 눈으로 들어가 왕을 화나게 했다.

옛날에 뭔가 진짜 가난한 할머니랑 할아버지가 살고 계셨는데, 거기에 뭔가 하얀 작은 개가 놀러오는 거예요. 그 개를 너무 귀엽, 귀

엽기 때문에,

"우리가 소중하게 키워줘야 되겠다."

그렇게 해서 집에서 키우기 시작해요. 그랬더니 그 시로가, 에 시로가, 개가 '시로'라고 하는데요. 그 '시로(しろ)'가 '하얗다'는 뜻이에요. 하얀 개. 그러니까 '시로'라고 이름을 지었는데. 그 시로가 (혼잣말로 일본어를 하다가)

"여기를 파봐 봐. 여기를 파봐 봐."

하는 거예요. 그래서 어 할머니 할아버지가

"오, 여기, 여기 파는 거야?"

해서 파봤더니, 너무 많이, 돈이 많이 나오, 금이 나오는 거예요. [청자 1: 오.] 그래서,

"어머야."

해서 그 할머니 할아버지는 너무 착하셔가지고 어머, 너무나 그랬는데.

옆집에 살았던 뭔가, 욕심쟁이 할머니 할아버지가 이것을 보고, 시로를 데리고 가서,

"시로야, 어디를, 어딜 파면 돼? 이곳 파면 돼?"

하는 거예요. (일동 웃음) 그래서 시로는 뭐,

"여기, 여기, 여기, 여기."

해서, 거기를 팠더니, 뭐가 그냥 뭔가 쓰레기 같은 것밖에 안 나왔어요. 그래가지고 너무 화가난 그 욕심쟁이 할머니 할아버지는 시로를 죽여 버렸어요. [청자 1:어머, 어머.] 또, 또 (웃으며) 죽여 버렸어요. 또 죽여 버렸네.

그래가지고 착한 할머니 할아버지는 거기 가서 시로가 죽는 거 보고 너무 속상해서 시로를 데리고 가서, 뭔가 무덤을 만들어 줘요. 그랬더니 그 무덤에서 나무가 생기, 생겼어요. [청자 1: 오.] 시로의, 시로의 뭔가 음, 나무가 생겼는데.

그 나무로 다시 이거예요. (앞서 다른 이야기 구술을 하며 제보자가 그린 절구통 그림을 가리키며) 이걸, 이거를 만들려고 [조사자: 어, 절구통을 만들려고.] 예, 예. 만들, 만들었어요. 그 착한 할머니 할아

버지가. 그리고 그걸로 떡을 만들었더니, 떡이 금으로 되는 거예요. [청자 1: 오.] 금으로 됐어요.

그것을 본 할머니, 또 뭐지? [조사자: 욕심 많은.] 욕심 많은 네, 할아버지 할머니가,

"이거 빌려주라."

해가지고 가지고 가요. 그리고 이거 떡을 만들어 보는데, 이것도 또 다시 뭔가 쓰레기 같은 거 뭔가 그런 것밖에 안 나왔어요. [청자 1: 돌 나왔어, 돌.] 맞아요, 돌이나 그런 거. 그런 거밖에 안 나왔어요. 또 화가 났어요, 그 욕심쟁이 할머니 할아버지가. 그래서 이것을 태워버렸어요. [청자 1: 어.]

그러면 배? 배가 남아요? [조사자: 재.] 재, 재가 남아요. 이 재를 할머니 할아버지가,

"이거라도 집에 가져가야 되겠어."

[조사자: 음, 너무 불쌍하니까.] 어, 그래가지고 뭔가 이거 가지고 갈려고 했더니, '슈르르' 뭐 바람이 불어서 다 뭔가 꽃이 없는 뭔가 겨울, 겨울의 뭔가 나무처럼 생긴 거 있잖아요. 꽃이 없는 거. 나무, 나뭇잎이 없는 나무, 나무에서 이렇게 재가 이렇게 [조사자: 날아가.] 날아가서, 꽃이 많이 피는 거예요. [청자 1: 오, 벚꽃?] 음 뭐 벚꽃이, 벚꽃이. 어, 벚꽃이 맞아요. 벚꽃이 많이 피는 거예요. 그것을 뭔가 임금님인가? 임금님이 보고, 할머니 할아버지한테 많은 보물 같은 것을 많이 줘요.

그것을 봤던 [청자 1: 또! 음] 또 욕심쟁이 할머니 할아버지는 [조사자: 또 그렇게 욕심내요?] 이것도 달라고 해서. 몰라 그러네요. 그, 그것을 가져가가지고 이렇게 똑같이 해봤는데, 뭐 그냥 뭐 아무것도 안 생기고. 그냥 임금님 눈에 들어가 가지고, 임금님은 화가 나서. 그런 이야기예요.

[청자 2: 죽여 버렸어요?] 죽여 버렸는지는 모르겠는데. (일동 웃음) [조사자: 임금님 눈에 들어가게 하고 그냥.] 그러게. (웃으며) 네, 그런 이야기예요.

꽃 피우는 할아버지 [5]

● 구연정보

조사일시 : 2018. 02. 03(토) 오전

조사장소 : 서울시 광진구 화양동

제 보 자 : 이케다 마유미 [일본, 여, 1967년생, 결혼이주 22년차]

조 사 자 : 오정미, 한상효, 엄희수

● 구연상황

제보자가 〈히코이치의 살아있는 우산〉까지 준비된 이야기를 마쳤을 때 조사자가 혹시 일본의 벚꽃나무에 관련된 이야기를 아느냐고 묻자 제보자가 다시 구술을 이어갔다.

● 줄거리

착한 할아버지 부부가 흰 개를 키우고 있었다. 흰 개는 할아버지 사랑에 보답하고자 돈이 있는 곳을 할아버지에게 알려줬다. 이 모습을 본 옆집의 나쁜 할아버지가 개를 빌려달라고 했다. 개가 돈 있는 곳을 알려주지 않자 나쁜 할아버지가 개를 죽였다. 착한 할아버지가 개를 나무 밑에 묻은 후 그 나무로 절구를 만들었는데 그 절구에서 돈이 나왔다. 나쁜 할아버지가 그 절구를 빌려갔는데 돈이 나오지 않자 절구를 태워버렸다. 착한 할아버지가 그 재를 가져다가 바람에 날리자 벚꽃이 되었다. 성주가 그 모습을 보고 착한 할아버지에게 상을 줬다. 나쁜 할아버지도 그 재를 가져가서 뿌렸는데 성주의 눈에 재가 들어갔다. 화가 난 성주는 나쁜 할아버지를 죽였다.

옛날에 그 벚꽃나무, 그게 옛날에 할아버지, 할머니 착한 할아버지 할머니가 있고, 그 옆에 욕심쟁이 할아버지, 할머니가 개 있었어요. 그 착한 할아버지 할머니 집에서 하얀 개가 있었어요. 그 개가 진짜 할아버지 할머니가 일을 도와주고, 착한 개였어요.

그리, 그, 그게 아, 논도, 농사일 짓는 것도 도와주고 하니까 그래서 너무, 또, 할아버지 할머니도 그 개를 많이 귀엽게 생각하고 키우고 있었는데, 갑자, 그 욕심쟁이 할아버지 할머니가 하루는, 이거, 아 여기에서.

그래서 아, 어느 날, 거기 할아버지, 할아버지에게 그 아마 개라는 게 효도심이 있는 동물이기 때문에 귀여움을 받으면 거기 보상을 줘야 되겠다는 마음이 있었나 봐요. 그래서 그 당해서 할아버지 할머니를,

"여기 가자."

라고 해서. 여기 옷을 조금 잡아댕기면서,

"여기 오라, 여기에 여기를, 이 땅을 좀 뭐랄까, 파보라."고.

파보라고 했더니, 진짜 좋은 거기 뭐야, 돈, 금이나 그런 것들이 나왔어요. 그래서,

"아 고맙다, 고맙다."

라고 해서 그 그 해서 진짜.

그거를 보고 있던 그 옆에 할아버지, 욕심쟁이 할아버지가 와 가지고,

"아, 이 개를 한 번 빌려 달라."고.

했어요. 근데 개가 그게 가고 싶지 않은데 강제로 억지로 데리고 가가지고,

"나한테도 좀 알려달라."고.

했는데. 억지로니까 여기, 억지로 데리고 가가지고 했더니 이거 밥을 파보라고 했더니 어 이상한 거만 많이 나왔어요.

그거를 화가 나가지고, 화가 나가지고 그 개를 죽였어요. 죽였으니까 거기 착한 할아버지가 그거 그 불쌍한 그 개를 보고 너무 불쌍하다고 생각해서 그 나무, 나무를, 나무 밑에 묻었어요. 묻고 나서 거기 아 묻고 나서 거기 위에 나무가 자라났어요.

그 나무를 자라나가지고, 거기 나무를 베고 거기 일본에서는 떡을 만들 때, 이렇게 거기 그 떡, 인절미 만들 때, 치는데 [조사자 3: 절구?] 치는데 망치 같은 거 아니고, 여기 거기 찹쌀 넣고 거기 치는

[조사자 3: 절구? 절구.] 절구라고 해요? 거기 절구로 만든, 그 나무로 절구를 만들었어요. 그랬더니 그거를 떡을 치는데 그 거기에서 그기에서 돈이 나오는 거예요.

거기, 그거를 보고 또 다시 욕심쟁이 할아버지가 와서,

"나 이거도 이 절구를 빌려달라."고.

했어요. 그러고 나서 그거를 떡치는데 그거 떡치다가 또 이상한 지저분한 거, 뭐 나오니까 또 화가 나가지고 그 절을, 나무로 만든 절구를 태워버렸어요.

그에 보니까 그거를 보면서 너무 불쌍해서 또 다시 재를 모아가지고 모았어요. 그랬더니 그러고 나서 조금 나무에, 아 거기가, 모아서 했더니 바람이, 바람이 날아왔어요. 날아가는데 그사이에 그 날아간 데에서, 벚꽃이 피우는 거예요.

"벚꽃이 피우는 거구나."

하면서 그거 거기 그때 길거리에서 그 손주(성주) 일행이 지나가고 있었어요. [조사자 3: 성주?] 그리고 그래서 그랬더니 재를 뿌리고 있었는데 그거를 보고,

"아 너는 대단하구나."

하고 나서,

"그러면 너한테 진짜 대단하니까 금을, 주겠다."

고 해서 그 보상을 받았어요.

그리고 다시 그 옆에 욕심쟁이 할아버지가 와가지고,

"나도 그 재를 빌려달라."고.

해가지고 성주 앞에서 그 뿌렸더니 피지도 않고 그냥 재가 그 성주 눈에 들어가서 성주 너무 화가 나가지고, 거, 거기서 베 버렸다. 그런.

[조사자 1: 거기서 뭐라고요?] 벴어요. [조사자 1: 죽였다?] [조사자 3: 벴다고, 죽였다고. 칼로 벴다고.] [조사자 1: 아 성주가. 나쁜 할아버지를. 아.]

[조사자 2: 이 이야기는 제목이 뭐예요?] 그 하나사카지 상이라고 해서 꽃을 피우게 하는 할아버지. [조사자 1: 벚꽃을 피게 하는 할아버지.] [조사자 2: 하나사카지 상.]

산속에 사는 식인 할머니 야만바

● **구연정보**

조사일시 : 2016. 12. 17(토) 오후
조사장소 : 강원도 횡성군 횡성읍 읍하리
제 보 자 : 모우에 히로꼬 [일본, 여, 1967년생, 결혼이주 19년차]
조 사 자 : 박현숙, 김민수

● **구연상황**

제보자가 〈저승강 산즈노가와를 지키는 노부부〉 이야기 구연을 마친 뒤 조사자가 야만바 이야기를 아는지 묻자 제보자가 야만바라는 말에 놀라는 반응을 보이며 무서운 이야기라고 했다. 조사자가 구연을 요청하자 자료를 찾아봐야 한다면서도 기억에 의존해서 구연을 시작했다. 제보자는 파편화된 기억의 조각을 어렵게 모아서 한 편을 구성했다. 오숙민 작가와 필리핀 국적의 수맘퐁 엠마 제보자가 청자로 참여했다.

● **줄거리**

야만바가 깊은 산속에 혼자 살고 있었는데 어느 날 한밤중에 한 나그네가 찾아와 유숙을 청했다. 야만바는 나그네를 집에 들여 잘 대접한 뒤 나그네가 잠자리에 들자 그를 잡아먹으려고 몰래 칼을 갈았다. 나그네가 야만바에게 칼 가는 이유를 묻자 야만바가 너를 잡아먹으려고 칼을 간다고 했다. 나그네가 놀라 도망을 치자 야만바가 계속 쫓아왔다.

[조사자 1: 그 일본에 야만바.] 아! [조사자 1: 유명하죠?] 아유, 유명해요. [조사자 1: 야만바 얘기 좀 해주세요.] 아유, 그거. [조사자 1: 준비 안 해오셨는데도 기억나시죠?] (웃음) 아, 무서워서. [조사자 1: 아까 그 얘기하셨던 머리 긴 혓바닥] [청자: 아수왕.] [조사자 1: 아수왕 귀신보다 무서워요?]

[조사자 2: 야만바가 뭐였지?] [조사자 1: 야만바 그 거인, 거인 할머니.] 거인 할머니인지 우리는 그냥 할머니. [조사자 1: 아 저기 거인이 아니고 그냥 산에 사는 해코지하는 할머니. 머리가 막 이렇다고, 어떻게 무서워요, 야만바가?] 그러니까 이렇게 칼을 [조사자 1: 칼?] 제가 기억인데 정확하게는. 이걸 봐야지. 내가 기억에는. [조사자 1: 기억하시는 대로.]

그 깊은 산속에서 집이 있고 길이. 아 근데 어떻게 탈출했는지 기억이 없는데 아주 처음에 대접 좋게 했는데 밤이 될 때마다 이렇게 스윽 슥 칼을 [조사자 1: 칼을 갈아요? 밤마다?] 슥 그것도 밤에. [조사자 1: 그리고?] 그래서 근데 다음날은 맛있는 거 준비하죠. 며칠을 있나 봐요, 저도. 기억에는 이걸 봐야 되는데, 근데 아무튼 칼을 갈다가 마지막에는,

"너 먹으러 간다."

해서 [조사자 1: 아, 칼을 갈고 마지막에 너 먹으러 간다 해요?] 네네. 그런 건데 아무래도 전 좀 자세하지는. 그러니까 저는 기억에 밤에 칼을 '슥슥' 그런 기억이 있어요. TV에서 [조사자 1: 그래서 칼을 들고 올까 봐, 야만바가, 그게 무서웠어요?] 네.

[조사자 1: 그럼 야만바는 사는 데는?] 아주 시골 [조사자 1: 아주 깊은 산속에서 살아요?] 그렇죠. [조사자 1: 그럼 만날 일이 없긴 하잖아요.] 그러니까 그 길에서 잘못 들어선 사람들이. 그러니까 자야 되니까, 불빛이 있으니까,

"재워주세요."

하고 갔는데, 사람이 스토크히바바인가? 사람이 먹는 그런 건가? [조사자 1: 사람 먹는?] 야만바. 그러니까 야만바가 산, 야만 산에, 바는 오바아상(おばあさん) 해서 바. 그러니까 산에 있는 할머니. 그러니까 야만바. [조사자 1: 산속에 있는 할머니.] 네. [조사자 1: 그럼 얘기 벌써 다 나왔네 하나. 어떤 사람이 가가지고 하룻밤 재워달라고 했는데 할머니가 재워주고 슥슥.] 맞아요, 맞아요. 어떻게 아셨어요?

[조사자 1: 지금 얘기하신 게 그 스토리가 하나로 다 엮여지는데요?] 근데 제가 알기는 살았다던가 무서운 경험이 있는데도 그 사람이 [조사자 1: 살아남았어요? 거기서?] 그런 기억이 있는데. [조사자 1: 그럼

어디서 보신 거 TV 에서 보신 거?] 네, 그런 거 같아요.

뭐 이거는 사람을 먹는 할머니인가 봐요. 처음에는 잘해주다가 나중에는 변신하는 거죠. [조사자 1: 그럼 그거를 어떤 낯선 사람이 집에 오는 걸로 해서 하나 만들어주시면 되겠네요. 지금 하시는 대로.] 지금 만들으라구요? [조사자 1: 지금 조각조각 기억이 나셨으니까 그걸 이렇게 하나로 묶으셔가지고.]

그러니까 제 기억에는 대부분 여기 들어가는 사람도 그렇고 할머니가 먹어버리는 거잖아요, 사람을. 근데 그 사람은 뭐 어떻게 해서든 살았어요. 그런 기억이 있어요. 근데 왜 살았는지는 기억이 없어요.

[조사자 1: 그럼 왜 살았는지는 기억 안하셔도 되구, 어떤 기억이 있는 건만. 어떤 사람이 산속에 가다가?]

그러니까 가다가, 아 뭐지 그게. 진짜 옛날이니까 야만바니까 그런 건데 살았는데 어떻게 산 건지 기억이 없어서. 아무튼 그게 어떤 그러니까 여행하는 뭐라고 해요 한국에서는? 여행하는 사람? [조사자 1: 그냥 뭐 길을 가는 과객? 이라고 말 많이 하죠.] 나들이, 나그 [조사자 1: 나그네?] 나그네! 나그네 하시는 분들이 길을 가다가 그래서 밤에가 되고 잘 데가 없으니까 멀리서 하얀 빛이 있어서 그걸 찾아가서,

"하루인지 이틀인지 좀 자게 해주세요."

했더니 그래서 할머니가 처음에는 착하게 나오죠.

"아, 고생이 많다. 배고프지?"

해서 이제 뭐 맛있는 것도 준비하고,

"여기서 주무시라."고.

이불도 준비해서 여기서 자니까 이제 밤에 (두 손을 모아 앞뒤로 움직이며) '스윽-스윽' 칼, [조사자 1: 칼 가는 소리가 들려요?] 네.

'어, 이상하다?'

다음 날 일어나서 비가 왔는지 뭐 기억이 안 나는데,

"하루 더 자야 되겠다."고.

해서 할머니한테 그랬더니,

"아, 그럼 맛있는 거 만들어 줄게."

라고 해서 그랬더니,

"할머니! 어제 이상한 소리가 났는데 이게 뭐예요?"

하니까. 뭐 자기 갈아 썼다고 뭐.

근데 다음 날도 또 '스읔 스읔' 해서 옆에서 보니까 할머니가 거기 있어서,

"할머니 어제도 했는데 왜 오늘도 해요?"

하니까,

"너 잡아먹으려고 그런다."

그래서 도망 와서 뒤에 보니까 계속 따라와서 그래서. 아 그것밖에 생각이 안 나요.

[조사자 1: 어쨌거나 쫓아와서 달아났다는 이야기를 옛날에 보신 기억이 났다는 거죠?] 네. 그건 봐야 하는데 근데 재밌었다는 기억하고 도망갔는데도 불구하고 뒤에서 [조사자 1: 쫓아온다고.]

그리고 몰래 해서 이렇게 해서 계속 보니까 (칼 가는 시늉을 하며) '슥슥슥슥' (웃음) [조사자 1: 무섭다.] 바쁘니까 어디서 피가 나는지 아무튼. (웃음)

야만바와 세 장의 부적 [1]

● 구연정보

조사일시 : 2016. 12. 16(금) 오후

조사장소 : 강원도 강릉시 교동 강릉문화원

제 보 자 : 코마츠 미호 [일본, 여, 1969년생, 결혼이주 20년차]

조 사 자 : 박현숙, 김민수

● 구연상황

코마츠 미호 제보자가 〈가뭄을 해결한 삼 년 잠만보〉 이야기 구연을 마친 뒤 바로 이어서 세 장의 부적 이야기가 있다면서 구연을 시작했다. 곤도 사끼에 제보자는 청자로 함께 했다.

● 줄거리

옛날에 한 동자승이 스님에게 산으로 밤을 따러 가고 싶다고 말했다. 스님은 산속에 귀신 할머니가 있으니 조심하라면서 동자승에게 부적 세 장을 주었다. 귀신 할머니가 동자승에게 밤을 삶아주겠다면서 집으로 유인하자 동자승이 귀신인 걸 알아차리고 변소로 대피했다. 동자승은 부적 하나를 꺼내서 자기 대신 대답을 해달라고 당부한 뒤 귀신 할머니집에서 탈출했다. 귀신 할머니는 뒤늦게 동자승의 도주 사실을 알고 쫓아왔다. 동자승은 두 번째 부적으로 물을 만들고 세 번째 부적으로 불을 만들어 귀신 할머니와 대적했지만 역부족이었다. 동자승은 간신히 절에 도착하여 스님의 보호를 받았다. 귀신 할머니가 동자승을 찾자 스님이 자신과 대결해서 이기면 동자승을 잡아가도 좋다고 했다. 귀신 할머니가 콩으로 변신하자 스님이 그 콩을 먹어버렸다.

'세 장의 부적'이라는 그런 이야기도 있어요. 이것도 그 눈이 오는 쪽 이야기인데 저기 절에서 있었던 이야기예요. 그 어린 애가 그러니까 중이 스님한테 저기 산에 밤을 따러 가고 싶다고 이야기했어

요. 그래서 스님은,

"근데 그 산에 귀신 할머니●가 나오니까 조심해야 된다."고.

"가도 되지만 이 부적을 가지고 가라."고.

세 장의 부적을 줬어요. 그래서 그 부적을 가지고 그 중이가 밤 따러 갔는데 너무 신이 나가지고 해가 지는 것도 모르고 있었대요. 근데 해가 지는 걸 보고 갑자기 무서워지는 거죠. (웃음) 그래서 이제 그 집에 가야 되니까, 절에 돌아가야 되니까 가려고 했는데 어떤 할머니를 만났대요. 근데 할머니가,

"그 밤을 내가 삶아줄 테니까 우리 집에 와."

그렇게 했어요. 그래서 그 할머니 집에 갔는데 이렇게 좀 살펴보니까 그 할머니 역시 귀신 할머니라는 걸 알아냈어요. 그래서,

'아, 도망가야 되겠다.'

그렇게 생각해서 그 중이 할머니한테,

"저 소변 좀 눠야 된다. 변소에 가야된다."고.

했어요. 그래서 할머니가 도망가면 안 되니까 밧줄로 묶고서,

"어디 한 번 갔다 와라."

그래서 그 애가 그 변소에 들어가 가지고 그 했는데 그 부적을 하나를 일단은 쓰기로 했어요. 그 부적에다가,

"내 대신 대답을 해 달라."고.

하고 자기는 밧줄을 이렇게 풀고,

"변소 안에서 대답만 해 달라."고.

부적을 하고 그다음에 자기는 창문에서 도망갔어요. 그래서 할머니가,

"이제 다 됐냐?"

고 했는데 안에서,

"아, 조금, 잠깐만."

● 제보자가 동자승을 잡아먹으려는 인물을 '귀신 할머니'라고 표현했지만 제보자가 다른 이야기에서 야만바가 귀신 할머니라고 명확하게 표현하고 있기에 다른 자료와의 제목의 통일성과 자료 검색의 용이성을 고려하여 제목에 '귀신 할머니' 대치어로 '야만바'를 사용했다.

하면서 대답만 오는 거예요.

근데 계속 물어봐도 그런 대답만 오니까 보니까 없었죠. 그래서 그 중은 절에 가야 된다고 도망갔는데 어, 그 쫓아왔어요. 근데 너무 가까이 와서 안 되겠다고 하니까 두 번째 부적을 사용했어요.

"큰 물을 불러 달라, 큰 물."

그러니까 홍수처럼. 그러니까,

"큰 물을 불러 달라."

고 해서 막 그 귀신 할머니 쫓아오는 쪽에 그 흙 내려가게 했는데 그 귀신 할머니가 그 물을 다 삼켰대요. 그래서 막 쫓아오는 거예요. 그래서 계속 도망갔다고.

"아, 안 되겠다."고.

"또 잡힌다."고.

그다음 저기 세 번째 부적을 사용했어요.

"아주 불바다. 불로 바다 돼라."고.

그래서 불을 막 이렇게 생겼는데. 그 할머니가 그 아까 삼켰던 그 물을 '푸우' 입에서 빼서 저기 그 불을 꺼버렸대요. 그래서,

'아, 큰일 났다. 빨리 절에 들어 가야 된다.'고.

막 도망갔어요. 아, 그.

"스님! 빨리 구해 주세요 귀신 할머니가 온다."

하고 잘 안 들려가지고 안 열렸었대요. 그래도 어떻게 들렸는지 스님이,

"어, 빨리 들어오라."고.

이렇게 열어줬어요. 그래서 그 중은 자기 방에 들어가서 이렇게 숨고 있었고 또 스님이 이 그 귀신 할머니한테, 귀신 할머니가 스님한테,

"그 중이 안 왔냐?"고.

"어디 갔냐?"

고 하니까,

"모른다."

고 하고 그래서 자기하고 싸워가지고,

“이기면 그 아이를 잡아가라.”

고 말을 했대요.

근데 그 싸우는 게 와자(ワザ)? 그러니까 [청자: 기술?] 그 기술인데 뭔가 그 변신하거나 그런 기술 싸움이죠. 그래서 할머니가 콩이 됐대요. 그래서 이렇게 콩을 종이에다 말려가지고 (먹는 시늉을 하며) 먹어버렸대요. (웃음) 그래서 이겼다고 하는 이야기. 그래서 ‘세 장의 부적’이 제목이었어요.

야만바와 세 장의 부적 [2]

● **구연정보**

조사일시 : 2016. 12. 17(토) 오후
조사장소 : 강원도 횡성군 횡성읍 읍하리
제 보 자 : 모우에 히로꼬 [일본, 여, 1967년생, 결혼이주 19년차]
조 사 자 : 박현숙, 김민수

● **구연상황**

캄보디아 국적의 체아다비 제보자가 〈앙코르 와트 축조과정과 혼례 의식 유래〉를 들려준 뒤 모우에 히로꼬 제보자가 저녁 식사 전에 이야기를 하나 더 하겠다면서 구연을 시작했다. 오숙민 작가와 체아다비 제보자가 청자로 참여했다.

● **줄거리**

옛날 한 동자승이 산에 먹을 것을 찾으러 가는데 주지스님이 야만바를 조심하라며 부적 세 장을 써주었다. 동자승은 산에서 길을 잃고 야만바 집에서 묵게 됐다. 동자승이 야만바가 무서운 모습으로 변해서 칼을 가는 모습을 보고 화장실에 가겠다고 한 뒤 화장실에 부적을 붙여놓고 도망쳤다. 야만바가 동자승이 안에 있는지 확인하면 부적이 대신 대답을 했는데, 이 사실을 야만바가 뒤늦게 눈치채고 동자승을 쫓아갔다. 야만바는 동자승이 부적을 차례로 던져서 생겨난 물과 불을 제거하고 동자승이 대피한 절까지 쫓아왔다. 야만바가 주지스님에게 동자승을 내놓으라고 하자 스님은 야만바에게 몸의 크기를 조절하는 능력을 보여야 응하겠다고 했다. 야만바가 우쭐대며 몸을 점점 작게 만들다가 콩알만큼 작아지자 주지스님이 콩알로 변한 야만바를 집어 먹었다.

[조사자 1: 어떤 이야기 찾아보셨어요?] 이거 야만바 이야기요. 이거는 제 기억에는 조금 확실하게 있는 것도 있고 그래서 이거 책에

좀 찾아봤어요. 읽다 보니까 생각이 나네요. 근데 그 이 번역하기가 그런데.

어떤 절에서 스님과 스님 밑에서 일하는 아이들을 뭐라고 해야 해요? [청자: 제자?] 제자라고 말해요? [조사자 2: 상좌? 아니면 동자승?] [조사자 1: 동자승은 어린, 어린 스님.] 네, 어린 스님이요. [조사자 1: 동자승이라고 그래요.] 동자승? 동자승이 살고 있는데 돈자? [조사자 1: 동자, 동자.] (발음을 정정하며) 동자승이 산에서 가을이니까 이런 먹을 거 있으니까 산에서 먹을 거 찾으러 간다고 이야기하니까 스님이,

"그러면 야만바 만날 수도 있으니까 그 세 장 종이에서 [조사자 1: 부적, 부적.] 그거 쓰고 세 장 너 혹시라도 만약에 그 사람 만나면 너 도와줄 수도 있으니까 그거 가져가라."고.

해서 그거 받아서 산에 갔는데 길을 잃어가지고 멀리에 있는 집을 찾았어요.

'아, 자고 가야 되겠다.'

그래서 그 집에 찾아서 그 집에서 어떤 할머니가 나와서,

"그럼 여기서 자면 좋다."

그래서 그 아이가 잤는데 새벽에 갑자기 눈을 떠서 화장실이 좀 가고 싶었나 봐요. 그래서 일어나서 하니까 밤에 아까 칼 가는 그런 '슥슥' 소리가 나서,

'아, 이거 뭐야?'

라고 생각해서 그 소리 있는 방에 들어가서 조금 보니까 할머니가 계셨어요. 근데 얼굴은 안 보였었어요.

'슥슥슥슥' 그 칼을 [조사자 1: 식칼?] 그냥 칼을 이렇게 [조사자 1: 갈아요?] 네, 갈고 있는데 조금 옆으로 보니까 그 할머니 입이가 귀까지 있고 눈이 빛이 있고 이빨이라 많이 나와서 전혀 낮에 본 모습이 아니었어요. 아 그래서, 그래서 그 사람이 그 아이가,

'아, 야만바 만났다. 큰일이 났다. 지금 도망가야지 야만바는 사람을 먹으니까. 지금 도망가야지.'

라고 생각을 해서 조용하게 갔는데. 어디서 부딪혀서 그래서 할

머니가,

"누구야?"

라고 말해서. 그래서,

"아, 저는 화장실 가려고 일어났다."

하니까 그 모습을 보니까,

"너는 그냥 갈 수가 없어."

그래서 **모 해서 그를 묶어서 쭉 화장실 가니까,

'내가 지켜야 되겠다.'

그래서 이렇게 줄로 묶어서 화장실 가요. 근데,

"너 도망가지 말라."고.

말해서,

"화장실에 갔다 오겠습니다."

해서 가니까 화장실 문 닫고 그래서 스님이,

'세 장 있는 거 하나 써야 되겠다.'

그래서 그 스님이 준 거 한 장은 벽에 붙여서 그 나무에서 자기 대신 묶어서 그래서 반대편으로 도망갔어요. 그래서 그 할머니가 야만바 그 할머니가,

"너는 아직?"

그러니까 그 붙여놓은 종이가 말을 해요.

"아직이요."

라고 해서 또 기다렸다가,

"뭐해? 빨리 나와."

그러니까 또 조금 시간 걸려요. 근데 세 번째 하니까,

"아, 기다릴 수가 없어."

해서 문을 여니까 아이는 없고 그래서 야만바가 도망가는 걸 알아서 그래서 빨리 뒤쫓아 다니고 근데 그 아이도 열심히 도망갔는데 야만바가 찾아낸 거죠.

그래서 야만바가 뒤에서 오는 거 알고 도망가잖아요. 그래서,

'아, 두 장 있는 거 한 장 써야 되겠다.'

그래서 그 종이에서,

"물이 돼라."

해서 뒤로 던지니까 물이 콱 나와요. 근데 야만바가 그거 보면서 다 먹어버려요. (입을 크게 벌리고) '아-' (웃음) 그래서 또 도망가요.

그래서 또 도니까 야만바가 오니까,

'아, 이거 마지막이야 그러면. 불이 돼라.'

라고 해서 던지니까 불이 콱 나니까 입으로 (입을 오므리며) '휴-' 해서 불을 다 없어지게 해서 그거 아무것도 없잖아요.

그래서 도망가니까 자기 절에 도착했어요. 그래서 빨리 스님한테 가서 숨었죠. 근데 그 야만바가 이렇게 문을 열어서,

"여기 아이가 들어갔는데 그 아이 내라."

그렇게 해서 갔거든요. 그거까지 기억이 있어. 그래서 스님이 그 아이 내기 전에,

"너는 아주 능력 있는 사람이라고 듣고 있어. 너는 자기가 크게도 될 수 있고 작게도 될 수 있는 능력이 있는 거 한 번만 보여주십시오."

해서 스님 앞에서 야만바가,

"그러면 한번 보여줄게."

해서 한 번 크게 하니까 크게 되고. 그러면,

"아, 대단하다. 그럼 작게도 할 수 있어요?"

하니까,

"작게? 당연히 할 수 있지!"

해서 쭉 해서 '더더더더더' 해서 진짜 그 알처럼까지 거기까지 됐어요.

그래서 스님이 옆에 있는 떡이 있었어요. 거기에 (양손바닥을 붙이며) 붙여서 먹어버렸어요. (웃음) 그래서 끝!

[조사자 1: 동자승은 살았네요?] 네. 그런 이야기. 진짜 그거 텔레비전에서 보니까. [조사자 1: 그럼 야만바는 없어졌겠네요?] 네. 스님 뱃속에 들어있어요.

야만바와 세 장의 부적 [3]

● 구연정보

조사일시 : 2017. 05. 01(월) 오전
조사장소 : 인천시 부평구 삼산동
제 보 자 : 노마치 유카 [일본, 여, 1974년생, 결혼이주 10년차]
조 사 자 : 신동흔, 조홍윤, 황승업

● 구연상황

제보자가 오니와 관련된 풍습에 대해 이야기한 뒤 구연의 흐름이 무서운 존재들에 대한 이야기로 이어졌다. 제보자는 산에 사는 공포의 존재인 야만바에 관한 이야기를 시작했다.

● 줄거리

옛날 어느 절의 동자승이 먼 산에 밤을 주우러 가고 싶어서 주지 스님에게 조르자, 주지 스님은 부적 세 개를 내어주며 허락했다. 깊은 산에 들어가 밤을 줍던 동자승은 날이 어두워지자 숲속에서 발견한 집에서 유숙하게 됐는데, 그곳은 야만바의 집이었다. 식사를 대접받고 방에서 쉬던 동자승은 부엌에서 칼을 갈며 동자승을 잡아먹을 궁리 중인 야만바의 중얼거림을 듣고는 탈출하기 위해 측간에 다녀오겠다고 했다. 그리고는 측간 기둥에 부적 한 개를 붙이고서 자기 대신 야만바에게 대답하게 하고 몰래 빠져나갔다. 야만바는 동자승이 한참을 기다려도 나오지 않자 문을 열어보고는 추격을 시작했다. 야만바가 쫓아오는 것을 본 동자승은 두 번째 부적으로 산을 만들고, 세 번째 부적으로 강을 만들어 추격을 늦추고 절에 도착해서 주지 스님에게 구원을 청했다. 동자승을 숨긴 주지 스님은 절까지 쫓아온 야만바를 속여 콩으로 변신하게 한 다음 먹어버려서 야만바를 퇴치했다.

일본은 할머니가 산에 사는, 저번에도 말씀드린 것 같은데. [조사자 2: 그 산에 사는 여신?] 여신은 아니지만 오니(おに)같은 사람 잡아먹는 할머니, 야만바(やまんば, 山姥). [조사자 2: 야만바?] 네. '야마(やま)'가 산. 오바상(おばあさん)의 '바(ば)'. 할머니, 할머니의 바.

[조사자 1: 사람들을 잡아먹어요? 많이 그래요?] 네. 그 대개 무섭게 나오는데, 그 얘기가 몽골에도 있다고 하는 거예요. 비슷한 할머니가, 무서운 할머니가. 몽골분 만나면 꼭 물어보세요. 거기, 거기도 도깨비가 있고. 눈이 막 몇 개가 달린. [조사자 1: 망구스?] 망가스(МАНГАС), 망가스.

[조사자 2: 야만바 이야기 못 들었던 것 같은데, 저번에. 짧게 해주셨어요. 그러니까 한 번 다시 그 얘기를 좀 해 주실래요? 야만바?] 야만바.

저번에 말씀드렸는데. 세 개의 부적? 부적이라는 게 붙이는 건가요? [조사자 2: 붙이기도 하고, 넣고 다니기도 하고.] 아, 네네, 〈세 개의 부적〉이라는 이야기인데. 아마 그때도 말씀 드렸어요. (웃음)

그 스님 밑에서 일을 하는 그런 아이를 뭐라고 하죠? [조사자 2: 상좌.] 상좌? [조사자 2: 사미승.] 아, 일본에서는 코조우상(こぞうさん)이라고 하는데, 작을 '코(こ, 小)'에, '조우(ぞう, 僧)'가, 스님을 조우라고 했는데, 작은 조우, 코조우라고, 그래 코조우상. 열심히 일하는 코조우상이 있었는데. 아, 그 가을인가요? 가을에 그 밤이 막 열리잖아요. 그래서 그거를 따고 싶어가지고,

"좀 먼 산에 가면은 많은데 제발 가게 해 달라."고.

부탁했더니,

"거기는 위험하니까 안 된다."

고 해요. 그래도 계속 아이 가고 싶다고 부탁,

"제발 보내주세요."

하니까,

"그래 알았다. 그러면은 너를 지키기 위해서 세 개의 부적을 줄테니깐 가져가라."

신나게 갔어요. 그런데 뭐 밤이 막 여기저기 떨어져 있으니까 신나게 계속 그 산에, 그 산속으로 막 들어가는 거예요. 그래 또 밤이 되니까 길을 헤매가지고 그 뭐야 또 혼자 어떻게 해야 될지 모르는 거예요, 밤이 되니. 그런데 근처에 그 사람 사는 집 그 불이 켜지니까,

'아, 거기서 하룻밤 자야 되겠다.'

해서 갔더니 거기가 야만바의 집이었던 거죠. 처음엔 모르게,

"어서 오라."고.

막 여러 가지 대접을 해주는데. 배부르게 먹고, 자고, 자고 있는데 할머니가 옆방에서, 그 불이 켜져 있으니까 모습 비치잖아요. 뭔가 무서운 모양으로 바뀌고 있는 거예요. 그러면서 칼을 이렇게 막 갈면서,

"잘 먹여놨으니까 맛있게 먹어야지."

하고 있는 거예요. 그래서 허, 그래 그 코조우상이 그거를 눈치채가지고

'야만바 집에 와버렸구나.'

하고,

'도망가야지.'

했는데, 길이 없으니까, 아 문이 없으니까,

"할머니 나 화장실 가야 되겠다."

"아이, 좀 참아라."

하니까,

"아이, 안 되겠다. 나 큰 거 해야 되겠다. 못 참는다."

하니까,

"아이, 어쩔 수 없네."

하고 끈을 묶어서,

"그럼 갔다 와라."

하는 거예요.

그 원래 모습을 드러냈잖아요. 그런데 화장실, 항상 옛날에는 집 밖에 있었는데, 조그마하게 있었는데, 뒷간, 뒷간이라고 하는데. 그래 가서 그 일을, 일을, 일을 보는 것보다 빨리 도망가야 되잖아요. 그래서 딱 이걸 풀고 걸어 놨어요. 그 뭔가 기둥이 있어가지고 걸어, 이렇게 걸어 놔서,

"나 대신 대답을 해줘."

하고 부적한테 부탁해서 붙이고 도망가요. 그런데 할머니가,

"아직 멀었냐?"

"네. 아직, 아직이요."

계속 대답을 해주는 거예요.

"너무 길다. 못 기다린다."

확 와서 딱 여니까 부적만 붙어 있잖아요.

"아이, 도망갔구나!"

하고 막 이렇게 쫓아다니기 시작해요. 사람, 사람 냄새를 맡고.

그래 도망가는데 그 뒤에서 할머니가 오는 게 보이는 거예요. 막 이렇게 오니까,

"여기 산 생겨라!"

하고 하나 또 던졌죠. 그러고 큰 산이 생겨서 할머니가 막 올라왔다 내려오는데 시간을 좀 벌었어요. 그래 도망가는데 또 할머니가 막 와요. 그래서,

"큰 강이 생겨라!"

하고 마지막 걸 던졌죠. 그랬더니 큰 강이 생겨서. 그래도 할머니는 막 와요.

그런데 그래도 다행히 절에 돌아오게 됐어요, 어떻게. 근데 그 스님이,

"어, 너 돌아왔냐?"

"아, 할머니, 야만바 만나가지고 지금 큰일 났다. 이리로 온다."

고 해서,

"아이, 알았어. 그러면은 좀 숨어 있어라."

그런데 야만바가 딱 나왔어요.

"야, 여기 애가 왔을 건데 빨리 내놔라!"

근데 스님,

"아니, 안 왔는데? 여기 좀 앉아라. 왜 그렇게 서두르냐?"

하면서 그랬는데. 아이 계속 흥분하면서,

"아니 여기 있는데, 냄새 나는데 빨리 내놔라!"

"근데 그 당신이 그 뭐, 뭐야. 왜 그렇게 힘이 더 좋고 신비한 요술도 쓸 줄 안다고 하는데, 왜 그런 아이도 못 잡냐? 그렇게 능력이

없어 보이네."

그렇게 얘기를 한 거예요.

"아니라."고.

"난 능력이 있다."고.

그래서,

"어, 그렇게 능력이 있다면은 좀 보여 줘라. 아주 크게 뭐 변신할 수 있냐?"

그랬더니 막 뭐라 뭐라 뭐라, 예, 아주 크게 변신한 거예요.

"내 능력을 봤냐?"고.

그래서,

"오, 조금 하는구나! 그러면 작은 거는 어때? 작은 거는 힘들 것 같은데."

이렇게 도발을 하는 거예요. 그랬더니,

"아니야. 작은 것도 잘 한다."

해서,

"그러면 콩이 될 수 있냐?"고.

그랬더니,

"어, 뭐 바로 콩이 되겠다."

면서 콩이 된 거예요.

그래 스님이 그걸 집더니 먹어버렸죠. (일동 웃음) 네, 그런 얘기.

[조사자 2: 그것 먹고 탈은 안 났는지 모르겠어요.] (웃음) 그래서 야만바 어떤 무서운 느낌이지요.

[조사자 1: 재밌어요, 이야기. 그 이야기책에서 보신 거예요? 아니면.] 아이, 많이 들은 이야기고 책에도 많이. 예, 그런. 그 얘기는 유명해요. [조사자 2: 저번에는 "야만바 이런 할머니 있어요."만 이야기해 주고, 자세한 이야기를 안 해주셨어요.] 아, 진짜요? 너무 서비스가 없었네요. (웃음) 아닌데. 아, 그래요?

[조사자 1: 이 이야기는 아주 재밌는데요? 저기 '헨젤 그레텔' 이야기하고도 좀 비슷하고.] 아, 그래요? [조사자 1: '헨젤과 그레텔'.] 아, '헨젤 그레텔'. [조사자 1: 거기서 마녀가 이렇게.] 그렇죠, 그렇죠. 거기도 할머

니가.

[조사자 1: 〈여우누이〉하고도 비슷하고. 한국에도 그런 뭐, 그런 이야기가 있어요. 기둥에 묶어놨다고 그랬는데, 한국에 방에다가 똥을 놔 놓고서 막, 창문을 열고 도망가니까, 물어보니 똥이 대신 대답을 했다.] (웃음) [조사자 1: 분신이죠, 분신.] 진짜네요. 재밌네요. [조사자 1: 네, 자기 분신이라서.] 왜요? 그런 힘이 있어요? [조사자 1: 어, 그러니까 자기 몸에서 나온 거니깐, 아직도 따끈따끈하니깐 생기가 있잖아요. 그래서 그런지 모르겠는데. "오빠 안에 있어?" 그러면 "어, 나 여깄어." 그랬다고.] (웃음) 어, 재밌네요.

아니 그 한국에서 도둑이, 도둑이 똥을 싸고 가야지 안 잡힌다는 얘기도 있잖아요. [조사자 2: 어디 훔친 다음에 똥 싸고 도망가야 안 잡힌다고요?] 네네. [조사자 2: 한국에? 그런 얘기가 있나요?] 네네. [조사자 2: 한국에 와서 그런 얘기를 들으셨어요?] 네. [조사자 2: 오, 저희보다 더 잘 아시네요.] (웃음) 그러니까 똥, 똥을 누고 간다고. [조사자 2: '대신 잡혀라!' 그러고?] (웃음) 그럴 수도 있겠네요. 음, 그것 연결이 되는데요. 아, 저 그거 유명한 얘긴 줄 알았는데. [조사자 2: 저희가 도둑들의 방식을 몰라서.] (웃음)

가뭄에 비를 내린 갓파의 정성

● 구연정보

조사일시 : 2016. 12. 17(토) 오후
조사장소 : 강원도 횡성군 횡성읍 읍하리
제 보 자 : 모우에 히로꼬 [일본, 여, 1967년생, 결혼이주 19년차]
조 사 자 : 박현숙, 김민수

● 구연상황

제보자가 〈옷장의 옷을 안 입으면 비료가 된다〉는 속담 구연을 마친 뒤 조사자와 양국의 속담에 이야기를 나누었다. 조사자가 제보자에게 다른 설화 구연을 요청하자 제보자가 갓파에 관한 두 가지 이야기가 있다면서 책을 잠시 뒤적인 뒤 구연을 시작했다. 오숙민 작가와 필리핀 국적의 수맘퐁엠마 제보자가 청자로 참여했다.

● 줄거리

옛날에 사람과 친해지고 싶은 갓파가 살았다. 갓파가 스님에게 사람과 친해질 수 있는 방법을 묻자 스님이 사람에게 도움이 되는 일을 하라고 알려주었다. 갓파는 가뭄에 사람들을 도와 정성을 다해 기도를 올리다가 죽었다. 갓파가 죽은 뒤 비가 내렸고 마을 사람들이 잘 살았다.

그리고 갓파[•] 이야기. [조사자: 응, 갓파.] 이게 갓파인데 하나는 착한 갓파 이야기, 하나는 결국 좋지 않은 이야기. [조사자: 착한 갓파와 나쁜 갓파.] 나쁜 갓파는 아니지만 결국 그 말을 들어보니까 결과가 좋지 않게 된 그런 이야기. [조사자: 그러니까 결과가 좋은 이야기하

• 일본 민담에 나오는 전설적인 동물이자 여러 수신(水神) 중 하나이다.

고 나빴던 이야기.] 네네. [조사자: 해주세요.]

그러니까 갓파, 갓파 이야기. (가져온 책을 잠시 뒤적이다가) 그러니까 아주 그 갓파는 대부분 물속에 있고 [조사자: 물속에?] 네, 그리고 갓파는 물속에 있어서 그 물에 들어가면 다리로 잡아서 사람이 죽게 하는 그거가 갓파. 그게 일본에서 대부분 그래서 근데 그건 왜 그런 거 말을 했는지는 연못, 연못에서 아이들이 빠져서 죽은 아이들이 있잖아요. 그런 거 대부분 한번 들어가면 못 들어가게 하잖아요. 근데 그거는 진짜 갓파는 있는 거 아니고 데리고 가는 건 갓파라는 그런 거 생각하면서 아이들이 데리고 간다고 생각했던 거죠.

그래서 그 갓파가 어떤 갓파가 다른 지역에 있다가 이사해서 왔어요. 근데 그 갓파가 어떤 스님을 만나요. 스님 그래서 대부분 그 갓파는,

'인간 되고 싶다.'고.

생각했는 갓파인가 봐요. 근데 그 스님 만나서 그 스님이,

"너는 인간이 되고 싶으면 뭔가 사람을 위해서 도울 수 있는 그런 일을 하면 사람이 될 수 있다."

그렇게 스님한테 갓파가 들어가지고 그래서,

'나는 어떻게 하면 사람이 될 수 있는지.'

들었죠. 근데 어느 마을에서 비가 진짜 안 왔었어요. 뭐죠? 비가 안 오면 기도인지 그런 거 하잖아요. [조사자: 기우제.] 네. 그래서 인간이 그거 하고 있으니까,

'나도 할 수 있는 건 그것밖에 없다.'

그 생각이 들어서 인간한테 가서,

"저도 하고 싶다."

근데 안 먹고 계속 자지도 않고 계속 기도만 했대요. 결국 그 갓파는 죽어서 그 갓파가 죽고 나니까 비가 와서 그렇게 해서 그 마을은 뭐 살았든지. [조사자: 가뭄이 해소돼서 잘 살았다고.] 네, 그런 거.

[조사자: 그럼 갓파는 어떻게 됐어요?] 죽었어요. [조사자: 사람이 다시 되진 않고?] 아니 아니, 그냥. 그런 이야기. 갓파니까.

힘 약한 남자와 갓파의 거래

● 구연정보

조사일시 : 2016. 12. 17(토) 오후
조사장소 : 강원도 횡성군 횡성읍 읍하리
제 보 자 : 모우에 히로꼬 [일본, 여, 1967년생, 결혼이주 19년차]
조 사 자 : 박현숙, 김민수

● 구연상황

제보자가 〈가뭄에 비를 내린 갓파의 정성〉 이야기 구연을 마친 뒤 바로 이어서 불행한 결말의 갓파 이야기 구연을 시작했다. 오숙민 작가와 필리핀 국적의 수맘퐁엠마 제보자가 청자로 참여했다.

● 줄거리

키가 작고 힘이 약한 남자가 살았다. 남자가 궁전 짓는 일을 하고 싶어서 왕을 찾아갔으나 약하다는 이유로 거절당했다. 남자는 울면서 돌아가다가 갓파를 만났는데, 갓파가 사연을 듣고는 자신의 연못에 있는 여덟 개의 빚을 없애주면 소원을 들어주겠다고 했다. 남자가 빚을 없애자 갓파가 약속대로 남자에게 강한 힘을 주었다. 남자는 다시 왕을 찾아가서 힘을 인정받고 왕궁 짓는 일을 계속했다. 그러나 남자의 힘이 두려워진 왕은 신하를 시켜서 남자를 죽였다.

그 어떤 키가 작고 일은 하고 싶은데 키가 작으니까 젊은 사람인데 어떤 남자가 그 왕, 왕자, 왕이 왕 집 같은 거 짓고 있었어요. 그래서 이거 그 인부라고 말해요? 사람이 모집해서 일을 하는 그런 거. 그 젊은 사람이 그 일을 하고 싶어서 간 거죠.

근데 면접을 해요, 왕하고 같이. 근데,

"너는 작고 힘도 없으니까 일 못 해."

라고 해서 울고 있었대요.

근데 울고 있는데, 울고 있는데 그때 갓파●가 나타난 거죠.

"왜 너 울고 있어요?"

그래서,

"아, 사실 나는 힘이 없고 키가 작아서 쓸모없다."고.

"그래서 울고 있다."

라고 하니까,

"그러면 내가 널 도와줄 수 있어. 그 대신 너도 나를 도와 달라."

그래서 그 젊은 놈이, 젊은 놈이? 얘가,

"그러면 갓파 너는 원하는 게 뭐야?"

그러니까,

"자기가 살고 있는 그 연못 속에 여덟 개의 눈이 있는 뭔가가 있다. 밤에마다 빛이 나서 무서워서 못 자겠다. 그걸 좀 없어지게 할 수 있는 방법이 없는 건지."

그래서 그 젊은 사람이,

"알았다."

그래서 그 연못 속에 들어가서 그 여덟 개 있는 빛은 그러니까 마그? 아, 잠깐만요 그건 제가 (잠깐 단어를 검색하다가) 농기계인지 뭔 기겐데 여덟 개 있는 그게 뭐죠? [조사자 1: 불빛이 여덟 개 있는 기계가 있나 봐요?] 네네. 그거로 그 사람이 연못 속에 들어오니까 농사할 때 그런 [조사자 1: 농기계 중에 불빛이 여덟 개 있는 농기계가.] 그러니까 졸은, 졸은데 그거 빛이 나서 그렇게 빛이 보였나 봐요.

한국에서는 뭐예요, 이런 거 있잖아요? 이런 거 (손가락으로 테이블을 긁으며) 이렇게, 이렇게. (답답해하며) 아- [조사자 1: 어떤 거?] 이렇게 철로 만들었는데. 뭐예요? [조사자 1: (조사자에게 사진을 보여주며) 너 이거 알아? 이렇게 긁어내는 농기구.] [조사자 2: 갈퀴요?] [조사자 1: 갈퀴가 아니고.] 아무튼 여덟 개 있는 거 일곱 갠지 뭐 어쨌든 여덟 개로 보이니까 여덟 개. [조사자 2: 갈퀴인데? 긁어내는 거는?]

● 일본 민담에 나오는 전설적인 동물이자 여러 수신(水神) 중 하나이다.

농사할 때나 쓰는 그런 건데. [조사자 2: 넉가래는 이렇게 미는 거예요.] [조사자 1: 아, 이렇게 긁어내는 거.] [조사자 2: 그거 갈퀴.] [조사자 1: 갈퀴라 그래?] 아, [조사자 2: (스마트폰으로 검색하며) 갈퀴라고 치면 나올걸요? 그 낙엽 같은 거 긁는 거 말씀하시는 거죠?] 예예. 맞아요, 맞아요. 그런 거였대요.

그런데 그걸 갓파는 그렇게 여덟 개 눈 있는 도깨빈지 그렇게 보이니까. 그래서 그 젊은 사람이 이거 빼고. 그러니까 갓파가 또 밤에 그런 거 없으니까,

"진짜 고맙다."고.

"너는 다음 날에 집에 가면 변화가 있다."

그래서 그 젊은 사람이 집에 가서 자고 다음 날 보니까 밥도 많이 먹고 큰 돌도 이렇게 힘이 많이 자기가 원하는 거 되는 거죠. 그래서 또 임금님한테 가서,

"저는 또 이 일을 하고 싶다."

그래서 임금님이,

"그럼 알았다. 그럼 일 해 봐."

일을 하니까 진짜 힘에 세니까 이거저것 일을 다 해서 집에 와서 했어요. 임금님 집. 근데 그 모습을 보는 임금님이 그 젊은 사람이 앞으로 힘도 세고 일도 잘하니까 앞으로 어떤 일이 생길지도 모르고 혹시 자기한테 피해 줄 수도 있으니까 아랫사람한테,

"그 사람 죽이게 하라."고.

그래서 그 아랫사람이 이렇게 검은 돌로 해서, 그거해서 그 젊은 놈이 던지고 돌도 던지고 근데 그 젊은 놈이 힘이 있으니까 돌로 (웃음) [조사자 1: 다시 던져?] 네. 그런데,

'아! 그러면 그렇게는 안 죽었구나. 그럼 어떤 방법이 있을까?'

해서 그다음엔 모래. 모래 넣으니까 잡을 수 없어서 그 아이는, 그 젊은 놈은 죽었다. 끝!

[조사자 1: 갓파가 도와줬는데 오히려 본인에게는 해가 되는 일이.] 네, 그런 이야기. [조사자 1: 재미있어요.] 아 그래요? [조사자 1: 네. 갓파.]

[조사자 1: 네. 갓파, 이거는 어디에 실려 있어요?] (스마트폰을 가리

키며) 여기 있어요. [조사자 1: 인터넷으로 찾아보셨어요?] 네. 이거가 구마모토현● 그쪽에 큐슈 쪽에. 그러니까 미우와, 미우와라고 하면 한국말로 뭐지? [조사자 1: 미우와?] 네. 이런 거에서 갓파가 많이 나와요.

[조사자 1: 한국에서도 물귀신, 그러니까 물귀신이 있는 데는 사람을 계속 빨아들여서. 혼들이 다 저승으로 가야 되는데 물에 빠져 죽은 혼은 혼자 못 나온대요. 그래서 누군가 반드시 그 자리에 빠트리고 자기가 나올 수 있대요.] 흐익! [조사자 1: 그래서 사람이 빠져 죽은 그 자리에는 항상 사람이 빠져 죽는다고.] 으, 교통사고도 그래요. [조사자 1: 네.] 누군가 기다리고 있어. (웃음)

● 일본 규슈 중앙부에 있는 현이며 현청 소재지는 구마모토 시이다.

빨간 도깨비를 도운 파란 도깨비 [1]

● **구연정보**

조사일시 : 2016. 12. 17(토) 오전
조사장소 : 강원도 횡성군 횡성읍 읍하리
제 보 자 : 모우에 히로꼬 [일본, 여, 1967년생, 결혼이주 19년차]
조 사 자 : 박현숙, 김민수

● **구연상황**

조사자와 모우에 히로꼬 제보자는 세 번째의 만남이었다. 모우에 히로꼬 제보자는 필리핀 국적의 수맘퐁엠마 제보자가 구연하는 동안 청자로 참여했다가 수맘퐁엠마 제보자가 〈흡혈귀 아수왕〉 이야기 구연을 마친 뒤 두 가지 이야기를 준비해 왔다며 말문을 열었다. 일본 초등학교 교과서에 실린 유명한 이야기로 자신이 좋아하는 이야기라고 했다. 제보자를 소개하고 조사 장소를 제공한 오숙민 작가와 수맘퐁엠마 제보자가 청자로 참여했다.

● **줄거리**

옛날에 사람과 친하게 지내고 싶은 빨간 도깨비가 있었다. 빨간 도깨비가 마을 사람들을 초대하는 글을 집 앞에 써 붙였지만, 사람들은 다가오지 않았다. 빨간 도깨비가 친구 파란 도깨비를 찾아가서 하소연하자 파란 도깨비는 좋은 방법이 있다며, 자기가 마을 사람들을 괴롭힐 테니 그때 나서서 사람들을 구하라고 했다. 두 도깨비가 계획대로 진행하자 사람들이 빨간 도깨비를 찾아와서 친하게 지내게 됐다. 파란 도깨비는 빨간 도깨비를 위하여 마을을 떠났다.

선생님 저는, 이야기 두 개. 하나는 나이타아까무니가 뭐지? 울었던 빨강 귀신, 도깨비! [조사자 1: 빨간 도깨비?] 네. 들으셨어요? '울었던'이니까 과거형이에요. 웃는, 웃는 빨간. [조사자 1: 웃는 빨간 도깨비?] 네. 이거 과거형인데. [조사자 1: 과거형?] 울었던. [조사자 1: 우

로똥?] 한국말로 울었던. 울었다 그러니까.

[조사자 1: 일본말로?] 나이타아까오니. [조사자 1: 나이타가 무슨 뜻이에요?] 그 울었던. [조사자 2: 울었다.] [조사자 1: 울었다! 울었다.] 응응. '웃는' 아니구요, 그 과거요. [조사자 2: 울었던]. 네 '울었던' 맞아요. '울었던 빨간 도깨비'. 그런 이야기.

[조사자 1: 네, 어떤 이야기예요? 못 들었던 이야기예요.] 다행이다. (웃음) 이거는 초등학교 교과서에서도 나오는 이야기인데 제가 좋아하는 이야기예요.

그러니까 옛날 대부분 도깨비라고 말하면 아주 무섭고 그렇게 사람들이 많이 그런 선입(견). 그런 생각들을 많이 하잖아요. 그래서 그 빨간, 빨간 도깨비가 어느 마을에 이사했는데 그 빨간 도깨비는 마을에 있는 사람들하고 같이 친해지고 싶은 마음이 있었어요. 근데 자기가 도깨비니까 사람들이 아주 무섭게 보고 있었대요, 그 주위에서 마을 사람들이. 그래서,

'아, 어떻게 하면 인간하고 잘 지낼 수 있을까?'

생각을 하니까 빨간 도깨비가,

"아, 맞다. 그러면 집 앞에서 간판 같은 것 해서 착한 도깨비가 왔습니다. 편하게 집에 놀러오세요."

그렇게 간판을 집 앞에 세워서, [조사자 1: 간판을 집 앞에 세워 놨어요?] 네. 기다렸대요. 근데 사람이 안 왔대요. 그러면 아 그러면,

"마스크 밑에서 맛있는 차와 맛있는 과자를 준비하고 있습니다. 놀러오세요."

하고 추가로 쓰고 집 앞에 세워서 차도 끓이고 맛있는 것도 만들고 그랬대요. 근데 사람이 안 와가지고

'아, 뭐가 문제가 있는지.'

기다려도 안 오니까 화가 나서 그 간판은 뽑아서 뒈졌다(던졌다) 그럴까. 그래서 조금 멀리에 있는 파란 도깨비 집에 놀러갔대요. 뭐 혼자니까 심심해서 누구도 안 오니까. 그래서 그 파란 도깨비 집에 가서 자기 고민 이런 거 이야기했는 거죠.

"나는 인간하고 지내고 싶은데 아무도 안 와. 이런, 이런 식으로

노력도 했는데 안 된다."고.

말을 하니까 파란 도깨비가,

"그러면 내가 그 마을에 가서 나쁜 짓을 해서 그 사이에 너가 나타나서 나를 때리고 쫓아나가면 너가 진짜 인간하고 친해질 수 있으니까 그렇게 하자. 난 그렇게 도와준다."

처음에는 빨간 도깨비는 마음이 좀 그렇지만,

"아, 괜찮아 내가 도와주니까 걱정하지 말라."

고 해서 그냥 그대로 날짜도 잡아서 그래서 그 약속 때 내가 그 사람이 그날 가서 사람이 나쁘게 하니까 너가 그 순간에 나타나고 해서 실천했대요.

그래서 진짜 그 마을 파란 도깨비는 그 마을에 가서 그 조금 뭐라고 할까? 집에도 망가지게도 하고 사람에게도 나쁘게 하고. 근데 그 사이에 빨간 도깨비가 나타나서 뭐 때리고, 때리고 그래서 쫓아나가니까 사람들이,

"빨간 도깨비는 아 진짜 잘했다. 덕분에, 당신 덕분에 우리가 살았다."

그래서 빨간 도깨비는,

"그러면 우리 집에 놀러오세요. 맛있는 것도 있고."

그래서 진짜 친했대요. 아주 친하고 행복하게 살았는데 가끔씩 빨간 도깨비는 파란 도깨비 생각이 났나 봐요. 그 후에는 하나도 자기 소식 안 물어보고 안 나타나니까.

그래서 빨간 도깨비가 걱정해서 파란 도깨비 집에 놀러갔어요. 근데 놀러갔는데 그 집에 앞에서 또 편지가 있었대요.

'빨간 도깨비에게, 나는 당분간 내가 여기 있으면 그 우리가 나쁜 이야기해서 그렇게 했다는 거 알아버리니까 나는 그리고 너하고 친하면 너도 나쁜 도깨비로 사람이 착각하니까 나는 잠깐 여행하러 간다. 찾지 말라.'

라고 편지를. [조사자 1: 써놨어?]

근데 그걸 읽으면서 그 도깨비는 빨간 도깨비는 엄청 많이 울었다. 그 후는 파란 도깨비는 나타나지 않았다. 그런 이야기.

[조사자 1: 이 이야기가 왜 이렇게 좋으셨어요?] 그러니까 조금 뭐라고 할까? 사람에서 조금 그러니까 두 개는 가질 수 없는 거예요. 하나를 잡으면 하나는 희생이 있고, 그리고 그런 거에서 조금 현실성이 있다고 말할까. [조사자 1: 사람도 잡고 싶고 친구도 잡고 싶지만 두 개를 다 가질 수 없는 상황의 이야기.] 저는 그 마음으로.

[조사자 1: 파란 도깨비가 대단한 친구인 거 같아요.] 그렇죠! 근데 대부분 그런 친구 찾기 어려운 것 같아요. (웃음) [조사자 1: 따뜻한 친구 이야기가 도깨비에게도 있었네요. 오니만 있는 줄 알았더니.] 네.

빨간 도깨비를 도운 파란 도깨비 [2]

● **구연정보**

조사일시 : 2017. 01. 06(금) 오후
조사장소 : 대구광역시 중구 대안동
제 보 자 : 마츠다 타마미 [일본, 여, 1976년생, 결혼이주 7년차]
조 사 자 : 조홍윤, 황승업, 김자혜

● **구연상황**

조사자가 일본의 도깨비에 관하여 이야기해 줄 수 없는지 묻자, 제보자가 자신이 알고 있는 도깨비 이야기를 구연해주었다. 〈나이타 아카오니〉라는 제목의 이야기로, 어렸을 때 동화책으로 접했다고 했다. 마츠자키 료코와 묘엔 이치로 제보자가 청자로 참여했다.

● **줄거리**

빨간 도깨비와 파란 도깨비가 친구 사이였다. 빨간 도깨비는 사람들과 친해지고 싶어 했는데 사람들은 빨간 도깨비를 싫어했다. 빨간 도깨비가 이런 고민을 파란 도깨비에게 말하자, 파란 도깨비는 일부러 마을에 가서 사람들을 괴롭힌 다음 빨간 도깨비가 나타나서 해결하게 했다. 결국 사람들은 빨간 도깨비를 좋아하게 되었지만, 파란 도깨비는 더 이상 그 마을에서 살 수 없게 되어 그곳을 떠났다. 빨간 도깨비는 진짜 소중한 친구를 잃게 된 일을 슬퍼했다.

도깨비 이야기. 이것은 전설 같은 것은 아니고 저 어릴 때 그림책으로 봐서 실제로 작가가 있는 이야기인데, 일본 사람은 모두 알고 있는 〈나이타 아카오니(泣いた あかおに)〉. '나이타'가 '울었다' '아카오니'가 '빨간 도깨비'.

옛날에 빨간 도깨비하고 파란 도깨비가 있었어요. 그런데 사이 친해졌는데, 빨간 도깨비가 약간 마을 사람들이 싫어했어요. 근데 사이좋게 지내고 싶었어요. 너무너무 사람들하고 같이 사이좋게 지내고 싶었는데, 모두 자기를 싫어하니까 그것을 파란 도깨비한테 상담했어요.

파란 도깨비가 그러면 자기한테 좋은 생각이 있다고 해서 작전을 만들었다고 해요. 그런데 어느 날에 그 마을에 가서 파란 도깨비가 뭔가 나쁜 짓을 했어요. 그러면 빨간 도깨비가 와서 그걸 안 된다고 그러면서 사람들을 구했어요. 그러면 사람들이,

"아! 빨간 도깨비는 좋은 도깨비였구나!"

해서 모두 빨간 도깨비를 좋아했는데, 파란 도깨비가 나쁜 도깨비가 됐잖아요? 그래서 여기 있을 수가 없어가지고 떠났어요. 근데 그걸 편지, 편지 받았고,

"그 이렇게 했으니까 앞으로 잘 살아라. 나를 잊고 사람들한테 사이좋게 잘 지내라."

고 떠났는데 그걸 보고 진짜 우정이 뭔지 알게 되었어요. 소중한 것을 그때 알게 됐는데 빨간 도깨비는 이제 늦었죠. 이제 없으니까. 그래서 많이 울었다라는 이야기가 있어요.

[조사자: 진짜 친구는 옆에 있는데 사람들하고 친해지려고 진짜 친구를 잃어버렸네요.] 네네. 어릴 때 보고, 친구는 소중하게 하자.

빨간 도깨비를 도운 파란 도깨비 [3]

● **구연정보**

조사일시 : 2018. 05. 24(목) 오후

조사장소 : 경기도 화성시 진안동

제 보 자 : 요시이즈미 야요이 [일본, 여, 1971년생, 결혼이주 13년차]

조 사 자 : 김정은, 황승업

● **구연상황**

제보자가 〈삿갓 쓴 지장보살〉 이야기를 마친 뒤 조사자가 도깨비 이야기는 없는지 물어보자 이 이야기를 구술했다. 제보자의 딸이 함께 이야기를 들었다.

● **줄거리**

산에 빨간 도깨비와 파란 도깨비가 살고 있었다. 둘은 착한 도깨비였지만, 사람들은 도깨비를 무섭다고 생각했다. 그러던 어느 날 파란 도깨비가 사람 사는 마을에 내려가서 장난을 치자 빨간 도깨비가 나서서 말렸다. 사람들은 빨간 도깨비를 착하게 여겨서 그를 좋아하게 됐다. 그 뒤 파란 도깨비는 그곳을 떠났는데, 빨간 도깨비는 전날의 일이 파란 도깨비가 자기를 위해 일부러 한 행동임을 뒤늦게 알고서 울었다.

빨간 도깨비하고 파란 도깨비가 있어요. 산에 있었어요. 그래 둘이는 어떻게 보면 착한 도깨비인데, 사람들이 도깨비를 무조건 무섭다고 생각하잖아요. [조사자: 아, 착한데도.] 네, 네.

그랬는데 도깨비들은 사실은 사람들하고 가까이 지내고 싶다고 해서 이것저것 해요. 어떻게 시도해보려고 하는데, 사람들이 도망가요. [조사자: 네, 그렇죠.] 네, 그 보고 무섭잖아요. 그래 너무 섭섭해서,

"아 왜 우리는 친구가 안 생기지?"

하다가, 하다가 파란 도깨비가 일부러 사람 사는 동, 그 마을에 가서 이렇게 장난쳐요. 그거를 보고 빨간 도깨비가 화를 냈어요.

“하지 마라!”고.

“왜 그러냐?”고.

그래서 사람 보기에는 파란 도깨비는 나쁘고, 빨간 도깨비는 착한 도깨비로 보이는 거예요. 그래서 조금씩 조금씩 그 사람들이 빨간 도깨비에게는 다가가고. [조사자: 아. (웃음)] 좀 친구가, 결과적으로는 친구가 됐는데. 결과는 그게 파란 도깨비가 일부러 한 행동이었어요. 예. 그 빨간 도깨비의 마음을 알고,

‘아, 내가 나쁜 역할을 하면, 이 빨간 도깨비가 사람하고 좀 가까이 지낼 수 있다.’

그래서 일부로 마을에 내려가서 뭐 장난치고 했는데.

그거 사실을 나중에 아. 아, 그게 빨간 도깨비하고 둘이가, 도깨비끼리 싸웠어요. 그래서 도깨비가, 파란 도깨비가 떠났어요, 그 산을.

그래 빨간 도깨비는 사람하고 잘 어울려서 재밌게 지냈는데, 나중에 알고 보니, 아 파란 도깨비가 일부러 한 행동이라는 걸 알고 울었다라는 이야기 있어요.

혹부리 영감 [1]

● **구연정보**

조사일시 : 2016. 11. 18(금) 오후
조사장소 : 강원도 강릉시 초당동
제 보 자 : 코마츠 미호 [일본, 여, 1969년생, 결혼이주 20년차]
조 사 자 : 박현숙

● **구연상황**

제보자가 〈복숭아 동자 모모타로〉 이야기 구연을 마친 뒤, 자신의 자녀들에게 〈혹부리 영감〉 이야기를 들려준 적이 있다고 말했다. 조사자가 제보자에게 구연을 요청하자 자신없다는 반응을 보이면서도 기억을 더듬어가며 구연을 시작했다.

● **줄거리**

옛날에 혹부리 할아버지가 산에 갔다가 도깨비 집에 들어갔다. 술을 마시던 도깨비들이 할아버지를 발견하고 춤을 추면 상을 주겠다고 했다. 할아버지가 춤을 잘 추자 도깨비들이 보상으로 할아버지의 혹을 떼어주었다. 옆집에 살던 욕심쟁이 혹부리 할아버지가 그 사연을 듣고 도깨비 집에 찾아갔다. 욕심쟁이 할아버지도 도깨비 요청대로 춤을 추자 도깨비가 소원을 물었다. 욕심쟁이 할아버지는 옆집 할아버지가 뭐라고 했는지 알지 못해서 전에 왔던 할아버지가 필요없다고 한 것을 달라고 했다. 그러자 도깨비들이 이전에 왔던 할아버지의 혹을 갖다 붙여주었다.

옛날에 그 할아버지가 산속에 갔는데 도깨비들이 있는, (혼잣말로) 있었는 건가? 있었는데. [조사자: 도깨비들이 사는 집?] 응, 사는 집. 도깨비들이 거기서 그 술을 먹거나 뭐 하고 있었어요, 모여서. 거기에 갔는데 들켜가지고 저기, 목숨 잃을 뻔했는데 거기서.

“춤추고 그러면 니가 저기, 상으로 주겠다.”

그렇게 한 것 같은데. (혼잣말로) ‘오도리노호비’. 아 춤, 춤 보상으로 뭔가 해준다고 했는데, 아, 그 할아버지가 춤을 되게 잘했대요. 그래서 할아버지가 춤추고, 그래서 잘 했으니까 그 받아야 되는데 그,

“혹을 저기 떼 달라.”고.

“상 다른 거는 필요 없고 그게 떼 줘야 좋다.”

고 해서 떼 내고 집에 돌아간 거죠.

그래서 옆집에서 보고 있던 나쁜 할아버지, 아니 욕심쟁이 할아버지가 어, 그거를 보고 부러워하니까, 부러워해서,

“어디서 그렇게 뗐냐?”고.

그래서 이야기 듣고 자기도 저기 뗄려고 그 산에 갔어요. 산에 갔는데, 음. (잠시 멈추고 이야기 내용을 생각하며) 이거 어떤 이야기였죠? 아, 거기서 똑같이 춤 췄는데 그 갖고 싶은 것은, 그 뭐라고 했는지, 착한 할아버지 어떻게 말을 해서 그렇게 됐는지 몰라가지고 그 할아버지가 생각해요.

그 어제 할아버지가 필요 없다는 거, 어제 할아버지가 필요 없다는 거, 돈이 필요 없다고 했잖아요. 그거 생각해서 어제 할아버지가 필요 없는 거라고 대답을 해요. 그래서,

“아 알았다.”고.

그 혹을 더 붙여줬다 하는 이야기네요. 네네, 그렇게 해서 그 정도밖에 생각 안 나네요. 근데 유명한 이야기인데 네, 전 동화책이 있으면 읽고 많이 했는데, 이야기는 잘 못하겠네요. 그래도 그냥 그런 내용.

[조사자: 재미있는데요? 일단 본인이 그 사람이 무슨 얘길 했는지, 뭘 필요 없다고 얘기했는지를 몰라서.] 네네. 그냥 떼 달라고 하면 되는데 어제 할아버지가 필요 없다고 하는 거, 돈 달라고 하는 것도.

[조사자: 그러면 일본에 속담 중에 ‘혹 떼러 갔다가 혹 붙여 왔다’ 이런 얘기, 그 혹부리 영감하고 관련된 속담 같은 건 없어요?] 속담이요? [조사자: 네.] 없는데요. [조사자: 없어요?] 네. 아 그리고. 아, 한국은 있나요? [조사자: 혹 떼러 갔다가 혹 붙여 갖고 왔다고.] 아, 그렇게. [조사자:

그런, 어떤 상황이 벌어지면 뭔가 해결하러 갔다가 오히려 문제를, 뭐 걱정거리를 갖고 오거나 하면 그렇게 표현들을 써요. 관용어로.] 아, (일본에) 그거는 없네요.

혹부리 영감 [2]

● **구연정보**

조사일시 : 2017. 01. 06(금) 오후
조사장소 : 대구광역시 중구 대안동
제 보 자 : 마츠다 타마미 [일본, 여, 1976년생, 결혼이주 7년차]
조 사 자 : 조홍윤, 황승업, 김자혜

● **구연상황**

제보자는 〈혀 잘린 참새〉 구연이 끝난 후, 그와 유사한 맥락의 이야기로 〈혹부리 영감〉을 이어서 구연했다. 마츠자키 료코와 묘엔 이치로 제보자가 청자로 참여했다.

● **줄거리**

옛날에 혹이 달린 할아버지가 있었는데 산에 갔다가 도깨비를 만났다. 도깨비가 춤을 추라고 하자 할아버지는 신나게 춤을 추었다. 도깨비는 할아버지의 혹을 떼 주었다. 혹을 뗀 할아버지가 이웃에 사는 혹 있는 할아버지에게 이 이야기를 해주자 그 할아버지도 도깨비를 만나러 갔다. 도깨비가 똑같이 춤을 추라고 했지만, 할아버지는 무서워서 실수를 했다. 그래서 예전에 뗀 혹까지 붙여서 돌아왔다.

어떤 할아버지가 혹이 한 개 있었어요, 착하고. 옛날에 산에 갔을 때 도깨비 집단을 봤는데 너무 무서워서 숨어 있었더니 발견돼서, 도깨비들이 술을 마시고 있었기 때문에,

"너, 춤을 추어라."

라고 해서 할아버지는 무서웠지만 춤을 추기 시작했어요.

할아버지가 너무 재미있어서 신나게 췄다가 마지막에 도깨비가

그걸 빼 줬어요. 왜 빼 줬지? [청자: 잘 했으니까.] 잘했으니까 빼줬어요. 이때까지 있었던 혹이 없어져서 기쁘게 간 이야기를 옆집 할아버지한테 했어요.

그 할아버지도 그게 있었나? 혹이 한 개 있어서, 그걸 듣고,

'그럼 나도 그래야지.'

하고 갔는데, 똑같이 다시 도깨비가 술을 마시고,

"너도 춤을 춰라."

라고 했는데, 잘 못 췄어요.

그리고 너무 무서웠기 때문에 실수해서, 도깨비가 화내서 그럼 그전에 뺀 것 다시 줘서 두 개 생겨서 울면서 집에 갔다는 이야기가 있어요.

혹부리 영감 [3]

● **구연정보**

조사일시 : 2017. 05. 01(월) 오전
조사장소 : 인천시 부평구 삼산동
제 보 자 : 노마치 유카 [일본, 여, 1974년생, 결혼이주 10년차]
조 사 자 : 신동흔, 조홍윤, 황승업

● **구연상황**

제보자가 〈야만바와 세 장의 부적〉을 구연한 뒤 조사자가 일본의 〈혹부리 영감〉 이야기를 청하자 구연을 시작했다. 제보자가 구연한 이야기 내용은 도깨비들이 혹을 뗀 이유가 한국의 경우와 차이가 났다.

● **줄거리**

옛날에 혹부리 영감이 살았는데, 착하고 흥이 많은 영감은 도깨비들을 만나 신나게 춤을 추고 놀았다. 이에 영감과 다시 놀고 싶었던 도깨비들은 다시 놀러 오지 않으면 돌려주지 않겠다면서 담보로 영감의 혹을 떼어갔다. 그 소식을 들은 이웃집 혹부리 영감은 자신도 혹을 떼어 보려고 도깨비들을 찾아갔으나 노래도 잘 못하고 춤도 잘 못 추는 영감에게 실망한 도깨비들은 같이 노는 것이 재미없다며 맡아두었던 혹까지 붙여서 돌려보냈다.

[조사자: 일본에도 그 이야기, 오니 이야기 중에 저기, 그 어떤 혹 붙은 영감 혹을 떼어준 이야기가 유명한 이야기인가요?] 네, 유명해요. 그러니까 그것도 거의 똑같은 것 같은데요. 저도 비교를 한다고 본 적이 있는데.

그러니까 이쪽인가 다른 두 사람이 나오죠, 할아버지가. 이쪽에 있는 사람이 있고, 이쪽에 있는 사람이 있고. 그런데 어느 쪽인지 모르지만 착하고 흥이 많은 할아버지가 그 도깨비들이 막 그 춤추고 놀고 있는데, 처음에 무서웠지만 너무 신나게 노니까 같이 막 춤을 추고 노는 거예요. 그랬더니 도깨비도 너무 좋아해가지고 그,

"다음에 또 와야 된다. 내일도 또 꼭 와야지? 그런데 어 말만 하고 안 오면 안 되니까, 니 거 이거 담보로 가지고 있겠다."고.

떼버린 거죠. 그래 집에 가서 이거 너무 싫었는데 없어지니까 좋잖아요. 그런데 옆집 아저씨가 그걸 보고,

'내 것도 떼야 되겠다.'

하고 그, 자기가 대신 가는 거예요. 떼 달라고 하는데, 떼 주겠지 했는데, 그 아저씨 별로 흥이 없었어요. 그래서 노래도 못하고 춤도 못하는데,

"에이, 너무 재미없어. 너 이거 가져가!"

딱 붙이고. (웃음)

얘기 똑같나요? [조사자: 조금 달라요.] 아, 그래요? [조사자: 그게 재밌게 잘 놀아줘가지고 거기에 이제 또 보고 싶어서 부른 거였구나.] 네. [조사자: 한국에서는 거기서 노래를 잘 부르는데 "노래 왜 이렇게 잘 부르냐?" 그러니까, "아, 내 혹에서 내 노래가 나온다." 그러니깐 딱 그거를 떼 주는데.] 아, 탐나서 뗀 거예요? [조사자: 뗐는데, 다음 날 또 혹 붙은 영감이 가니까 "여기서 노래가 나오긴 뭘 나오냐? 거짓말하지 마라." 이래가지고 붙여줬다고.] (웃음) 조금 다르네요. 재밌네요.

[조사자: 그런데 이 뜻은 비슷하죠. 이제 흥이 있고 잘 노는 사람하고, 이렇게 막 항상 어둡게 칙칙한 사람하고, '항상 밝고 건강해야 된다.' 그런데 그게 서로 두 사람이 이웃집에 살았다, 이렇게 이야기를 해요?] 네, 네. 이웃집에 살았다고. 항상 이웃집에 사는 사람들이.

혹부리 영감 [4]

● **구연정보**

조사일시 : 2017. 05. 11(목) 오후
조사장소 : 경기도 수원시 영통구 매탄2동
제 보 자 : 이데이 유미 [일본, 여, 1977년생, 결혼이주 15년차]
조 사 자 : 오정미, 이승민

● **구연상황**

조사자가 준비해 온 책에 있는 이야기 말고 기억나는 이야기를 더 들려 달라고 요청하자 제보자가 한국에도 비슷한 이야기가 있다면서 구연을 시작했다.

● **줄거리**

도깨비를 만나서 춤을 추고 재미있게 해줘서 혹을 뗀 할아버지가 있었다. 그 모습을 본 욕심이 많은 혹부리 할아버지가 자기도 흉내를 내서 혹을 떼고자 했다. 그러나 그는 도깨비들을 화나게 해서 오히려 착한 할아버지의 혹까지 얼굴에 붙게 됐다.

옛날에 할아버지 두 분이 살고 있었는데. [조사자 1: 제목이? 제목 먼저.] 고부토리지상. [조사자 1: 고부토리.] 고부토리지상 [조사자 1: 고부토리지상, 고부토리지상, 그게 무슨 말이에요?] 지상이 할아버지예요. 지상이 할아버지이고, 고부가 무슨 영감님 있잖아요. 혹부리? [조사자 1: 혹부리 할아버지 이야기구나.]

쌍둥이인가? 그 할아버지가 옆에 한 명씩 살고 있었는데. [조사자 1: 할아버지가 두 분?] 네, 한 명씩. 뭐 서로가 할머니도 계시고 있었는데, 한쪽에는 착한 부부고, 한쪽에는 조금 욕심많은 부부가 살고 있는데 그 할아버지 두 분이 한쪽에 씩, 일본에서는 고부라고 하는데 그 혹부리? 한쪽에 씩 이렇게 달려있는 거예요. 그 할아버지가. 한 분은 잘살고, 누구한테 베풀고, 돕는 그런 사람인데, 열심히 살고 있는데 가난해졌어요. [조사자 1: 그 착한 할아버지가?] 네. 착한 할아버지가.

그런데 그 욕심 많은 할아버지는 돈도 많고, 땅도 많고 그랬는데 좀 사람들한테는 좀 못되게 굴었었어요. 그런데 (내용이 잘 기억나지 않는지 좀 생각을 하고) 그때 도깨비가 왔나? 도깨비가 와가지고. 그때 도깨비가 왔나? [조사자 1: 혹부리 영감 원래 도깨비가 나오지요.] 그렇죠?

아! 그런데 어떤, 착한 할아버지한테 도깨비를 뭐를 조금, 뭐를 도와주었나? [조사자 1: 노래를 부르지 않아요?] 아! 노래를 부르나? 아! 노래 부르고 뭐 하다가 춤을 추고, 도깨비가 나와가지고. 춤을 추고 뭐하고 너무 좋다 해가지고 나왔는데,

"그 재미있게 해줬으니까 소원이 좀, 뭐 한 가진가 뭔가. 좀 해준다."고.

도깨비가 말을 하더니 그 할아버지가,

"이 혹은 너무 불편하니까 이것 좀 떼주라."

이렇게 한 거예요. 그래서,

"알았다."

해가지고 떼주고 갔는데 그거를 옆에서 보는 욕심쟁이 할아버지가,

"아, 나도 그러면 좀 해보자."

해가지고 같이 같은 식으로 해봤어요. 그랬더니 그 할아버지는 소리만 커가지고 노래를 좀 못하게 하가지고 너무 기분 나쁘게 하는 거예요. 그러니까 도깨비가 나와라 해가지고 나와 가지고 했는데.

"야 너무 시끄럽다. 왜 이렇게 사람을 기분 나쁘게 하냐?"

해가지고 나왔는데 그 할아버지가,

"야 노래 불렀으니까 나도 이거 빼 줘. 이것도 불편하니까 빼줘."

했더니,

"알았다."

해가지고 도깨비가 갔는데 '땅' 했더니 그 옆에 할아버지 빼놓은 혹까지 붙여버려서 우리는 양쪽에 붙여버렸어요.

한국은 보니까 한쪽에 두 개 달리는 그림을 많이 보는데 양쪽에 이렇게 '딱' 해가지고 양쪽에 혹이 딸랑딸랑 해가지고 그런 이야기.

혹부리 영감 [5]

● **구연정보**

조사일시 : 2018. 11. 23(금) 오전

조사장소 : 경기도 안산시 원곡동

제 보 자 : 토리카이 쿠미코 [일본, 여, 1977년생, 결혼이주 11년차]

조 사 자 : 김정은, 강새미

● **구연상황**

인도네시아의 수산티 제보자가 임신 중 금기에 대해 들려준 뒤 한동안 각 나라의 금기에 대한 대화가 이어졌다. 조사자가 토리카이 쿠미코 제보자에게 준비해온 이야기 중 남은 것이 있는지 묻자 바로 구연을 시작했다. 수산티 제보자와 우즈베키스탄 출신의 허율리나 제보자, 중국 출신의 박영숙 제보자가 청중으로 이야기를 함께 들었다.

● **줄거리**

한 동네에 마음씨 착한 할아버지와 마음씨 나쁜 할아버지가 살았다. 착한 할아버지가 밖에서 일을 하다가 비가 와서 피해 있다가 잠이 들었는데 도깨비가 나타났다. 도깨비들이 춤추고 노래 불르며 놀았는데 할아버지가 흥이 많아서 도깨비와 같이 어울렸다. 도깨비는 다음에도 또 오라며 혹을 떼어서 가지고 있겠다고 했다. 그 이야기를 들은 나쁜 혹부리 할아버지가 그곳을 찾아갔는데 춤을 제대로 못 춰서 혹을 두 개 붙이고 돌아왔다.

옛날에, 옛날에 할아버지가 두 명 살았었어요. 한 명은 착한 할아버지인데 이쪽에 혹이 있고. 마음씨 나쁜 할아버지인데 (반대쪽을 가리키며) 이쪽에 혹이 있었어요. 반대로 혹이 있었어요. 마음씨 착한 할아버지는 진짜 마음이 항상 편안하고, 항상 밝고 편안한 성격이었어요.

그래서 밖에 나가서 일하고 있었는데 비가 와가지고 비를 맞지 않게 좀 숨어있었더니 잠이 와서 잠이 들어버렸어요. 그때 도깨비들이 많이 와가지고 파티를 하기 시작했어요. 도깨비들이라서 무거운 것은 보통인데 그 할아버지는 흥이 많아가지고 도깨비들이 춤추고 노래 부르고 하니까 자기도 나타나서 춤도 추고했어요. 그것을 도깨비들 너무 좋아해가지고,

"할아버지 너무 재밌다. 내일도 다시 와야 돼."

하면서,

"그때까지 혹을 제가 갖고 있겠다. 다시 이렇게 하고 싶으면 내일도 와야 돼."

그랬어요. 그래가지고 혹 없어져서 집에 들어갔어요.

그것을 본 마음씨 나쁜 할아버지는,

'나도 이거 너무 불편했다. 가서 없어지고 싶다.'

그래서 거기 할아버지가 갔던 데 다시 갔어요. 마음씨 나쁜 할아버지는 이런 성격도 아니고, 도깨비들 보고 너무 무섭고, 춤도 잘 못 추는 사람인데 혹 떼고 싶어가지고 그냥 열심히 춤을 췄어요. 그런데 도깨비들은 이거 마음에 안 들었어요.

"이 할아버지 뭐냐?"

하면서,

"안 와도 되겠다."

해서 어제 받았던 혹이 두 개가 돼서 집에 돌아왔다는 이야기예요.

주먹밥 할아버지와 쥐 [1]

● **구연정보**

조사일시 : 2016. 11. 17(목) 오후

조사장소 : 강원도 횡성군 횡성읍 읍하리

제 보 자 : 모우에 히로꼬 [일본, 여, 1967년생, 결혼이주 19년차]

조 사 자 : 박현숙, 김현희

● **구연상황**

제보자가 〈꾀 많은 잇큐〉 구연을 마친 뒤, 조사자가 〈혹부리 영감〉 이야기를 아는지 묻자 알고 있다고 짧게 대답한 뒤 그보다는 주먹밥과 관련된 할아버지 이야기를 구연하고 싶은 뉘앙스를 풍겼다. 조사자가 제보자에게 주먹밥 할아버지 이야기 구연을 요청하자 이야기를 시작했다.

● **줄거리**

옛날에 어떤 착한 할아버지가 살았다. 어느 날 할아버지가 손에 들고 있던 주먹밥을 떨어뜨려서 밥이 구멍으로 들어갔는데 구멍 속에서 소리가 났다. 할아버지가 신기해서 주먹밥을 다시 넣으니 또 소리가 났다. 할아버지가 구멍 속을 살펴보니 쥐들이 잔치를 하고 있었다. 쥐들은 할아버지를 대접하고 선물도 주었다.

어떤 할아버지가 착하고 그러는데, 갑자기 주먹밥이 떨어져서 데굴데굴 구멍에 들어갔어요. 그래서 정확하게는 모르지만. 그런데 주먹밥이 떨어진 구멍 속에서 소리가 나요.

"와, 맛있는 거 왔다."

신기한 소리가 나서 할아버지가 또 던지니까. 데굴데굴 굴러가니까 또 신기한 소리가 나서,

"도대체 뭐지?"

이러면서 들어가 보니까 할아버지가 그 구멍 속에 들어가는 거죠. 데굴데굴. 그래서 하니까 쥐가 잔치하고 있었어요. [조사자: 쥐들이?] 쥐들이 잔치하고 있어서 그래서 (잠시 구연을 멈추며 10초 정도 생각하다가) 쥐가 이제 또 고맙다고 많이 대접하고 선물도 주고 그런 이야기인데. 정확히 몰라요, 저는.

[조사자: 그래서 복을 받았으면 욕심 많은 할아버지가 또 어떻게 하지 않아요?] 그거는 또 다른 거 같은데. [조사자: 아 여기는 주먹밥에서 복 받은 이야기까지?] 네.

주먹밥 할아버지와 쥐 [2]

● **구연정보**

조사일시 : 2016. 11. 18(금) 오후
조사장소 : 강원도 강릉시 초당동
제 보 자 : 코마츠 미호 [일본, 여, 1969년생, 결혼이주 20년차]
조 사 자 : 박현숙

● **구연상황**

제보자가 〈요괴 갓파의 형상〉에 대한 구연을 마치자 조사자가 제보자에게 여러 제시어를 말하며 다른 이야기 구연을 유도했다. 그러나 제보자가 모른다고 했다. 제보자가 핸드폰으로 여러 이야기를 검색하다가 아는 이야기가 떠올랐는지 〈주먹밥 할아버지와 쥐〉 이야기 구연을 시작했다.

● **줄거리**

옛날에 할아버지와 할머니가 살았다. 할아버지가 산에서 나무를 하다가 할머니가 싸준 주먹밥을 먹으려 했는데, 실수로 떨어뜨려 땅속 구멍으로 굴러 들어갔다. 할아버지가 주먹밥을 꺼내려고 구멍을 파는데 안에서 좋아하는 소리가 들렸다. 할아버지가 그 구멍 안으로 들어가니까 쥐들이 주먹밥을 먹으며 즐기고 있었다. 쥐들이 할아버지에게 고맙다고 인사하자 할아버지는 기분이 좋아서 그 후 매일 주먹밥을 구멍에 넣어주었다. 하루는 쥐가 구멍 밖으로 나와서 할아버지에게 금화가 가득 든 상자를 주었다. 할아버지와 할머니는 오래오래 행복하게 살았다.

그 마음 착한 할아버지하고 할머니가 살고 있었어요. 할아버지가 역시 산에 나무하러 가는데 할머니가 그 간식으로 주먹밥을 만들어 줬어요.

그래서 할아버지가 쉬는 시간에 그 주먹밥을 먹을려고 했는데 그 주먹밥이 하나가 데굴데굴 이렇게 굴러가서 어떤 구멍에 들어가 버렸어요. 그래서 할아버지는 그 주먹밥을 이렇게 줏을라고 막 쫓아가는데 들어가 버렸으니까 그, 구멍을 이렇게 팠어요. 그니까 그 안에는 깜깜하고 잘 안 보이는데 그 안에서 소리가 들렸어요. (일본어로 말하며) 뭐지?

"주먹밥 떨어져 왔다."

[조사자: 굴러왔다?] 네.

"굴러왔다. 좋아라. 좋아라."

뭐 그런 식으로 소리가 들렸어요. 그래서 그거 듣고 할아버지가 놀랬는데 다시 또 다른 주먹밥도 거기다가 넣어 봤어요. 그니까 더,

"좋아, 좋아."

하는 목소리가 들리는 거예요.

[조사자: 뭐라구?] 좋다구요. [조사자: 아까 앞에 하던 말을 그대로 해요?] 네. 똑같이 반복해서. 더 좋아하는 목소리로 들렸대요.

그래서 그 구멍 속에 도대체 뭐가 있냐고 궁금해가지고 할아버지가 그 구멍 속에 들어갔대요. 근데 그 들어가보니까 거기에 많은 쥐들이 거기서 살아 있었대요. 그래서 할아버지가, 아 쥐가 너무 맛있게 그 주먹밥을 먹고 있는 거예요. 그래서 그 쥐들이 할아버지보고,

"아주 고맙다."고.

감사하는 말을 했는데, 할아버지도 그거를 듣고 너무 기분이 좋았대요. 그래서 그날부터 맨날 할아버지가 주먹밥을 그 구멍에다가 넣어줘요. 그니까 어떤 날에 그 쥐가 할아버지, 구멍, 구멍 속에서 나와서 할아버지한테 상자를 줬대요. 그래서 할아버지가 집에 가서 그 상자를 열어보니까 거기다가 그 금화가 많이 들어있었다. 그래서 할아버지하고 할머니가 오래오래 행복하게 살았습니다. 그런 네. 그런 이야기.

[조사자: 쥐가 주먹밥을 좋아하는구나.] 네. [조사자: 그게 소리가 너무 귀여워서 다시 한 번. 혹시 해주실까 하고. "좋아. 좋아."]

(웃으며) 좋아, 네. 근데 이게 일본말로 '오무스비코로린다(お結むころりんだ)'라고 하는데, 주먹밥, '코로리(ころり)'가 뭔가 떼굴떼굴 굴러가는 그 의태어라고 해요.

주먹밥 할아버지와 쥐 [3]

● 구연정보

조사일시 : 2018. 11. 23(금) 오전

조사장소 : 경기도 안산시 원곡동

제 보 자 : 토리카이 쿠미코 [일본, 여, 1977년생, 결혼이주 11년차]

조 사 자 : 김정은, 강새미

● 구연상황

제보자는 〈엄지동자 잇슨보시〉를 구연한 뒤 이야기에 나오는 '우치데노코즈치'가 다른 이야기에도 나온다며 구연을 시작했다. 우즈베키스탄의 허율리나 제보자와 인도네시아의 수산티 제보자, 중국의 박영숙 제보자가 이야기를 함께 들었다.

● 줄거리

할머니 할아버지가 살고 있었는데, 할머니가 싸준 주먹밥이 데굴데굴 굴러가서 어떤 구멍으로 들어갔다. 그곳에서 예쁜 소리가 들리자 할아버지는 주먹밥을 더 넣어줬고 예쁜 소리가 또 들렸다. 할아버지는 궁금해서 구멍에 들어가 보니 쥐들이 있다가 고맙다고 했다. 할아버지가 뒤에도 찾아가 주먹밥을 넣어주자 쥐들은 고맙다며 마법의 망치를 주었다. 할아버지는 망치에게 소원을 빌어서 아이를 얻어서 행복하게 살았다.

할머니 할아버지가 살았는데 할머니가 준비해주신 도시락이 주먹밥인데 그거 먹고 있었더니 떨어져 버려가지고 주먹밥이 '코로링, 코로링, 코로코로링' 그러면서 데굴데굴 내려갔어요. 어떤 구멍에 들어갔는데 거기서 예쁜 소리가 들렸대요.

"무스비 코로링, 코로코로링."

그렇게 노래도 부르고. 뭔가 예쁜 소리가 들려가지고 할아버지가 너무 신기해서 자기가 갖고 있던 주먹밥을 하나 더 넣었어요. 그랬더니 또 예쁜 소리가 들리는 거예요. 그래서 할아버지가 너무 신이 나서 자기가 갖고 있는 거 다 넣어버렸어요. 그래도 뭔가 너무 궁금해 가지고, 다 넣어버렸는데 그래도 궁금해가지고,

"자기가 내려가서 보겠다."고.

자기도 구멍 속에 들어가 가지고 코로링, 코로링 가면 밑에는 쥐들이 있었던 거예요. 쥐들이 할아버지한테

"너무 고맙다. 이렇게 맛있는 것을 주셔 가지고 너무 고맙다."

하면서 맛있는 거라든지 파티 같은 것을 해드렸어요.

아, 이튿날도 갔었나 보다. 몇 번 갔어요, 할아버지가 그거 듣고 싶어 가지고 몇 번 거기 가 가지고. 그래서 쥐들이,

"항상 고맙다, 할아버지."

하면서 그때도 파티 해주었고, '우치데노코즈치'● 쥐가 할아버지한테 주는 거예요.

이거 우치데노코즈치 하면 소원 비는 거. 할아버지는 무엇을 빌었냐면,

"아이를 갖고 싶다."

그래서 아이를 갖게 됐고 행복하게 살았다는 이야기예요.

● 일본의 민담, 전설, 동화 등에서 오니가 가지고 있는 신비한 망치를 말한다.

주먹밥 할아버지와 쥐 [4]

● **구연정보**

조사일시 : 2018. 02. 03(토) 오전
조사장소 : 서울시 광진구 화양동
제 보 자 : 이케다 마유미 [일본, 여, 1967년생, 결혼이주 22년차]
조 사 자 : 오정미, 한상효, 엄희수

● **구연상황**

제보자는 일본의 속담에 대해서 설명하다가 갑자기 생각이 났는지 이 이야기 구연을 시작했다.

● **줄거리**

나무꾼 할아버지가 산속에서 일을 하다가 주먹밥을 떨어뜨렸는데 주먹밥이 떼굴떼굴 굴러서 구멍 속으로 들어갔다. 그 속에서 귀여운 소리가 들리자 할아버지는 다시 주먹밥을 구멍에 넣었고, 귀여운 소리가 또 들려왔다. 할아버지는 다시 주먹밥을 넣으려다 미끄러져 구멍에 들어갔는데, 그곳은 쥐가 살고 있는 마을이었다. 쥐들은 감사하다며 답례로 돈을 주었다. 옆집 할아버지가 이 이야기를 듣고 주먹밥을 만들어 쥐가 사는 곳으로 들어간 뒤 돈을 많이 요구하면서 고양이 소리를 냈다. 그러자 밝았던 땅속이 갑자기 깜깜해졌고, 옆집 할아버지는 땅속에 묻혔다.

그게 진짜 그쪽에 그 교토나 그런 데서 '우시 와카나레'라고 그게 무사 이야기가 있긴 있었는데 그게 어떤 것인지. 아 하나 전혀 다른 이야기지만 옛날에 제가 그 이중언어 대회 때 거기에서 일본어 민화를 좀 한국어 일본어로 연극으로 해 본는데 '무스비 고노님'이라고 '주먹밥'이라는 게 있어,

근데 그게 아 뭐였더라. 아, 옛날에, 옛날에 거기 그 끼리코, 나무

꾼 할아버지가 있었는데 나무꾼이 주먹밥을 만들면서 거기 상(산)에 들어갔어요. 그래서 살고 나서 주먹밥을 먹으려고 했더니 떨어뜨려 가지고 데굴데굴 굴르면서 그 뭐 산속에 구멍에 들어갔어요. 데굴데굴 굴러가고 나서 아 거기 안에서 또 다시 소리가 들리는 거예요.

"주먹밥이 데구르 데구르 데구르."

그런 조금한 소리로 진짜 귀여운 소리가 들었어요. 그 소리 듣고 나서,

'아, 재미있다.'

또다시 제가 내가 남는 그런 주먹밥을 그 구멍에서 내야 되겠, 듣고 싶어서 냈어요. 그랬더니 또다시 그게 들어갔어요. 들어갔는데 또 아 또 그런 귀여운 목소리가 나왔는데,

"아, 재밌다 재밌다."

하면서 그게 집어 넣으려고 했더니 갑자기 그 다리 미끄러워가지고 할아버지가 자체가 거기 들어가버렸어요.

그래 들어가버리는데 거기서 거기 쥐가 쥐, 쥐, 쥐가 살고있는 마을이었어요. 그래서 그러고 나서 쥐가 하면서 아 잊어먹었네. 거기 쥐가 살고 있는데 거기서, 음, 뭐였더라. 재미, 살고 있는데, 그게 거기서,

"아, 진짜 맛있는 주먹밥을 주셔서 감사합니다."

하는 건가? 했대요. [조사자 1: 아 괜찮아요. 기억나시는 대로 말씀하시면 돼요.]

그래서 아 진짜 고맙다고 이야기해서, 맛있는 주먹밥을 종일 먹었다고 그렇게 말하면서, 했대요. 그게 그게 당내로, 뭐, 저, 금, 돈, 고방이라고 돈을 많이 줬어요. 그랬더니 고맙다라고 하면서, 들어가지고, 또 옆집에 할아버지가 그거를 보고,

"왜 그럼 돈이 생겼냐?"고.

물어봤고,

"나도 그거 보고, 그거 갖고 싶다."

생각해서 자기도 주먹밥을 만들어 가지고 거기 상에 가서 일부러 그거 [조사자 1: 똑같이 했어요?] 똑같이 거기 집어넣었어요. 집어

넣고 또다시 자기 보러 갔어요. 그 구멍에 그렇게 해서 아 고맙다라고 하면서 거기 또 거기 옆집에 할아버지보다 그 많이 갖고 싶었어요. 거기 [조사자 1: 고방을.] 고방을. 그래서,

"또 없냐?"

고 물어봤는데 아 많이 많은, 맛있는 음식도 먹었는 거 같아요. 그때, 먹었는데 또다시 달라고 얘기,

"다시, 많이 주지 않으면 고양이 울음소리 준다."

고 하면서,

"야옹!"

소리 했대요. 그랬더니 갑자기,

"아 고양이가 왔다."

라고 하면서 거기 지금까지 거기 불키는, 불키고 밝은 그런 단석이었었는데, 다 도망가니까 갑자기 깜깜해지고, 거기 땅에 묻어버렸다.

[조사자 1: 죽은 거네요.] 그러겠죠.

[조사자 1: 이 이야기 제목이 뭐예요?] 오무스비 코로이. [조사자 1: 오무스?] 오무스비 코로닌. [조사자 1: 오무스비 코로이, 이게 무슨 뜻이에요?] 오무스비가 주먹밥이고, 코로이가 데굴데굴.

주먹밥 할아버지와 쥐 [5]

● 구연정보

조사일시 : 2018. 05. 24(목) 오후

조사장소 : 경기도 화성시 진안동

제 보 자 : 요시이즈미 야요이 [일본, 여, 1971년생, 결혼이주 13년차]

조 사 자 : 김정은, 황승업

● 구연상황

제보자가 〈대나무에서 나온 가구야공주〉를 구연한 뒤에 아이들에게도 많이 들려준 재미있는 이야기가 있다고 했다. 이야기 구연 중간에 제보자의 여덟 살 된 딸이 들어왔는데, 자기도 엄마에게 들어 아는 이야기라며 중간중간 구연에 합세했다.

● 줄거리

옛날에 어느 노부부가 있었다. 할아버지가 산에 나무를 하러 가서 일을 하다가 할머니가 싸준 주먹밥을 꺼냈는데 주먹밥이 떨어져 굴러서 어느 구멍에 들어갔다. 그런데 그 안에서 노래 소리가 들렸다. 할아버지가 또 주먹밥을 넣고서 구멍 안을 살펴보니 쥐들이 스모를 하고 있었다. 덩치 큰 쥐와 마른 쥐가 스모를 하는데, 마른 쥐가 계속 졌다. 알고 보니 그 마른 쥐는 할아버지네 집에 사는 쥐였다. 할아버지는 마른 쥐에게 떡을 먹여서 힘이 나게 하고, 할머니는 띠를 만들어주었다. 마침내 할아버지네 쥐가 스모에서 이겨서 상금을 받았고, 쥐는 상금을 할아버지에게 주었다. 이를 들은 옆집 할아버지가 똑같이 따라했는데, 쥐가 받은 상금을 억지로 빼앗았다가 벌을 받았다.

집에 할머니 할아버지가 계시고. 할아버지가 산에 나무하러 갔어요. 그래 그때 그 항상 할머니께서 점심으로 주먹밥 만들어주셨는데. [청자: 그런데 주먹밥이 구멍으로 데굴데굴 떨어지니까.]

(일동 웃음, 제보자의 딸이 이야기를 하여 잠시 구술이 중단됨.)

그래서 그 주먹밥을 점심 돼서 배가 고파서 먹으려고 하다가 그 떨어졌, 떨어트렸어요. 그래 그게 산이라서 그 (웃음) 주먹밥이 데굴데굴 가서.

(제보자의 딸이 갑자기 아는 이야기라며, 이야기를 건너뛰며 앞서 이야기해서 구술 중단됨.)

그래 구멍 안에 떨어져서, 떨어졌는데. 그래 그 구멍 속에서 무슨 소리가 들렸어요. 그래 할아버지가,

"무슨 소리지?"

하면서 하니까, 노래,

"누군가가 노래를 하는 것 같다."

그래서 또 갖고 있는 노래, 아, 주먹밥을 하나 더 일부로, 땅에 일부로 떨어트렸어요. 그래 또 계속 노래하고. 그 안에 쥐가 있는 거를 나중에 알게 돼요. [조사자: 노랫소리 내던 게 쥐였군요.] 네. 아, 저기 뭐지? 이야기하려고 진짜 생각이 안 나네. (웃음)

[청자(제보자의 딸): (휴대폰 게임을 하면서) 그래가지고 할아버지가 그 쪽 들어가, 파가지고 들어가가지고, 생쥐들이 있어서 그 생쥐들이 떡을 줘가지고 떡, 떡 먹으면서 생쥐 공연해가지고, 마지막 할아버지가 갈 때 생쥐들이 할아버지한테 그 선물을 줬어요. 돈.] [조사자: (웃으며) 지금 너 게임하면서 지금 말하고 있는 거야?] [청자: 네!]

네, 그 쥐, 안에 할아버지가 안에 들어갔어요. 안에 들어가서 쥐가 있는 걸 확인하고 했는데. 그중에 그 할아버지 집에 살고 있는 쥐가 있었어요. [조사자: 네. 쥐들이 모여 있군요.] 예. 그 쥐구멍 속에서 쥐고 스모를 하는데, 덩치 큰 쥐하고, 그 살도 없는 작은 쥐가 스모를 하는데, 항상 덩치 큰 쥐가 이기겠죠. 네, 그것을 보고,

'아, 이 쥐가 아, 우리 집에 사는 쥐다.'

라고 해서 항상 그 스모하면 지니까, 할아버지가 다음에는 일부로 그 쥐에게 떡을 주는 거예요. 쌀보다 떡이 좀 힘이 나잖아요. [조사자: 네, 네.] 그래서 그렇게 좀 챙겨 주고.

그 스모 할 때는 허리에다가 마와시(まわし, 띠)라는 걸해요. 그

래 그거를 다음에 할머니가 그 쥐에게 만들어 [조사자: 만들어 주었어요?] 네, 주면서, 다음에 또 쥐끼리 스모 했을 때, 나중에는 이 쥐가 이겼다라는 이야기. [조사자: 우와, 잘 키워 줘가지고 그 쥐가 이긴 거예요?] 네. (웃음)

(옆에 있던 제보자의 딸이 다시 끼어들며) [청자: 아, 그다음에 옆집에 사는 그 소문을 들어가지고 욕심쟁이 할아버지가 욕심이 나서 그쪽에 그냥 탁 들어요.] [조사자: 들어갔어, 어.] [청자: 그래가지고 그 할아버지는 벌을 받았어요.]

[조사자: 쥐 씨름하는데 어떻게 방해를 했어?] [청자: 네?] [조사자: 왜 벌을 받았을까?] 그게 욕심내서 하면, 처음에는 할아버지는 그냥 우연히 그렇게 돼서, 뭐 선물 받아, 뭔가 [청자: 선물.] 선물인가 뭔가 받았어요. [청자: 돈, 돈.] [조사자: 쥐가 선물 줬어요? 돈을 줬어. 응.] 네. 그런데 욕심내서, 한국에서도 그런 이야기 있죠? [조사자: 네, 많잖아요.] 일부러 그렇게 여기 구멍에다가 뭐 주먹밥 주고 하니까, [조사자: 아, 똑같이?] 예, 예. 그렇게 된 것 같아요.

[청자: 이번에는 다른 할아버지여서 벌 입은 거예요.] [조사자: 다른 할아버지라서 그런 것 같애?] [청자: 네.] [조사자: 그럼 뭘, 뭘 했을까? 뭘 똑같이 했는데 벌 받았나?] 그거 뭐였지? [조사자: 떡을 줬어? 쥐에게 떡을 줬는데도 벌 받았나?]

[청자: 떡 줬는데, 그 쥐가 그 맨날 주는 할아버지가 아니라, 맨날이었으면, 한, 첫 번째는 들어갔는데, 세 번째는 그냥 주기만 하고 돌아갔는데, 이번에는 주고 들어 왔으니까 벌을 받는. 그쪽에서 상금, 들어갔는데, 그래도 환영을 해줘가지고, 그런데 돈을, 돈을 뺏어갔어요.] [조사자: 걔네들.] 그래서? [조사자: 뭔가 잘못했을 텐데. (제보자 딸을 보고 웃으며) 좋아. 되게 잘 기억하네요.]

혀 잘린 참새 [1]

● **구연정보**

조사일시 : 2016. 11. 17(목) 오후
조사장소 : 강원도 횡성군 횡성읍 읍하리
제 보 자 : 모우에 히로꼬 [일본, 여, 1967년생, 결혼이주 19년차]
조 사 자 : 박현숙, 김현희

● **구연상황**

제보자가 〈주먹밥 할아버지와 쥐〉 이야기를 짤막하게 구연한 뒤, 1차 조사 때 구연했던 〈혀 잘린 참새〉 이야기가 다른 이야기와 섞였다면서 다시 재구연해도 되는지 물었다. 조사자가 좋다고 하자 제보자가 구연을 시작했다. 후반부 내용을 구연할 때 주문한 저녁 식사가 배달되어 이야기판이 다소 어수선해졌다.

● **줄거리**

옛날에 할아버지와 할머니가 살았는데, 할아버지가 나무하러 갔다가 독수리에게 다친 참새를 데려와서 지극 정성으로 돌보았다. 할머니는 할아버지가 나간 사이에 부엌에서 밥을 먹은 참새의 혀를 잘라버렸고 참새는 집을 나가버렸다. 할아버지가 이 사실을 알고 혀 잘린 참새를 찾아 나섰다. 할아버지는 말과 소를 씻긴 물을 각 일곱 통씩 마시고 참새 있는 곳을 알아내서 참새를 만났다. 참새의 부모는 할아버지에게 은혜를 갚겠다면서 큰 상자와 작은 상자 중 하나를 고르라고 했다. 할아버지가 작은 상자를 골라서 가져왔는데, 그 속에서 금은보화가 나왔다. 자초지종을 들은 할머니는 큰 상자가 욕심 나서 참새를 찾아갔다. 할머니는 큰 상자를 가져오다가 중간에 상자를 열었는데 도깨비가 나왔다. 놀란 할머니는 참새를 괴롭혔던 일을 뉘우치고서 착하게 살았다.

옛날에 옛날에 할아버지하고 할머니가 살고 있었어요. 근데 할아버지가 나무, 아, 그거 나무 그 뭐지? [조사자: 도끼? 나무 자르는 거?] 아니요. [조사자: 그러면?] 줏으러 왔어요. 근데 줏으러 갔는데 그 때 독수리가 참새를 잡으러 가는 그 순간을 할아버지가 보고,

'아! 그러면 안 되겠다.'

그래도 돌로 던져서 그 참새를 구했어요. 근데 참새가 조금 상처가 있어서 일단 집에 데리고 와서 이쁘게 키우는 거죠. 그걸 보고 있는 할머니는 마음에 안 들었었어요. 참새만 신경 쓰고. 근데 그 할아버지는 진짜 정성껏 참새를 아픈 거를 약을 발라주고 밥을 먹이고 이쁘게 키웠었어요.

근데 어느 날은 할아버지가 또 산에 일을 하러 갔어요. 근데 그 때 비가 많이 와서 하룻밤에 산에서 지냈어요. 근데 그 사이에 본래는 참새가 맨날 맨날 와서 할아버지가 참새한테 밥을 줬는데 그날은 할아버지가 안 돌아와서 배고프잖아요. 밥 주는 사람들도 없고. 근데 할머니는 신경도 안 쓰고, 그래서 배고파서 참았다가 밥을 먹을 거 찾으러 부엌에 나와서 조금 먹으니까, 그 순간 할머니가 본 거죠.

그래서 왜 자기가 먹으려고 한 거 먹는다고 화가 나서 할머니가,

"앞으로 못 먹게 너 혀 잘라준다."

그렇게 해서 혀를 잘라버려서 참새가 도망갔어요.

그것도 모르고 할아버지가 다음날 와서,

"할머니, 할머니. 우리 참새 어디 갔어?"

그러니까,

"도망갔다. 난 모른다."

그래서 할아버지가 참새 찾으러 가요. 집에 없으니까. 근데 그 할머니가 그 왜 도망갔는 거는 할아버지한테 얘기해요.

"나 먹을거리 먹어버리니까 나는 혀 잘라버렸다."

많이 걱정해서 할아버지는 튀어 나간 거 있죠, 참새 찾으러. 그래서 할아버지가 강 건너기 전에 밑에서 말을 씻는 아저씨 만나서,

"혹시 그 혀 자른 참새 아세요? 본 적 있어요?"

하니까,

"나, 알고 있다."

그러면 알려주니까 그 말을. 그 말을 씻으는데, 그 씻으는 물을 바께스(양동이) 같은 거 일곱 개 있어요.

"그거 다 먹으면 나, 알려주겠다."

그래서 열심히 할아버지가 목으로 마셔요. 이런 바께스 있는 거 일곱 개. 그래서,

"그러면 마셨으니까 그러면 알려준다."고.

이야기했는데,

"그럼 저쪽에 있으면 있다."고.

그리고 가죠. 다음에 또 소 씻으는 있어요. 또 그 아저씨가,

"일곱 개 바께쓰 있는 거 먹으면 알려 준다."고.

해서 먹어요. 아니, 마셔요. 그래서 그 아저씨가 정확하게 여기 가면 뭐, 그래서 할아버지가 혀 잘린 참새를 만난 거죠.

"어떻게 할아버지 오셨어요."

그러니까 할아버지는 기뻐서 지금까지 키워줬으니까,

"우리 아버지, 엄마 만나러 가세요."

해서 그래서, 참새 집에 가서 대접받고 받은 거죠. 그래서,

"아, 슬슬 집에 가야겠다."

그래서 엄마 아빠가,

"그러면 큰 상자하고 작은 상자가 있으니까 어느 상자가 좋아요?"

그러니까,

"저는 작은 상자가 갖겠습니다."

그래서 그거 가지고 가서 집에서 열어보니까 뭐 금인지 그런 보화, 금화 보물 같은 거 많이 있었어요. 그래서 할아버지가 이야기 했는 거죠, 할머니한테.

"큰 상자가 있고, 작은 상자가 있었는데, 나는 작은 상자 골랐어."

할머니 그 이야기 하면서,

"그러면 큰 상자는 나와 있고, 혹시 큰 상자가 있으면 돈 많이 받을 수 있다. 할아버지 왜 이런 작은 상자 가지고 왔어. 내가 큰 상자 가지러 갈게."

그래서 또 참새 찾으러 가서, 할머니도 똑같이 말 씻는 아저씨 만나서, 물 일곱 개 마시고, 또 가서 소 씻는 아저씨 만나서 또 바께스 일곱 개 또 마시고, 참새 만나러 가요.

"나도 널 키웠다. 엄마 아빠한테 만나서 나한테도 선물을 주라고 말을 해."

그래서 엄마 아빠가,

"그러면 큰 상자하고 작은 상자하고 있는데, 어떤 거 좋아요?"

그러면 안에 있는 거 알고 있으니까, 할아버지보다 더 큰 거 가져가면 더 많이 욕심이 풀리니까, 뭐라고 그럴까? 큰 거 상자 골랐죠.

그래서 가지고 갔는데, 아, 뭐가 들어있는지 궁금해서 참을 수가 없는 거예요. 그래서 중간에서 열었어요. 그러니까 여니까 도깨비나 그런 거 많이 나와가지고, 놀라가지고 집에 도망갔죠. 그래서 할머니가 할아버지한테,

"나는 욕심이 부려서 그런 거 생겼어. 앞으로는 참새를 잘 모시고 착하게 살아야 되겠다."

그렇게 마음을 바꿔서 앞으로 그 참새가 와도 뭐 [조사자: 먹여 주고 돌봐 주고.] 네. 그렇게 해서 할머니가 친절한 할머니가 됐다. 이상.

[조사자: 착한 사람이 됐네요. 재밌어요.] 네. 이상입니다.

혀 잘린 참새 [2]

● **구연정보**

조사일시 : 2017. 01. 06(금) 오후
조사장소 : 대구광역시 중구 대안동
제 보 자 : 마츠다 타마미 [일본, 여, 1976년생, 결혼이주 7년차]
조 사 자 : 조홍윤, 황승업, 김자혜

● **구연상황**

제보자가 〈가난의 신과 함께 살고자 부신을 쫓아낸 부부〉 구연을 마무리한 뒤 일본의 여러 신들에 대해 언급하다가 한국의 〈흥부전〉과 유사한 화소를 지닌 일본 민담을 하나 구연했다. 마츠자키 료코와 묘엔 이치로 제보자가 청자로 참여했다.

● **줄거리**

옛날에 착한 할아버지와 욕심 많은 할머니가 살았는데, 착한 할아버지가 다친 참새를 집에 데려와 보살펴주었다. 할머니는 그 일이 마음에 안 들었는데, 어느 날 참새가 쌀로 만든 풀을 먹자 화가 나 참새의 혀를 잘랐다. 참새가 도망가자 할아버지가 미안한 마음에 찾으러 나섰다. 할아버지를 본 참새는 큰 상자와 작은 상자를 주며 하나를 선택하라고 했다. 할아버지가 작은 상자를 가지고 왔는데 그 안에는 보물이 들어 있었다. 할머니는 더 큰 것을 가져오지 않았다고 꾸짖으며 직접 갔다. 할머니가 큰 상자를 선택해서 들고 내려오는 길에 열어 봤더니 그 안에서 흉칙한 것이 나왔다.

할아버지, 할머니가 있었는데 할아버지는 착해요. 근데 할머니가 약간 욕심이 많은 분이었는데, 할아버지가 어느 날 밖에서 다친 참새를 발견하고 집에 데리고 치료해주고 잘 키우고 있었대요.

근데 할머니는 그게 좋게 안 보였어요. 그러고 나서 할아버지가 밖에 나가 있을 때 참새가 김? [청자: 김 아니에요. 풀, 빨래할 때 쓰는] 풀을 먹었대요. 그게 너무 화가 나서 할머니가 참새 혀를 잘랐어요. 그래서 도망갔는데, 할아버지가 그거 듣고 나서,

"너무 미안하다."

고 해서 참새를 찾으러 갔어요, 산에. 산에 그 참새가 있어서,

"할아버지를 환영한다."

고 해서 그 곳에서 뭔가 금 상자를 선물했어요.

근데 큰 것, 작은 것 선택해요. 그게 많아요, 일본에서.

"선택해주세요."

착한 할아버지였기 때문에 작은 것을 가지고 갔어요. 그 안에는 보물 같은 게 있어서, 그걸 보고 나서 할머니가,

"왜 큰 걸 가져 안 왔어요!"

라고 해서 다음에는 자기가 간다고, 근데 이때까지 많이 학대했는데, 그 참새한테 주라고 해서 참새가 다시 두 개 주면서,

"어느 쪽을 선택 하실래요?"

그러니까 당연히 큰 것, 욕심 많으니까 큰 것을 가져왔는데, 집에 가면서, 집에 가기 전에 열었어요. 열었는데, 그 안에는 괴물이나 뱀이나 뭔가 좀 [청자: 지네, 더러운 거, 무서운 게] 많이 나와서 놀랐다라는. 욕심내면 안 된다라는.

[조사자: 복수를 직접 하는 게 아니라 선택하게 하잖아요. '네가 벌 받는 것은 나한테 원한을 샀기 때문이 아니라 네가 선택한 거다.'] 그런 이야기가 많은 것 같아요.

혀 잘린 참새 [3]

● **구연정보**

조사일시 : 2017. 05. 11(목) 오후
조사장소 : 경기도 수원시 영통구 매탄2동
제 보 자 : 이데이 유미 [일본, 여, 1977년생, 결혼이주 15년차]
조 사 자 : 오정미, 이승민

● **구연상황**

제보자는 〈엄지동자 잇슨보시〉 구연을 마친 뒤 바로 이어서 다음 이야기 구술을 시작했다. 한결 편안해진 모습으로 자신감 있게 참새에 대한 설화를 구술했다.

● **줄거리**

옛날에 할머니 두 명이 살았는데, 참새가 쌀농사를 훼방하자 나쁜 할머니가 참새의 혀를 잘라버렸다. 이를 본 옆집 착한 할머니가 참새를 치료하고 돌봐주었다. 그러자 참새가 착한 할머니를 초대해서 큰 상자와 작은 상자 중 하나를 고르라고 했다. 착한 할머니가 큰 상자는 들고 갈 수 없다며 작은 상자를 고른 뒤 참새가 일러준 대로 집에 도착한 뒤에 열어봤다. 그 안에는 금은보화가 들어있었다. 이 말을 들은 나쁜 할머니가 일부러 참새의 혀를 자른 후 참새를 치료했다. 참새는 그 할머니한테 마찬가지로 상자를 두 개 내밀었는데 할머니는 욕심이 많아 큰 상자를 골랐다. 상자가 무거워서 쉬던 나쁜 할머니는 궁금해서 중간에 상자를 열었고 그 속에서 괴물이 나왔다.

거기도 어떤 할머니가 두 분 따로따로 계시는 데, 한 분은 착한 할머니, 한 분은 욕심쟁이 할머니. 이렇게 살고 있었는데 그 서로가 집 앞에다가 쌀 심어가지고 밭이 있었어요, 서로. [조사자: 서로가 뭐라고요? 쌀농사를 지었다고요?] 네. 쌀농사요. [조사자: 각각?] 네.

각각 지었었는데 거기에 참새가 나타나가지고 다 잡아먹잖아요. 잡아먹고, 딱 다 먹고 그러니까 삐 삐 삐 삐 시끄럽잖아요. 시끄럽고, 먹고 하니까 그 욕심쟁이 할머니는 화가 나가지고 그 참새 잡아가지고 혀를 잘라버리는 거예요.

너무 아프고, 밥도 못 먹겠고, 불쌍한 그 참새를 그 착한 할머니가 보고,

"아이고, 너무 불쌍하다."

해가지고 그걸 치료를 또 그 할머니가 해주는 거예요. 그렇게 해주고 잘 살펴보다가 돌려보내는 거예요.

그런데 어떤 날 그 참새가 다시 나타나가지고 그 착한 할머니를 어디로 데리고 가요.

"이쪽에 오세요. 우리나라에 오세요."

식으로. 그 있는 거예요. 그리고 선물을 줄 테니까 좀 오시라고 산속에 따라가는 거예요. 할머니가. 그런데 거기에 그 참새들의 친구들도 있고 다 있는데,

"지난번에 도와줘서 고맙다. 선물을 줄 테니 가져가시라."

했는데 상자가 큰 상자가 있고 작은 상자가 있어요. 그런데 그 옛날이니까 이렇게 상자를 메고 가야 되는데 어떻게 봐도 큰 상자가 많이 들어있는 것처럼 하는데 그 착한 할머니는,

"나는 할머니고 무거운 거 못 드니까 작은 걸로 가져가겠다. 작은 상자 주라."

해가지고 가는 거예요.

"그런데 그 상자는 집에 갈 때까지 절대 열지 마세요."

이렇게 해가지고,

"알았다. 고맙다."

해가지고 갔는데 진짜로 그 할머니는 집에 갈 때까지 그 말 듣고, 뭐가 들어있는지 좀 궁금했지만 집에까지 가서 딱 해 가지고 열었더니. 거기는 큰 금들이 많이 나와가지고, 이만큼 조그마한데다 금덩어리 다 있었어요. 그러니 부자가 되는 거예요.

그런데 그거를 또 옆에 할머니가 보다가,

"금덩어리도 주네. 나도 좀 해야 되겠다."

해가지고 다시 거기에 오는 참새를 일부로 이렇게 잡아가지고, 일부러 또 잘랐어요. 일부러 잘랐는데, 일부러 치료해가지고

"자 너는 가라."

이렇게 보내주는 거예요.

그리고 기다렸어요. 그 할머니는,

'언제 오나? 언제 오나?'

그랬더니 비슷하게 며칠 후에 그 참새가 나타났어요.

"할머니 오세요. 우리 산속에 오세요."

해가지고 그래서 갔는데 똑같이 큰 상자가 있고, 작은 상자가 있고,

"할머니 어느 쪽에 하나 가져가세요."

해가지고 그 할머니는,

"난 큰 거 가져가겠다. 큰 거주라."

해가지고 가져갔는데 너무 무거운 거예요.

"할머니 괜찮으세요? 그거 큰 거는 좀 무거워서 힘들 텐데?"

했는데,

"응. 나는 괜찮다. 괜찮다."

해가지고 들고 가는 거예요.

"들고 가다가 할머니 절대 열지 마세요. 갈 때까지 열지 마세요."

"그래 알았다."

해가지고 갔는데, 무겁고 힘들고 하니까 중간중간 이렇게 조금 쉬고 가요. 그런데 또 궁금한 거예요. 그 할머니는,

'야! 이상자에는 금이 얼마나 들어있을까?'

궁금한데 보지 말라고 하니까. 그런데 그래도 궁금한 거예요. 계속 궁금해하다가,

"야! 이제 좀 보자."

해가지고 중간에 집에 가기 전에 산속에서 딱! 뚜껑을 열었더니, 거기서 어마어마 여러 가지 괴물들이 막 이렇게 나와가지고, 할머니를 죽이려고 그렇게 막 나온 이야기. 네.

그걸로 끝나는데 거기에 귀신들, 여러 귀신들 많이 나와요. 그 상자에서는.

혀 잘린 참새 [4]

● **구연정보**

조사일시 : 2017. 12. 10(일) 오후

조사장소 : 대구시 달서구 신당동

제 보 자 : 마츠자키 료코 [일본, 여, 1982년생, 이주노동 8년차]

조 사 자 : 김정은, 황승업, 강새미

● **구연상황**

제보자가 〈백성에게 은어를 바치게 한 영주〉를 구연한 후, 바로 이어서 이 이야기를 구연했다.

● **줄거리**

옛날에 마음씨 착한 할아버지와 욕심 많은 할머니가 살았다. 어느 날 그 집에 참새 한마리가 찾아왔다. 할아버지는 참새에게 준코라는 이름도 지어주고 귀여워하며 함께 살았다. 하루는 할아버지가 산에 일을 하러 간 사이에 할머니가 쌀로 풀을 쑤었는데 참새가 풀을 먹었다. 화가 난 할머니는 참새의 혀를 자른 뒤 쫓아버렸다. 집에 돌아온 할아버지는 그 말을 듣고서 산으로 참새를 찾으러 갔다. 참새와 친구들을 만난 할아버지는 그곳에서 대접을 받고 즐거운 시간을 보냈다. 참새는 할아버지한테 큰 함과 작은 함 중 하나를 고르게 했는데, 할아버지가 작은 함을 골라서 집에 와 열어보니 보물이 들어있었다. 욕심이 난 할머니가 숲으로 가서 참새를 만난 뒤 큰 함을 달라고 해서 받아왔는데, 집에 오는 길에 함을 열자 귀신과 괴물, 지렁이 등이 나왔다.

옛날 좋은 할아버지, 좋은 할아버지 나쁜 할머니 부부가 있었어요. (웃음) 그런데 어떤 날에 그 마당에 참새가 와서, 일본에서는 '쭌, 쭌, 쭌'이라고. [조사자: 그렇게 우는구나.] 네, 우는 거예요.

그런데 할아버지는 귀여워해서, 마 '준코'라고 (웃음) 이 이름까지 만들고. 아, '코'는 여자에게 쓰는. '준코'인지 '준타로'인지 잘 몰랐는데, 저기 이름을 붙였다고 그래서. 그래 '준코'. '준타로'는 남자인데,

"준코(준타로) 준, 준, 준."

라고 해서 귀여워 해줬어요.

그런데 그 참새도 할아버지 좋아하고. 그래 이렇게 살았는데. 어떤 날에 할아버지가 산에 일하러 갔는 동안 할머니는 아, 그거 풀을 만들어, 풀, 풀 만들었어요. 그거 쌀로. 풀? [조사자: 아, 풀. 네, 네.] 풀을 만들고. 일본에서, 일본 가옥에 '쇼지'라는 있는 거 있어요. 종이로 되는 벽지? 아, 벽지 아니야. 창이거나 모퉁이 있어서 문 있고. 벽지를, 아 벽지 아니네. 그. 한국 한옥집도 그런 거 있죠? [조사자: 네, 네.] 그거를 쇼지라고 하는데, 쇼지를 이거는 새로할 때 그거 풀 많이 필요하니까. [조사자: 네, 맞아요. 저희도 그렇게 했어요, 한지에.] 그걸 위해서 풀을 만들고, 만들었어요. 그 할머니가.

그런데 그 준코가 그 풀을 먹어버렸어요. 그래서 할머니가 화내고 그 준코의 혀를 짤렸어요. 그런데 준코는 저 울면서 산에 떠나는데, 할아버지 와서,

"왜 준코 없어?"

라고 했죠. 그런데 할머니가,

"그 나쁜 참새가 우리 풀 먹었다. 해서 그러니까 혀 자르고 추방했다."

그런 얘기 했죠.

그래서 할아버지가 너무 불쌍하게 생각하고 그 산에 준코를 찾으러 갔어요. 그래,

"준, 준, 준코야, 어디 있어?"

그래서 갔는데, 도중에 준코 만났어요. 그런데 아노, [조사자: 말을 못 하지.] 그래서 어떻게 했는지 잘 모르겠는데. 인간이 됐나? 그런데 같이 오라고 해서 산 에 갔죠. 준코를 따라 가서. 그래 친구들, 준코의 친구들 많이 있어서 저기서,

"할아버지 잘 오셨어요."

많이 좀 식사를 대접해 주고, 술도 주고, 춤도 추고. 참새들 춤췄대요. 춤추고 좀 노래를 부르고 이렇게 재미있게 해줬대요. 그런데 한동안은 재미있게 지내고, 다음에,

"슬슬 집에 가야 된다."

라고 할아버지가 하셨더니,

"아 오늘 여기까지 와서 고맙습니다."

라고 해서 선물 박스를 줬대요.

그래 츠즈라, 츠즈라가 한국말로 뭐지? 그 옛날 그런 지게가 아닌데. [조사자: 함?] 아, 함. 네, 함을 줬어요. 그래 작은 함, 큰 함을 보여주고 어느 쪽 더 좋은가 했어요. 그래,

'우리는 나이도 들고 무거우니까 작은 걸로 충분하다.'

해서 할아버지는 작은 걸로 매고 갔어요, 집에. 그래 집에서 이 함을 열어봤더니 안에서 금화, 은화 좋은 게 보물들 다 나오고 좋았어요.

그런데 그거를 본 할머니가 욕심내죠. (웃음) 욕심내고,

'나도 좀 가야 된다.'

그래서 숲에 가고 내 쫌 만났어요. 뭐 대접하는지 모르겠는데. 아, 할머니가 가서 우리도,

"나도 좀 한동안 너를 좀 신세를 봤으니까 좀 큰 함을 보내 달라."고.

했죠. 그래서,

"알겠습니다, 오바아상, 할머니."

그래서 큰 함을 가지고 왔습니다. 그런데 도중에서 거 욕심내고 열어봤더니 안에서 귀신, 괴물, 지렁이 그런 더러운 것들 많이 나왔어요. 그래 막 할머니 도망갔는데, 그래서 집에서,

"욕심내니까 그런 일이 생긴다."

할아버지가, 할아버지가 말했다. 그런 얘깁니다.

[조사자: 할머니 안 죽었네요.] 네, 안 죽었어요. (웃음)

혀 잘린 참새 [5]

● **구연정보**

조사일시 : 2018. 11. 23(금) 오전
조사장소 : 경기도 안산시 원곡동
제 보 자 : 토리카이 쿠미코 [일본, 여, 1977년생, 결혼이주 11년차]
조 사 자 : 김정은, 강새미

● **구연상황**

인도네시아의 수산티 제보자가 〈물고기 아내와 토바호수〉를 구연한 후, 각 나라 이야기를 비교하는 말이 오갔다. 이때 토리카이 쿠미코 제보자가 〈혀 잘린 참새〉라는 제목을 말하자 청자들이 웃으면서 또 잔인한 이야기 같다고 했다. 화기애애한 분위기 속에 이야기 구연이 이루어졌다. 수산티 제보자와 우즈베키스탄 출신의 허율리나 제보자, 중국 출신의 박영숙 제보자가 청중으로 이야기를 함께 들었다.

● **줄거리**

할머니 할아버지가 살았는데 할아버지가 참새를 예뻐하며 키웠다. 하루는 할머니가 풀을 써놓았는데, 그것을 참새가 먹어버렸다. 화가 난 할머니는 참새의 혀를 잘라버렸고, 참새는 숲으로 도망가버렸다. 그 사실을 알게 된 할아버지는 숲속으로 가서 참새를 찾았다. 할아버지는 참새를 만나 즐거운 시간을 보냈는데, 참새가 헤어질 때 큰 상자와 작은 상자 중에 하나를 가져가라고 했다. 할아버지는 힘이 없다며 작은 상자를 받았는데, 집에 와서 열어 보니 보물이 가득했다. 이것을 본 할머니가 참새를 찾아가 큰 상자를 받았는데, 그 상자를 열어보니 벌레가 가득했다.

옛날 옛날에 할아버지가 살고 있었어요. 부부 둘이 사이좋게 살고 있었는데, 할아버지는 참새를 너무 사랑하게,

"예뻐, 예뻐."

하면서 키우고 있었어요.

그런데 할아버지가 밖에 나가는 동안에 할머니가 세탁할 때 셔츠 같은 거 평평하게 만드는 놀이. 풀 같은 게. [조사자: 풀칠?] 풀칠. 평평하게 하는 그것을 만들고 있었어요, 할머니가. 근데 조금 자리를 비웠던 그 순간에 참새가 다 먹어버렸어요. 그 풀을 먹어버렸어요. 그것에 화가 난 할머니는 그 참새 혀를 잘랐어요.

"내가 만든 풀을 왜 먹어버리느냐!"

해가지고 참새 혀를 잘라버렸어요. 참새는 도망치고. 아프잖아요, 그래서 숲에 도망쳤어요. 할아버지는 집에 오자,

"우리 참새는 어딨니?"

그랬더니 할머니가,

"이렇게 풀을 먹어버렸으니까 잘라버렸어."

그렇게 말했어요. 그래가지고 할아버지는,

"어디 있느냐, 어디 있느냐?"

밖에 찾으러 다녔어요. 숲속에서 참새가 다른 친구들이랑 같이 있는 걸 보고,

'죽지도 않고, 아프긴 한데 괜찮았으니까 다행이다.'

그렇게 했었어요. 근데 그 참새는 할머니가 잘라버렸지만 할아버지는 따뜻하게 항상 해주고 너무 감사하고 있어가지고 할아버지한테 진수성찬을 해드리고. 노래도 부르고 그렇게 즐겁게 지냈어요. 그랬더니 집에 갈 때 참새가 큰 상자랑 작은 상자를 준비했어요.

"할아버지 하나 가져가세요."

그랬더니 할아버지는,

"자기는 힘도 없다. 그래서 작은 것을 고르겠다."

해가지고 작은 것을 가져가가지고 집에 들어갔어요. 집에 들어가서 열어봤더니 거기에는 보물이 있는 거예요. 보물이 막 나오는 거예요.

그것은 본 할머니는 욕심나 가지고 잘라버린 참새인데 또 찾아가요. 자기는 나쁜 짓을 했는데 그 참새한테 찾아가요. 양심이 없어

요. 근데 거기서도 할머니한테도 참새는 먹을 것도 해주는데. 또다시 집에 갈 때,

"큰 상자랑 작은 상자랑 어느 쪽을 고르시겠어요?"

그랬더니 욕심쟁이니까 당연히 큰 상자를 고르는 거예요. 큰 상자를 고르고 집에 갔는데 여기 열면 벌레나 괴물 같은 게 많이 나왔다. 그런 이야기예요.

[조사자: 할머니는 죽었어요?] 안 죽었어요. 그냥 벌 받는 거. 그래도 너무 심했어요. 혀를 잘라버렸다니.

동물의 말을 알아듣는 모자

● 구연정보

조사일시 : 2016. 12. 17(토) 오후
조사장소 : 강원도 횡성군 횡성읍 읍하리
제 보 자 : 모우에 히로꼬 [일본, 여, 1967년생, 결혼이주 19년차]
조 사 자 : 박현숙, 김민수

● 구연상황

제보자가 〈산속에 사는 식인 할머니 야만바〉 구연을 마친 뒤 조사자가 유키온나 이야기를 아는지 묻자 잘 기억나지 않는다고 했다. 제보자는 잠시 쉬었다가 스스로 구연을 시작했다. 오숙민 작가와 필리핀 국적의 수맘퐁엠마 제보자가 청자로 참여했다.

● 줄거리

옛날에 어느 할아버지가 산에 나무를 하러 갔다가 열매를 못 따먹는 새끼 여우를 발견하고 열매를 따서 여우에게 주었다. 다음 날 새끼 여우는 할아버지를 어미 여우에게 데려갔고, 어미 여우는 할아버지에게 동물의 말을 알아듣는 모자를 주었다. 어느 날 할아버지는 모자의 힘으로 까마귀들이 부잣집 딸의 병에 관해 이야기하는 것을 들었다. 할아버지는 그 집에 찾아가서 병을 치료해주고 큰 상금을 받았다.

그렇죠. 그러면 '키키미미 츠키'라는게 있거든요. 키키미미가 들을 수 있는 귀. 츠키는 그 모자같은 거 모자라고 해요, 옛날에 이런 거 츠키라고 말을 해요. 들을 수 있는 모자. 키키미미 츠키.

그러니까 어떤 할머니가 산에 일을 하러 갔어요. 근데 여우새끼 한 마리가 나무 밑에서 계속 가만히 있었어요. 근데 할아버지가 그거 보면서 아, 새끼 여우는 그 나무 위에 맛있는 먹을 수 있는 뭐라고 할까? 열매 같은 게 많이 있었어요. 근데 새끼 여우는 작으니까, 먹을 수 없으니까 할아버지가 따서 몇 개 먹였어요. 그래서 그거 먹고 여우가 없어졌어요.

근데 다음날도 할아버지가 산에 가니까 여우 새끼가 또 나타나서 할아버지 옆에서 계속 있어서 또

'왜 그러지?'

하니까,

"따라오라."고.

그래서 할아버지가 따라오니까 여우 엄마가 있었어요. 새끼 엄마가 있어서 그 엄마가 할아버지한테 그런 모자 같은 거 하나 갖다 줬어요.

'이거 뭐지? 아 나한테 고맙다고 줬구나.'

그래서 그 모자 썼어요, 그 할아버지가. 그랬더니 아침에는 나무에서 참새가 짹짹짹짹 시끄럽게 했는데 그 모자 쓰니까 갑자기 참새 이야기가 들을 수 있는 거예요. 뭐 옆에 할머니가 어떻게 했는지 저쨌는지, 뭐 그런 거.

'그 모자가 동물 말하는 거 알아들을 수 있는 모자구나.'

하는 거 생각을 해서 이렇게 들으면서 이것저것 산에 들어가면서 그 모자 하면서 그 동물이 무슨 이야기 했는지 듣고 있었죠.

그런데 어느 날 자기 집 위에서 까마귀 두 마리가 뭐 소리 시끄럽게 하니까 뭐라고 생각해서 모자 쓰니까,

"그 부잣집에 딸이 아픈 것은 그 큰 나무 옆에 집을 지었기 때문에 부잣집에 딸이 병 걸렸다."

그런 이야기 하고 있는 거 들었나 봐요. 근데 그 후에 부잣집에서,

"우리 딸을 고치면 뭐 상금을 준다."

그런 걸 보고 할아버지가 그 부잣집 가서,

"그 나무 옆에 있는 그 집은 비키면 좋다."

그렇게 부잣집 아저씨한테 알려주고 그 집이 없어지니까 딸이 나아서 그래서 할아버지는 상금인지 뭐 받았다. 그 이야기. [조사자: 아, 신기한 모자네.]

코가 길어지는 텐구의 부채 [1]

● **구연정보**

조사일시 : 2016. 12. 17(토) 오후
조사장소 : 강원도 횡성군 횡성읍 읍하리
제 보 자 : 모우에 히로꼬 [일본, 여, 1967년생, 결혼이주 19년차]
조 사 자 : 박현숙, 김민수

● **구연상황**

제보자가 <방귀쟁이 며느리> 이야기 구연을 마친 뒤 조사자가 한국에도 같은 이야기가 있다고 하자 흥미로워했다. 제보자는 이어서 텐구의 부채에 관한 이야기 구연을 시작했다. 오숙민 작가와 필리핀 국적의 수맘퐁엠마 제보자가 청자로 참여했다.

● **줄거리**

어떤 남자가 주사위를 가지고 놀고 있었는데 텐구가 나타나서 코를 늘리고 줄일 수 있는 자신의 부채와 주사위를 서로 바꾸자고 했다. 남자는 텐구의 부채로 사람들의 코를 늘리고 줄이면서 놀다가 부잣집 딸의 코를 몰래 늘려놓았다. 부자가 딸을 고쳐주는 사람과 결혼시키겠다고 광고하자 남자는 그 집을 찾아가 딸의 코를 줄여주고 그녀와 결혼했다. 어느 날 남자가 술을 마시고 낮잠을 자고 있을 때 아내가 남편에게 부채질을 해주었다. 그러자 남자의 코가 점점 길어져서 하늘에 닿았다. 하늘 도깨비가 놀라서 코를 잡아당겨 남자를 데리고 갔다.

이번 거는 또 텐구*라고, 아, 텐구. 한국에서는 텐구 없을 거 같은데, 그것도 존재하지 않는 사람인데. [조사자 1: 사람?] 사람은 아

* 일본 민담에 자주 등장하는 괴물이며, 사람을 마계로 인도한다.

뭐라고 귀신도 아니고, 산에 있는 사람인데 [조사자 1: 정령?] 텐구. [조사자 1: 정령이라고 그래야 되나? 난쟁이? 요정?] 산에 있는 신 같은 거 요정 같은 거. [조사자 1: 산에 있는 신? 텐구라는 신이 있어요?] 네. [조사자 1: 갓파 이러면 이름처럼 저희가 알아서 듣고 정리해 볼게요.]

네, 귀신이라고 쓰고 있네요. 하느님 아니면 귀신 여잔지 아무튼 [조사자 1: 요괴, 요괴라고 해야 하나? 텐구라고 부른다는 거죠?] 네네. 이건 아마 일본밖에 없을 거 같아요. 코가 길어서 요기 요기 (책을 가리키며) 이걸 텐구라고. [조사자 1: 아, 네네 걔가 어떤 이야기를 갖고 있는 거예요?] 이것도 재밌게 옛날에 봤는데.

그 텐구는 (그림책을 보여주며) 이거 보시면 보시다시피 그 부채도 갖고 있고 코도 길어요. 그래서 어떤 아저씨가 아, 이거 뭐죠? 스, 주사, 사위 [조사자 1: 주사위?] 아! 주사위. 주사위로 놀고 있었어요. 그래서 그거 본 텐구가,

"아, 재밌겠다. 내가 갖고 있는 부채하고 주사위하고 바꿔줄래?"

라고 해서 그래서 바꾸는데 그 부채는 신기한 힘이 있어요.

그 내용은 이렇게 오른쪽에 하면 코가 길고, 자기 코가 길고. 왼쪽에 하면 작아진다. 그러니까 오른쪽보다 뭐라고 할까? (손바닥을 서로 맞부딪히며) 여기하고 이거 뭐라고 해요? [조사자 2: 윗면 아랫면?] [조사자 1: 아 윗면 아랫면.] 아랫면, [조사자 1: 그게 양쪽에 있으니까.] 네네. 이렇게 했는지 저렇게 했는 거 맞아 맞아. 그래서 이렇게 윗면을 하면 코가 길고 반대로 길면 코가 줄어진다. 그런 건데요.

그래서 바뀌었어요, 주사위하고. 부채에 받아둔 남자는 혹시 호기심으로 해보는 거죠. 그래서 어떤 여자 보면서 호기심으로 그 여자한테 그 여자 코 길게 하는 거죠. 이렇게 하니까 그래서 여자 코가 길어져서 여자가,

"아, 어떡해. 어떡해."

했는데 그걸 본 남자애는 진짜 재밌게 노는 거죠. 길어진 여자는 놀래서 갑자기 코가 길으니까 나중에는 이렇게 해서 또 대자리에 모이고 그 모습이 재밌어서 남자는 계속하고 있었대요.

근데 그 남자가 어떤 날 그 부잣집의 여잔데 그 여자 코 길게 했

나 봐요. 멀리서 보고 근데 길었잖아요. 근데 그냥 길게 해서 그냥 가 버렸어요. 근데 그 부잣집에서,

"고치는 사람이 그 딸이 준다."고.

"결혼시킨다."

그렇게 소문이 나와서 일부러 가는 거예요, 그 남자가. 그 집에서,

"그러면 저는 그 따님이 그거 고치겠습니다."

해서 이렇게 해서 부채를 반대로 하니까 코가 쓱 줄어져서 그래서 부잣집 아빠가,

"고맙다. 그러면 우리 딸하고 결혼하라."

근데 이제 결혼해서, 결혼하고 다음 날 때 뭐 기분 좋게 술을 마시고 있어서 근데 그 부잣집 딸이 남편이 편하게 해주고 더우니까 조금 편하게 주무시고 있는데 더우니까 그 부채로 이렇게 하니까 남편 코가 쭉쭉쭉쭉 계속 계속 길어가지고 쭈욱 하늘까지 쭈욱 길어가지고 근데 모르잖아요. 계속하니까,

'이상하다.'고.

근데 오른쪽 왼쪽 그런 것도 모르니까 계속 계속 길어가지고 하늘에까지 가니까 하늘에서 그 전등, 전등은 일본에서는 도깨비가 있어서 [조사자 1: 하늘나라에 있는 도깨비가?] 도깨비가 있는데 도깨비가 그거 코 잡으면서,

"이거 뭐야!"

이래서 놀라면서 남자는 데리고 가서 하늘에서 가 버렸다는 거죠. [조사자 1: 그 줄이는 방법을 몰라서.] 그렇죠. 본인밖에 모르니까.

코가 길어지는 텐구의 부채 [2]

● 구연정보

조사일시 : 2017. 01. 12(목) 오후

조사장소 : 인천시 부평구 삼산동

제 보 자 : 노마치 유카 [일본, 여, 1974년생, 결혼이주 10년차]

조 사 자 : 조홍윤, 황승업, 김자혜

● 구연상황

제보자는 〈복숭아 동자 모모타로〉를 구연한 뒤 한국의 〈빨간 부채 파란 부채〉 이야기를 들은 적이 있다며 그와 유사한 일본 민담을 구연했다.

● 줄거리

텐구에게는 부치면 코가 길어지는 빨간 부채와 코가 짧아지는 파란 부채가 있었는데, 한 사람이 그것을 얻게 되었다. 그 사람은 빨간 부채를 이용하여 부잣집 딸의 코를 길게 만들어 놓은 뒤 파란 부채를 이용해 고쳐주고서 그녀와 결혼했다. 그 후 어느 날 그가 생각 없이 빨간 부채를 부치며 낮잠을 자는 바람에 코가 한없이 길어져 하늘까지 닿았다. 마침 다리 공사를 하고 있던 하늘 세계에서는 그 코가 기둥인 줄 알고 다리에 묶어버렸다. 그는 이상한 느낌에 다시 파란 부채를 부쳐서 코를 짧게 만들었는데 묶인 코 때문에 하늘로 끌려 올라갔다. 그는 하늘을 향해 코를 풀어달라고 소리쳤다. 하늘에서 묶었던 코를 풀어주자 그는 땅에 떨어져 죽었다.

〈빨간 부채 파란 부채〉 그런 얘기도 있잖아요? [조사자: 〈빨간 부채 파란 부채〉?] 그 코가 길어지는 거, 그것도 거의 비슷하던데요? [조사자: 한 번 해주세요. 제목을 뭐라고 해요?] 〈빨간 부채 파란 부채〉 비슷한데 조금 다른, 아시죠? 그 한국 전래동화로 알고 계시더라고요, 어떤 분들은. 그런데 일본에도 저기 비슷한 거 있어요.

일본에는 코가 긴 텐구(てんぐ)라고 있어요, 산에 사는 사람. 텐구가 부채를 들고 다니는데, 그 부채를, 뭐 빨간 부채인가를 이렇게 뭐라고 해야 되나? 치다고 해야 하나? [조사자: 부친다.] 부친다. 그러면 코 길어지고, 파란 부채로 하면 짧아지고. 그거를 어떻게 가지게 된 거예요. 그런데 어떤 남자가 그 두 개를 가지게 됐어요. 그런데 그 꾀를 내서 그, 놀아보는 거죠. 여러 가지 해보고, 길어지고 짧아지고.

그런데,

"난 부자가 돼야 되겠다."고.

해서 부잣집에 가서, 그 딸, 딸에게 부채질을 해서 딸 코를 길게 만든 거예요. 그러면은 난리가 나잖아요? 시집도 가야 되는데. (웃음) 그래서 여러 의사들 불러서 치료를 시키는데 안 돼요. 그래 그 남자가,

"내가 고치겠다."

하고 나와서 고치는 거죠. 그래서 은인이 돼가지고 그 집에 장가를 가게 돼서,

"아, 잘 됐다."

하고 부자가 됐다고 이렇게 잘 사는데, 어느 날 자기가 했는지 이렇게 부채질을 하는데, 계속 길어지는 걸 모르고 자고 있었어요. 졸고 있었는데 계속 길어지고, 그 하늘까지 가는 거예요.

그런데 하늘에서 때마침 하늘 세계에서 다리 공사를 하고 있었어요. 그런데 기둥이라고 착각하고 같이 묶어 버려요. 그런데 어, 코가 고정 돼서 어떻게, (웃음)

"이건 뭐냐?"

고 하는데, 이번에는 빨간 부채로 부쳐 보니까 계속 올라가는 거죠. 고정 돼 있으니까. 그런데 하늘까지 가는 거예요. 그런데

"이건 내 코다. 이거 좀 떼 주세요."

하는데. 뗐더니 떨어져서 죽었나? (웃음) 벌을 받는.

[조사자 : 아마도 벌을] 예예, 저 사람 속여서. [조사자: 그래서 텐구가 코가 긴가 보다. 이렇게 길게 해놨는데, 그 부채를 잃어버려가지고 그래서 텐구 코가 긴 거 아니에요?] (웃음) 상상력이 좋으세요. (일동 웃음)

텐구의 요술 도롱이 [1]

● 구연정보

조사일시 : 2017. 01. 06(금) 오후
조사장소 : 대구광역시 중구 대안동
제 보 자 : 마츠자키 료코 [일본, 여, 1982년생, 이주노동 8년차]
조 사 자 : 조홍윤, 황승업, 김자혜

● 구연상황

마츠다 타마미 제보자가 〈혹부리 영감〉을 구연하자, 마츠자키 료코 제보자가 텐구를 떠올리고서 텐구가 지니고 있었다는 요술 도롱이에 대한 이야기를 들려주었다. 마츠다 타마미와 묘엔 이치로 제보자가 청자로 참여했다.

● 줄거리

텐구는 신기한 물건들을 여럿 가지고 있었는데 그중에 하나가 몸에 두르면 보이지 않게 만드는 요술 도롱이였다. 한 아이가 텐구를 속여 도롱이를 빼앗고는 그것을 쓰고 다른 사람들에게 장난을 치며 지냈는데, 도롱이를 발견한 아이의 엄마가 더럽다고 생각하여 태워버렸다. 아이는 도롱이를 태우고 남은 재를 몸에 바르고서 다시 장난을 쳤다. 그러던 중 재가 물에 씻겨나가는 바람에 몸이 드러나 사람들에게 망신을 당했다.

텐구는 인간이 가질 수 없는 좋은 도구나 그런 걸 가지고 있는데 그중에 하나가 도롱이 같은 짚으로 만드는 것, 그런 거 있어요. 그 도롱이를 입으면 투명해져요, 몸이. 안 보이게 되었어요. [조사자: 투명 망토?] 네, 투명 망토 맞아요.

그런데 어떤 날에 텐구가, 텐구하고 어떤 남자 아이가 만나게 되었어요. 근데 그때 텐구는 보물을 가지고 있다는 것을 알아서 그런

가 모르겠는데 그 아무것도 없는 보통 일반적인 대나무 통을 이렇게 보고, 아이가 보면서,

"우와! 정말 잘 보인다. 천리 밖까지 보인다!"

그런 소리를 했어요. 그러니까 텐구가 정말 궁금해서, 가지고 싶어져서,

"이것 좀 빌려달라."

고 하는 거예요. 그러니까,

"싫어."

라고 했어요. 그렇게 말을 주고받고 하다가 결국 텐구가,

"이것(도롱이) 주니까 좀 교환하자, 바꾸자."

고 하는 거예요, 도롱이를.

그래서 도롱이를 가지게 되어서, 근데 텐구는 속았죠. 보물이 아니라 그냥 대나무 통이에요. 그래서 속았다라고 생각했는데, 그때는 (아이가) 도롱이를 입었으니까 안 보이게 되어서 도망쳤어요.

그걸 보물로 하는데, 그걸 쓰면서 많이 장난치는 거예요. 안 보이니까 다른 사람 먹는 음식 옆에서 뺏어먹거나, 보면 안 되는 걸 보거나 그렇게 하면서 노는 거예요. 여탕? 그렇게 장난 많이 치고 하는 거예요.

그런데 그 남자아이가 엄마랑 같이 살았는데, 정말 더러운 도롱이예요. 오래되고 더러우니까 엄마가 특별한 것인지 모르고 태웠어요. 아이가 없는 사이에 태웠어요. 그런데 아이가,

"왜 이걸 태웠어요!"

라고 하고, 그래도 아직 힘이 있을까 싶어서 그 재를 몸에 발랐어요. 그러면 그게 아직 힘이 있어서 다시 투명해졌어요. 그렇게 그걸 하면서 다시 장난치고 다녔어요.

그런데 어떤 날에 그때도 옆에 있던 사람의 음식을 뺏어먹었는데, 그때 물 때문에 가루가 떨어져서 알몸의 상태로, 장난 친 사람이 있다는 걸 알게 되어서 많은 사람들에게 망신을 당하고 벌 받고 왔어요.

욕심내면 안 된다는 이야기죠.

텐구의 요술 도롱이 [2]

● **구연정보**

조사일시 : 2018. 01. 10(수) 오후
조사장소 : 서울시 동대문구 용두동
제 보 자 : 이케다 마유미 [일본, 여, 1967년생, 결혼이주 22년차]
조 사 자 : 오정미, 한상효, 엄희수

● **구연상황**

제보자가 〈빚쟁이의 속 보이는 속임수〉 구연을 마친 뒤, 조사자가 서울시 다문화 동화 공모전에 냈던 이야기를 다시 해달라고 부탁하자 구연을 시작했다.

● **줄거리**

입으면 몸이 안 보이는 도롱이를 가진 텐구라는 괴물이 있었다. 텐구는 도롱이를 입고 사람들의 도시락을 훔쳐 먹곤 했다. 히코이치라는 남자가 텐구를 속여 그 도롱이를 얻은 뒤 마을로 돌아와 술과 음식을 계속 훔쳐 먹었다. 이 사실을 몰랐던 어머니가 남자가 자는 동안 도롱이를 불에 태웠다. 그런데 도롱이를 태운 재를 묻혀도 도롱이를 입은 것처럼 몸이 보이지 않았다. 남자는 온몸에 재를 묻힌 채 술을 훔쳐 먹으러 갔는데, 술을 마시다 보니 입이 보이기 시작했다. 사람들이 알아채고 붙잡으려 하자 히코이치는 도망을 갔고, 물에 빠져 재가 씻기는 바람에 웃음거리가 됐다.

구마모토에 거기, 히코이치라는 사람도 머리 진짜 잘하는 사람이었는데, 그분이 야츠시로라는 곳에서 하급무사예요. 하급무사에 있는데 거기서, 거기 쿠마, 보류장이라는 거기, 야츠시로에서 조그만 산이 있어요. 거기서는 사람들이 뭐, 나들이 가는 데 좋은 산이었어요. 거기서 올라가면 거기 야츠시로 시내 이러면 볼 수도 있고, 뒤에는 깊은 산이 있는 그런 곳인데. 거기서, 거기서는 텐구라는 조금 괴

물 같은 그게 살고 있어요.

근데 그렇게, 그렇게 덮치지도 않지만 그냥 사람을 조금 놀려요. 거기 올라가면 거기 뭐, 뭐라 그러지? 도시락도 훔쳐 먹기도 하고, 하니까. 어느 날 그 히코이치도 거기 가서 도시락 먹고 있었더니, 텐구가 와가지고, 다섯 개 있었는데, 먹고 있으면 하나, 둘 눈앞에서 그게 그, 주먹밥이 사라지는 거예요.

'아, 그래 맞다. 거기, 하하. 여기가 거기 텐구구나. 이야기 들었던 텐구구나.'

하고 생각해서, 그날에는 알겠다고 생각해서 그냥 조용히 거기 갔어요. 근데,

'안 되겠어. 텐구를 어디 좀, 조금, 뭐라고 해야 되겠다.'

고 생각해서,

'장난치지 않게 해야 되겠다.'

라고 생각해서, 생각 좀 마음, 좀 머리를 써가지고 그다음 날에 좀 으슥하게, 거기 주먹밥을 만들어가지고 다시 올라갔어요.

올라갔는데, 아, 거기 올라가 먹고 있었더니 다시 거기 텐구가 와가지고 하나 둘 거기, 주먹밥을 먹고 있었더니 으슥하게 하니까 밥풀이 떨어지는 거예요. 떨어지니까, 그게 주먹밥도 준비하고, 그 대나무를 30센치 정도 잘라갖고 손으로 만들어가지고 그것도 같이 가져갔어요. 그랬더니 거기서 먹고 있었던 거니까 으슥하게 만들었으니까, 밥풀이 떨어졌으니까 그거를 보고,

"아, 거기에."

보이지도 않지만, 거기 보고,

"여기 누가 나의 주먹밥을 먹었으니까 나 배고파 죽겠어!"

라고 이야기했더니, [조사자 1: 마치 망원경처럼. 보이는 양.] 보이는 것처럼 했더니, 아, 그랬더니,

"아, 진짜? 나 보여? 보이는 거야? 나를?"

라고 해서,

"나 보여. 잘 보여."

라고 해서. 거기 좀 보면 거기 마츠야마 손주(성주)라는 거기, 그

지역을 주관하는 그런,

"손주가 맛있는 음식 먹고 있는 것도 보이고."

멀리 보니까,

"와 진짜 도미 낚시하는 사람, 아 지금 낚였어!"

그렇게 진짜 보이는 것처럼 얘기하니까.

"아 진짜야?"

해서 옆으로 쭉 내려가서,

"와 나도 보여줘, 보여줘."

라고 이야기하니까,

"아니야, 그게 너의 있는 그게, 도롱이와 똑같은 보물이야. 저 멀리에서도 볼 수 있는 진짜 보물이니까 진짜 바꿀 수가 없어."

라고 하니까,

"아니야, 그럼 잠깐 바꿔 달라."

라고 이야기했더니,

"알겠어요. 아, 할 수 없지."

라고 하면서,

"그럼 잠깐 바꿔줄게요."

라고 해가지고 진짜 그, 텐구가 진짜 기뻐가지고, 기뻐서 이렇게 봤는데 보이지도 않아.

"왜 그렇게 보이지가 않아?"

라고 했더니,

"아, 거꾸로 봐야지. 거꾸로야."

라고 하면서,

"그래?"

라고 하고 이것저것 보고 있었더니, 그래도 보이지 않기 때문에,

"히코이치!"

라고 했더니 히코이치는 갔고, 도롱이를 입었기 때문에 안 보이게 돼서,

"아, 진짜 없잖아! 보이지 않잖아!"

라고 했더니 없어졌으니까,

"아, 당했다!"

라고 해서 다시, 거기 도롱이 없으니까 할 수 없이 그냥 그 텐구는 산에 갔어요.

근데 아, 진짜 그 도롱이를 얻었으니까, 진짜 보이지 않은가 하면서도 했더니. 그냥 입고 산을 내려갔어요. 그랬더니 마을에서 항상 조금 으스대는 무사가 거기 가게에서 경단 먹고 있었어요. 그 경단 먹고 있었는데,

'항상 그, 무사 때문에 나를 괴롭히니까.'

라고 해서 옆에 가가지고 경단을 먹어버렸어요. 그랬더니 보이지 않기 때문에,

"왜?"

라고 그렇게 하는 거라고 생각하는데. 아무도 보이지 않으니까,

"이상하네."

하고 가버렸어요. 그 모습을 보고 아 진짜 신나서,

'아, 나 진짜 안 보이는구나!'

하고 생각하고,

"그럼 나 술 좋아하니까 술집에 가야지."

라고 해서, 술집에 가서 보이지 않으니까 그 술을, 항아리에 있으니까 그 얼굴을 집어넣고 많이 먹고.

그다음에도 다음에도 계속 그러니까 그게 매주 취해서 거기 집에 돌아가니까 어머니가,

"아, 왜 그렇게 매일 취해서 그렇게 하면 안 된다."

고 야단쳐도,

"나는 그렇게 도롱이 있기 때문에 뭐 괜찮다."

라는.

듣지도 않고 매일매일 하고 있었더니. 근데 술취해가지고 어느 날, 술 취해서 이불에서 거기 도롱이를 갈아입고 자고 있었는데 어머니가 그거를 보고,

"아 진짜 지저분한 도롱이네. 쓸모없는데, 그런 거를."

해가지고 불에 태워버렸어요. 태워버렸더니 그다음 날에 아침에,

"여기 있던 도롱이는 어디 갔어? 엄마?"

라고 했더니,

"그렇게 더러운 거를 왜 그렇게 갖고 있냐?"고.

"내가 태워버렸지."

"아, 불에 태워버렸어?"

라고 하니까 깜짝 놀라가지고 거기에 있는 가마도? 가마도라고 하는 그 불에 태우는 곳에서 재만 남아있었으니까,

"아, 어떡해, 어떡해!"

하면서 재를 모였더니, 재 모였던, 재가 붙은, 묻은 그런 손에 없어졌어요. 보이지 않게 됐어요.

'어, 그러면 재가 돼도 그 도노이의 힘은 있네?'

라고 생각해서 발가벗고 재를 발라버렸어요. 그랬더니 보이지 않게 돼가지고. 그랬더니,

'보이지 않으니까 술집에 다시 가야지.'

라고 해서 술집에 또 갔어요.

술집에 갔더니, 가고 다시 그 항아리에서 있는 그 술을 꿀꺽꿀꺽 먹고 술에 취해가지고 자고 있더니 그 입술만 거기 재가 흘러나가버리고 입술만 그렇게 있는 거예요. 그랬더니, 그러고 나서 거기 항아리 옆에서 코 고는 소리 내면서 자고 있는 소리 듣고 그 술집 주인이 와가지고,

"아, 왜 그렇게, 이상하네? 요즘에 많이 술이 없어지니까 그 입술 괴물 때문에 그렇게 없어지는 거구나!"

해서 굵은 몽둥이를 가져가가지고 그게 해야 되겠다고 해서 했더니 거기서 히코이치에서 닿지 않고 그냥 술 항아리에서 딱 하니까 술 항아리가 딱 깨지는 소리를 듣고,

'아, 내가 들켰다.'

고 생각해서 달아나버린.

달아나버리니까 술집의 주인도 그 몽둥이 들고 타다닥 쫓아오고 그 모습 보는 근처에 있는 애들이 또 재미있게 보고. 그 뒤에서 강아지가 쫓아오고,

"아 어떻게 해!"

했더니 그 강가에 도착해서,

"어떻게 해, 어떻게 해."

해서 앞에 뭐 강이니까 할 수 없이 그 물속에서 들어갔더니 다 재가 없어지고 그게 히코이치였다는.

"아!"

라고 해서 다른 사람에게 웃음이 되고. 그리고 히코이치는 그 술값을 내게 됐다라는.

(잠깐 '도롱이' 단어에 대해 얘기를 나눔.)

[조사자 3: 그럼 나중에 재가 다 씻겨나갔으면 빨개 벗고 있었겠네요?] 네. (웃음) [조사자 1: 거기도 그렇게 쓰셨더라구요. 다 벗겨서 사람들이 놀려대고 그랬다구.]

학이 변한 여인

● **구연정보**

조사일시 : 2017. 01. 12(목) 오후
조사장소 : 인천시 부평구 삼산동
제 보 자 : 노마치 유카 [일본, 여, 1974년생, 결혼이주 10년차]
조 사 자 : 조홍윤, 황승업, 김자혜

● **구연상황**

〈코가 길어지는 텐구의 부채〉 구연 후 한국의 보은담에 관해 이야기를 나누다가, 조사자가 일본의 보은담 중에 유명한 것은 없는지 묻자, 제보자는 〈쓰루노 온가이시〉가 가장 유명한 보은담이라며 구연을 시작했다.

● **줄거리**

옛날 착한 노부부가 살고 있었는데, 어느 날 할아버지가 산에 갔다가 올가미에 걸린 학을 살려주었다. 이듬해 눈보라가 심하게 치던 어느 날 한 여자가 찾아와 며칠 묵어가기를 청했다. 부부는 여인에게 딸처럼 지내자고 했고, 셋은 함께 살게 되었다. 그러던 어느 날 여인은 베틀을 찾아 방에서 베를 짜기 시작하며 절대 안을 들여다보지 말라고 했다. 완성된 베는 너무나 아름다웠고 이를 시장에 내다 판 부부는 많은 돈을 벌었다. 하지만 베를 짜기 시작하면서부터 여인이 눈에 띄게 야위어가자, 불안해진 부부는 약속을 어기고 여인이 베를 짜는 모습을 들여다보았다. 안에서는 학 한 마리가 자신의 깃을 뽑아 베를 짜고 있었다. 모습을 들킨 학은 더이상 같이 살 수 없다며 그곳을 떠났다.

〈은혜를 갚은 학〉 이야기가 제일 유명하죠. [조사자: 해 주세요.] 워낙 유명해서, 〈쓰루노 온가이시(つるの おんがえし)〉. [조사자: 쓰루노?] 쓰루노 온가이시. '쓰루'가 학이에요. [조사자 : 온가이시가?] '온가이시'가 은혜, 은혜를 갚는다. [조사자: 보은, 뭐 그런 거군요?] 예예.

할아버지 할머니가 산다는 얘기도 있고, 젊은 남자가 산다는 얘기도 있는데. 할아버지 할머니 같은 경우에는 동북지방에 눈 많이 내리니까 여행 다니는 사람들, 나그네들 하룻밤 재워달라고 하는 얘기. 아 맞다, 그건 아니고.

할아버지가 착한 사람이어서 그 함정에 걸린 학을 살려줘요. 그런데 이렇게 치료, 치료도 해줬는데, 학을 살려줘서 학이 막 울면서 돌다가 가는데, 그다음 해인가에 겨울에 어떤 여자, 젊은 여자가 찾아와요. 할머니 할아버지한테 하룻밤 재워 달라고. 그 눈보라 치고 너무 날씨가 안 좋으니까 며칠을 있다가 가겠다고 했는데, 집안일을 많이 도와주고 너무 잘 하는 거예요. 그래,

"계속 여기 있으면 안 되겠냐?"고.

그래 딸처럼 살게 돼요. 그런데 어느 날,

"여기 베 짜는 기계가 있냐?"

물어봐요.

"있다."

고 하니까,

"내가 좀 짜보겠다."

고 해서 들어갔어요.

"내가 안에 있는 동안 절대 보지 말아 달라."

얘기하고. 계속 밤새도록 그 소리, 베 짜는 소리가 나는 거예요. 그런데 아침에 너무 예쁜 옷감을 가지고 오는 거예요. 그런데 할아버지가 그거를 마을에 내려가서 팔고. 돈을 많이 벌게 됐죠.

그런데 이 여자는 계속,

"또 만들어주겠다."

하는데,

"계속 살 빠지고 힘들어져 가는데, 왜 그러냐?"고.

물어봐도,

"안 이상, 괜찮다."고.

그래 어느 날 할아버지 할머니가 너무 걱정돼서,

"그럼 우리 베 짜는 거 보지 말라고 하지만 보자. 봐야 되겠다."

그래서 여는데, 학이 학 모습으로 자기 털을 빼가면서 베 짜고 있더라고요.

"원래, 원래 모습을 보셨으니까, 이제 여기 있을 수 없다."고.

학으로 다시 돌아가서 떠나버린다는 얘기.

[조사자: 그게 할아버지 할머니 버전이고요?] 예예.

젊은이, [조사자: 젊은이 버전은 뭐 어떻게 돼요?] 총각 버전은 자기 아내로. 네, 결혼해서 같이 살게 되는데 똑같죠.

"보지 말라!"

고 해서 짜는데, 너무 궁금하니까 봤더니 학이었다는 걸 알고 학도 같이 있을 수 없다고 떠다는 이야기.

[조사자: 그러면 그냥 보내버렸어요?] 네, 그런 것 같아요. 아이는, 아이도 없었던 것 같아요. [조사자: 정말 안타깝겠네요.] (웃음) [조사자: 보통 이렇게 그 정도 여자를 만나면, 다른 여자 못 만나잖아요.] (일동 웃음) 그렇죠, 돈도 벌어 주고 예쁘고. [조사자: 일단 다른 존재가 인간으로 변신하면 엄청 예쁘잖아요, 보통은.] 아, 그렇죠, 그렇죠.

[조사자: 안타깝구만. 보은이 아닌 것 같아요. (웃음)] 그러니까 약속은 지켜줘야 하는데. [조사자: 그러니까요.] 왜 약속을 못 지킬까요? [조사자: 계속 이렇게 아파 보이니까, 힘들어 보이니까.] 예예.

두루미가 변한 여인 [1]

● **구연정보**

조사일시 : 2017. 01. 06(금) 오후
조사장소 : 대구광역시 중구 대안동
제 보 자 : 묘엔 이치로 [일본, 남, 1952년생, 유학 3년차]
조 사 자 : 조홍윤, 황승업, 김자혜

● **구연상황**

마츠자키 료코 제보자가 〈대나무에서 나온 가구야공주〉 구연을 마치자 묘엔 이치로 제보자가 이어서 〈두루미가 변한 여인〉 이야기를 시작했다. 마츠다 타마미와 마츠자키 료코 제보자가 청자로 참여했다.

● **줄거리**

옛날에 노부부가 살았는데 어느 날 할아버지가 산에 나무 하러 갔다가 올가미에 걸린 두루미를 구해 주었다. 그 뒤에 한 여인이 노부부의 집에 찾아와 같이 살게 되었다. 여인은 신세를 갚겠다며 방에 들어가 천을 짜기 시작했는데 절대로 자신이 일하는 모습을 보지 말라고 했다. 여인이 짜낸 베는 너무나 고와서 비싼 값에 팔렸고 노부부는 부자가 되었다. 어느 날 여인이 어떻게 베를 짜는지 궁금해진 노부부가 방을 엿보게 되었는데 두루미 한 마리가 자기 깃을 뽑아서 천을 만들고 있었다. 모습을 들킨 두루미는 자신이 이전에 올가미에 걸렸던 두루미였음을 밝히고 다시 하늘로 올라갔다.

〈두루미의 보은〉이라는 아주 유명한 이야기가 있어요. 이것은 일본 민화, 동물이 보은한 이야기 중에 하나예요.

옛날에 어르신 부부가 살고 있었어요. 겨울에 눈이 내리는 날에 할아버지가 장작을 가져오기 위해 (산에) 들어갔어요. 그때 올가미에 걸린 한 마리 두루미를 찾았어요. 슬프게 생각한 할아버지는 두루미를 올가미에서 풀어줬어요.

그 후에 아주 아름다운 아가씨가 노부부의 집에 왔어요. 그래서 그 여자는 부모님이 돌아가시고 지금 길을 헤매고 있어서 하룻밤만 묵게 해달라고 했는데, 노부부가 기분 좋게 집에 받아줬어요. 다음 날에도 다음 날에도 눈이 끝나지 않았고 계속 하고. 아가씨는 노부부 집에 계속 살았어요. 그중에서 그 아가씨는 부부에게 여러 가지 신세를 졌고, 노부부도 아주 기쁘게 지냈어요.

한 날에 아가씨가,

"할아버지 할머니의 딸이 되고 싶다."

이야기하면 노부부가 기쁘게 허락했어요. 그래서 그 아가씨가 계속 효경(孝敬)하고 노부부를 돕고 있을 때, 한 날에,

"천을 좀 짜려고 하는데 실을 좀 사 달라."

고 했어요. 그래서 할아버지가 실을 가지고 가면 아가씨는,

"절대 보지 말라."

그렇게 하고 방에서 3일 동안 자지 않고 계속 베를 짰어요.

"또 실을 좀 가지고 오세요."

그렇게 했어요.

그 아가씨가 만드는 천은 아주 예쁘고 아주 유명하게 됐고 비싸게 팔 수 있었어요. 할아버지가 새롭게 가지고 있는 실로 아가씨는 두 번째 천을 만들고, 더 예쁘게 완성돼서 더 비싼 가격으로 팔 수 있고 노부부가 부자가 됐어요.

하지만 아가씨가 세 번째 천을 짜려고 방에 있을 때, 처음에는 노부부가 약속을 가졌지만, 왜 아가씨는 그렇게 예쁜 천을 만드는 것을 좀 호기심이 생겨서 좀 봤어요. [조사자: 열어봤어요?] 네네, 그래서 아가씨가 있어야 하는 데, 하나의 두루미가 있었어요. 두루미 자신의 깃털을 뱉고(뽑아) 실 안에 넣고 예쁜 천을 만들고 있었어요. 대부분 두루미의 깃털도 없어졌고 아주 슬프게 되었어요. [조사자: 안쓰럽게 되었군요.] 네.

그래서 놀라서 노부부 앞에서 천을 만든 아가씨가 왔고,

"저는 옛날에 올가미에 걸린 두루미입니다. 그때 도와주셔서 계속

이 집에 살려고 했지만 진짜 나를 보셨는데 저는 돌아가야 합니다.”

그런 이야기 하면 갑자기 두루미로 바뀌어서 하늘로 돌아갔어요.

[조사자: 할머니 할아버지가 안 봤으면 계속 같이 살 수 있었는데 봐서 어쩔 수 없이 돌아갔다?] 네, 이것도 유명한 이야기예요.

두루미가 변한 여인 [2]

● **구연정보**

조사일시 : 2016. 11. 18(금) 오후

조사장소 : 강원도 강릉시 초당동

제 보 자 : 코마츠 미호 [일본, 여, 1969년생, 결혼이주 20년차]

조 사 자 : 박현숙

● **구연상황**

제보자가 〈용궁에 다녀온 우라시마타로〉 구연을 마친 뒤, 다음에 구연할 이야기를 핸드폰으로 찾기 시작했다. 제보자는 잠시 후 알고 있는 이야기를 찾은 듯 구연을 시작했는데, 중간에 검색을 통해 찾은 내용과 자신이 알고 있는 내용이 좀 다르다며 구연을 중단하기도 했다. 조사자가 제보자가 알고 있는 내용으로 구연해 달라고 하자 제보자는 인물 설정을 바꾸어서 구연을 이어나갔다. 일본에서 유명한 것이어서 잘 알고 있는 이야기인데 막상 구연하려니까 잘 안된다고 아쉬움을 드러냈다.

● **줄거리**

옛날 어느 겨울에 한 남자가 산에서 나무를 하다가 죽을 위기에 처한 두루미를 발견하고 살려주었다. 남자가 돌아가는 길에 날이 저물자 산속의 어느 집에서 여자가 나와서 자신의 집에 머물고 가라고 했다. 남자는 그 여자와 함께 살게 되었다. 여자는 남자에게 자신이 옷감을 짤 때 절대 방안을 들여다보지 말라고 당부를 했다. 남자는 여자가 짜놓은 옷감을 시장에 내다 팔아서 돈을 벌었다. 남자는 어느 날 여자가 보고 싶어서 여자 몰래 방을 들여다보았는데, 두루미가 옷감을 짜고 있었다. 정체를 들킨 두루미는 슬프게 울며 하늘로 날아가 버렸다.

어떤 곳에 할아버지하고 할머니가 역시 옛날에 살고 있었습니다. 근데 어떤 눈이 오는 겨울에 할아버지가, 할아버지가 나무를 팔

려고 나가는데 그 두루미가 걸려서, 그 걸려 있는 거를 봤어요. 그래서 불쌍하게 생각해서 두루미를 도와주고 이렇게 가게 해줬어요.

근데 계속 눈이 많이 내려왔는데 아, 그래서 갔는데 계속 눈이 내려왔어요. 할아버지가 그래서 눈이 내려오는 곳을 이렇게 걸어갔는데 어떤 젊은 아름다운 여자가 나타났어요. 나타나가지고,

"저기 눈이 많이 내려왔으니까 그 하룻밤 여기서 쉬고 가라."고.

이야기해줬어요.

음, 잠시만요. 이 이야기가 제가 아는 이야기랑 다른 거 나왔어요, 내용이. [조사자: 그럼 원래 알고 있는 대로 해주세요.]

그래서 할아버지가, 그 할아버지 아니었는데요. [조사자: 아저씨예요?] 네. 아저씨였어요. 여기서 노부부라고 해가지고. [조사자: 아저씨로 하세요.] 아, 근데 자세한 거는 좀 까먹었는데 아무튼.

그 집에서 자게 됐어요, 그 아저씨가. 근데 그 여자가 밤에 자기 방 절대 보면 안 된다고 했어요. 아, 그, 잠시만요. 제가 책 읽고 (잠시 내용을 기억하며) 응, 그 여자가 보면 안 된다고 하기 전에 자기가 거기서 비단 아니고, 천인지 비단인지 모르겠어요. [조사자: 그 베를 짜는 거?] 네.

"그거(옷감짜기) 하고 싶으니까 실을 사와 달라."고.

좀 시켰어요. 그 사이에 두루미가, 두루미 아니고 그 여자가 방에서 베, 베라고 하나요? [조사자: 천을 짜는 거죠?] 네. 그거 만들고 있었어요. 근데 그 여자가 또 돌아오는 걸 보고,

"자기 방 그 소리 나지만 보면 안 된다."고.

"절대 보면 안 된다."고.

또 같이 밥 먹고는 하지만은 밤에는 방에 돌아가서 일을 해요. 그러면 좀 보고 싶어지잖아요? 그래서 그 어떤 날에 아저씨가 그걸 봐버렸어요. 이렇게 [조사자: 몰래?] 네, 몰래 들어서 봤는데. 거기서 두루미가 그거를 만들고, [조사자: 천을 짜고 있었어요?] 네. 그 자기가 살려준 (두루미인) 거죠.

근데 두루미가 그거를 알게 됐어요. 봤다고. 보면 안 된다고 했는데. 봤다고 해서 아, 근데 마지막에 어떻게 끝났지? [조사자: 두루미

는 날아가지 않아요?] 네, 날아가서 가버린 것 같이요. 네.

아, 그래서 그거(옷감) 만들어서 어, 근데 그 아저씨가 도중에서는 그거 팔고 마을에 가서 [조사자: 아, 아내가 만들어 놓은 천을 팔고?] 네, 팔고 그랬는데. 그니까 아저씨가 없는 사이에 열심히 일을 했겠죠. [조사자: 네.] 근데 그거 두루미라고 모르고 봤을 때 그때는 두루미라고 알게 돼서 인제 두루미가 슬프게 자기 정체를 알게 됐으니까 날아간 거 같애요. 네, 그런 옛날이야기.

[조사자: 또 금기를 어겨서.] 예. 자기를 살려줬다고 해서 돈 벌게 해줬는데. 네네. 아 그거 만들어서 팔고 오라고 해서, 돈 벌고 오라고 했는데 봤으니까 인제 날아가 버렸다는 이야기. 네. 갑자기 또 그것도 엄청 유명해서요. 다 아는 이야긴데 막상 할려고 하니까 조금 안 되네요.

두루미 아내 [1]

● **구연정보**

조사일시 : 2017. 10. 21(토) 오후
조사장소 : 경기도 안산시 단원구 원곡동 세계문화체험관
제 보 자 : 토리카이 쿠미코 [일본, 여, 1977년생, 결혼이주 10년차]
조 사 자 : 김정은, 황승업

● **구연상황**

〈원숭이와 게의 싸움〉 이야기에 이어서 구술했다. 중국의 박영숙 제보자와 우즈베키스탄의 허율리나 제보자가 청중이 되어 질문도 하고 반응도 하며 재밌게 이야기판을 형성했다.

● **줄거리**

옛날에 한 남자가 올가미에 걸려 있는 두루미를 발견하고 풀어서 살려주었다. 두루미는 감사한 마음에 인간의 모습을 하고서 남자를 찾아갔다. 두루미는 남자에게 같이 살게 해달라고 했고, 결국 둘은 결혼을 했다. 두루미 아내는 남자에게 은혜를 갚기 위해 방에 들어가 천 만드는 작업을 했는데, 절대 안을 들여다보지 말라고 했다. 두루미 아내는 자기 깃털을 뽑아 아름다운 천을 만들었고, 그 천은 비싼 값에 팔렸다. 욕심이 생긴 남자는 천을 더 만들게 했고, 어느 날 몰래 방안을 들여다보았다. 아내는 남자가 약속을 어겨서 원래대로 돌아가야 한다며 그곳을 떠났다.

옛날에 두루미가 뭔가, 뭐라고 해야 되죠? 뭔가 두루미를 잡으려고 뭔가, 뭔가를. [조사자 2: 그물?] 그물이라고. [조사자 1: 덫? 덫이라고 하는데.] 하. [청자: 또, 또, 또 왔어.] 뭐라고 해야 되나? 두루미를 잡으려 (손으로 잡는 모습을 하며) 이런 거, 큭 하는 거. [조사자 1: 덫이라 그래요.] 더치? [조사자 1: 덫.] 덫. [청자: 쥐, 쥐 잡을 때, 그런 거 있

잖아.] 쥐, 아. [조사자 1: '쥐덫' 할 때 그 덫 말씀하시는 거잖아요?] 음. 예, 예. 그런 것에다가 걸린 두루미를 뭔가 마음씨 착한 아, 뭐 남자가 도와주는 거예요.

그랬더니 그 두루미가 너무 감사해가지고, 그 뒤에 인간의 모습으로 그 남자를 만나러 가는 거예요. 그래 남자를 만나고 가, 만나러 가서 뭔가 어, 뭐,

"조금 저를 여기 있게 해 달라."고.

그렇게 부탁해서, 거기서 같이 살게 되는 거예요. 그때는 너무 행복했고, 그리고 둘이 너무 사이가 좋아져서 결혼까지 한 거예요. 결혼까지 하는데, 그때 뭐가 두루미가 뭐, 뭐지? 잘해주고 싶어서 이 남자한테, 뭐 가난했으니까, 그래서 돈을 벌려고,

"아, 저는 조금 다른 방에 가가지고 작업, 작업을 할게요. 그래 천을 만들게요."

그렇게 이야기했어요.

"그런데 절대로 보지 말아라."

그렇게 이야기해서, 자기 털을 한 개, 한 개 뽑아서 자기 털로, 아 자기 깃빨(깃털)로, 자기 깃빨로 예쁜 천을 만들어요. 그랬더니 그 천을 가지고 가서 팔면 너무 [조사자 1: 그렇죠.] 네, 비싸게 팔아, 팔았어요. 팔렸어요. 그래가지고 그 남자는 욕심을 좀 내는 거예요.

"한 번만 더 해주면 안 되냐?"

그렇게 해가지고, 그 두루미는 다시 한 번 뭔가, 엣다.

"더 이상은 못 하겠어요. 이게 마지막이에요."

그렇게 하면서도 다시 만들어 주는 거예요. 이것을, 이것을 하는 사이에 보면 안 되는데, 그 남자가,

'왜 어떻게 만드는 거니?'

궁금해서, 에 이거 봐버리는 거예요. 그거 그 모습은 뭐 아내가 아니라, 그 두루미였던 거지요. 그 두루미가 자기 깃털을 뽑아서 이렇게 만들었었어요. 네, 그래가지고 그거, 그것을 알게 돼버려서,

"약속했는데."

[조사자 1: 어겼으니까.] 네.

“저는 원래대로 원래 모습으로 돌아가야겠어요.”

그렇게 해서 두루미로 다시 돌아가서, 집으로 가는 그런 슬픈 이야기예요.

[조사자 1: 슬픈 이야기네요.] 네. [조사자 1: 결국 남자는 옷도 못 얻고, 부인도 잃고.] 잃었고. 네. 그런. [조사자 1: 욕심 때문에.] 네, 맞아요. 욕심 때문에 그런 거 같아요.

두루미 아내 [2]

● 구연정보

조사일시 : 2018. 10. 11(목) 오후
조사장소 : 경기도 오산시 은계동
제 보 자 : 후카미즈 치카코 [일본, 여, 1974년생, 결혼이주 13년차]
조 사 자 : 김정은, 강새미, 엄희수

● 구연상황

제보자가 〈응애 할아범과 코나키지지〉 이야기를 마친 뒤 조사자가 또 다른 이야기가 있는지 물으며 〈꽃 피우는 할아버지〉와 같은 이야기도 좋다고 했다. 그러자 제보자가 학이 나오는 이야기가 있다며 〈학의 은혜 갚기〉라는 제목으로 이야기를 시작했다. 러시아 출신의 김알라 제보자가 함께 이야기를 들었다.

● 줄거리

어떤 청년이 괴롭힘을 당하고 있던 학을 구해주었다. 그랬더니 며칠 뒤에 젊은 아가씨가 찾아왔고, 청년은 그녀와 결혼을 했다. 그 집은 원래 가난했는데, 가끔씩 아내가 좋은 원단을 만들어 주면서 내다 팔게 했다. 아내는 자신이 작업을 할 때 절대 문을 열면 안 된다고 했는데, 어느 날 남자는 너무 궁금해서 문을 열고 말았다. 깃털을 뽑아서 옷감을 만들고 있던 아내는 자기를 봤으니 가야 한다며 하늘나라로 가버렸다.

학이 그, [조사자 1: 옷 짜주는?] 어, 누가 괴롭힘을 당하고 있었던 학이 도와줘서. [조사자 1: 제목이 뭘까요?] 학의 은혜 갚기●라고 하면

● 제보자가 제목을 〈학의 은혜 갚기〉라고 했으나, 제목은 다른 자료와의 통일성과 검색의 편의성을 고려하여 일반적으로 알려진 〈두루미 아내〉로 정했다.

되나요? 은혜를 갚으려고.

그 어떤 청년이, 가난한 청년이 애들이 괴롭히고 있었던지, 아니면 다치고 그랬었던지 그 학을 구해줬더니, 조금 있다가 며칠 뒤에 젊은 아가씨가 와서 조금 며칠 좀 여기서 살게 해 달라고 해서, 이것저것 많이 잘해줘서 결국은 결혼해서 살게 됐는데, 너무 가난한데 가끔씩 너무 좋은 원단 같은 거를 만들어서 줘요.

"돈이 없으면 이거를 팔고 오라."고.

해서. 근데,

"이게 어디서 났냐?"고.

했는데, 그럴 때는,

"절대로 열어서 보면 안 된다."고.

해서. 근데 너무 궁금해서 봐 버려요 약간. 그랬더니 자기 털을 이렇게 뽑아서 그 원단을 만들었던 모습을 봐서. 근데 자기는 그냥 닫쳤는데(문을 닫았는데),

"자기 봤다."고.

"나 이제 가야 된다."고.

그렇게 해서 하늘나라로 가버린다는. [조사자 1: 학이.] 네. 학이. 그거 얘기도 있어요.

두루미 아내 [3]

● **구연정보**

조사일시 : 2017. 05. 11(목) 오후
조사장소 : 경기도 수원시 영통구 매탄2동
제 보 자 : 이데이 유미 [일본, 여, 1977년생, 결혼이주 15년차]
조 사 자 : 오정미, 이승민

● **구연상황**

제보자가 〈선녀와 나무꾼〉 이야기를 자신 없게 구술한 후, 잘 알고 있는 이야기가 있다며 새로운 이야기 구술을 시작했다.

● **줄거리**

어떤 남자가 다리를 다친 두루미를 발견하고 잘 치료한 뒤 보내주었다. 며칠 뒤 그 집에 예쁜 여자가 찾아왔고, 남자는 그 여자와 함께 살게 됐다. 여자는 매일 밤 홀로 방에서 베를 짜서 예쁜 비단을 만들었다. 그 덕에 남자는 부자가 되었다. 호기심이 생긴 남자는 여자가 베를 짤 때 절대 문을 열지 말라고 신신당부한 말을 어기고 문을 열었다. 방 안에서는 두루미가 자신의 깃털을 뽑아 비단을 만들고 있었다. 여자는 계속 살 수 없게 됐다면서 두루미의 모습으로 날아가 버렸다.

어떤 남자가 살고 있는데 그 앞에서 그 두루마리? 그 새 있잖아요. [조사자 1: 아! 두루미] 네. 두루미! 두루미가 다리를 다쳐가지고 움직이지 못하고 거기 있는 거예요. 그 착한 남자가 치료해주고, 며칠 동안 밥도 먹여주고, 치료해지고 다.

다리가 부러졌는데, 부러지니까 그 시간이 좀 걸리잖아요? 그러니까 치료해주고 뭐 해주고 잘 챙겨주고, 그 뼈가 붙어가지고 날아

가게끔 도와주는 거예요. 그런데,

"아, 고맙다."

고 해가지고 하는 자기 거기 날아갔는데, 또 며칠 있다가 어떤 여자분이 똑똑똑 이렇게 해가지고 자기 집으로 오는 거예요.

그러다가 너무 예쁘게 생겼으니까 그거로 해가지고 또 결혼하게 되는 거예요. 아! 아니다. 아니다. 아니다. 결혼했나? 잠깐 (잠시 생각하며). [조사자 2: 하녀인 유형도 있고, 결혼하는 유형도 있습니다.] 그래요? 결혼 안 한 것 같기도 하고. 아! 그 도와준다고 왔어요.

"당신을 좀 도와주고 싶다."

해가지고 갔는데,

"하나 방을 주라."

고 하는 거예요.

"알았다."

고 해가지고 하나 방을 주는데.

"제가 만들고 올 테니까, 만드는 사이는 여기 문을 절대로 열지 말라고, 보지 말라."

고 하는 거예요. 처음에는,

"알았다."

해가지고, 들어갔다가 '땅가 땅가' 이렇게 소리가 나는 거예요. 무슨 만들고 있는 소리가 났는데 그 시간 지나니까 좋은 비단, 예쁜 걸 만들어 오는 거예요. 그런데 옛날에는 그거는 하나 팔면 뭐 엄청 부자가 되는, 그 비싼 가격으로 파니까 그걸 하나씩 주는 거예요. 그러면,

"이거 어떻게 만들었냐? 고맙다. 고맙다."

해가지고 그걸 팔고 점점점 생활도 좋아지고 했는데 그 항상 거기 들어갔다가, 까딱 까딱 소리만 나고 그 몇 시간이든 며칠이든 그렇게 있는 거예요. 그런데 또 나오면, 또 색깔 다른 비단 또 준비하고 오고 그 열심히 그 사람한데 주는 거예요. 그러니까 부자가 되고 뭐 했는데, 어떤 날은 절대로 열지 말라고 항상 하니까 궁금하잖아요.

또 사람이 너무 궁금한데 그래도 처음에는 좀 지켰었어요. 처음

에는 지켰었는데 너무 궁금하고, 또 예쁘고, 뭐 어떻게 만드는지 약간 좀 살살 보고 싶은 마음이. 그래서 약간 이렇게 옛날의 문 이렇게 여는 거잖아요? 그걸 살짝 열었나? 아니면 어떤 이야기는 한지를 (구멍을 뚫는 시늉을 하며) 이렇게. (웃음) 그래도 열지 말라고 하니까 아마 이렇게 여는 걸 거예요. 살짝 열었는데 열었더니 그 예쁜 여자분이 그 두루미의 모습으로 자기 깃털을 뽑아가지고 거기에 비단 만들고 있었던 거예요. 그 항상 이렇게 뽑고, 뽑고, 뽑고, 뽑고 자기를.

[조사자 1: 희생한 거네요.] 네, 해가지고 예쁘게 만들었는데, 그걸 봐버렸으니까.

“당신 왜 열었냐? 열지 않았으면 계속 여기서 같이 살 수 있었고, 행복하게 살 수 있었고, 비단 계속 드릴 수 있었는데, 봤으니까 이제 가야 된다.”

해가지고 두루미의 모습으로 날아가 버렸어요.

천녀의 날개옷과 피리

● 구연정보

조사일시 : 2018. 10. 11(목) 오후
조사장소 : 경기도 오산시 은계동
제 보 자 : 후카미즈 치카코 [일본, 여, 1974년생, 결혼이주 13년차]
조 사 자 : 김정은, 강새미, 엄희수

● 구연상황

제보자가 〈두루미 아내〉 이야기를 짧게 마친 뒤, 조사자가 일본에 선녀 이야기가 없냐고 물었다. 제보자가 선녀가 뭔지 모르겠다고 해서 설명해 주자 일본에는 천녀(天女)가 있다며 이야기를 찾아보겠다고 했다. 그리고 러시아의 김알라 제보자가 한 이야기를 마치자 천녀 이야기 구연을 시작했다. 구술을 마친 뒤 한국의 〈선녀와 나무꾼〉 이야기와 비교하는 이야기를 나눴다. 김알라 제보자가 함께 이야기를 들었다.

● 줄거리

옛날에 어떤 천녀가 하늘에서 내려와 샘에서 목욕을 했는데, 날개옷이 없어졌다. 한 남자가 천녀를 불쌍하게 생각해 도와주었다. 둘은 결혼을 하고 아이를 셋 낳고 살았다. 그러던 어느 날, 천녀가 창고에서 자신의 날개옷을 발견하고 배신감을 느꼈다. 천녀가 하늘로 다시 올라가려고 하는데 자신의 아이들을 데리고 갈 수가 없었다. 그래서 아이들에게 피리를 주며 엄마가 보고 싶을 때 피리를 불라고 했다. 이후 흉년이 든 해에 아이들이 너무 배가 고프고 힘이 들어서, 샘 옆으로 와서 피리를 불었다. 그러자 하늘에서 한 줄기 빛이 내려와 샘을 비추더니 샘 바닥에서 사금이 나왔다. 그래서 마을 사람들 전체가 그 사금으로 음식을 바꿔 먹어 살 수 있었다. 다른 결말로 천녀가 올라가 버리는 것으로 끝나는 이야기도 있다.

(이미지를 보여주며) 천녀가 바로 이런 옷을 입고 있잖아요. 이거 한국어로 뭐라고 해요? [조사자 1: 선녀, 선녀.] 선녀의 그 옷을 뭐라고 해요? [조사자 1: 날개옷.] 날개옷, 아 날개옷 똑같아요. 이거 진짜 날개옷이네.

일본 같은 경우는 샘이라고 쓰여 있네. 그 호수 말고 샘. 저도 이 말을 몰랐어요. 거기에 하늘에서 내려와서 목욕하고 있었대요. 근데 이거를, 날개옷을 나무에다가 걸어서 자기는 다 벗고, 목욕하고 있었는데. 갑자기 올라가려고 했더니 이게 없는 거예요. 그래서,

"아, 나 어떻게 할까?"

싶었더니, 그거를 보다 못해 좀 불쌍하다고 생각한 젊은 남자가 와가지고, 그러면 도와준다고 해서. 그래서 그냥 그 사람이랑 같이 어디로 가서 그 사람이랑 같이 살게 돼요.

그리고 결국은 그 남자랑 결혼하게 되고, 아이도 셋인가 낳고 살고 있는데, 갑자기 어떤 창고 같은 데에서 이거를 발견하는 거예요.

'아, 이 사람이 그거를 감춰놨었구나.'

싶어서, 배신당한 마음도 있고. 그리고 이게 없어서 맨날 울고 있었으니까, 결국은 이거를 돕고, 또 하늘에 올라가려고 했는데.

애가 셋이 있었잖아요. 그 애들이랑 같이 무슨 피리 같은 거를 부는 걸 알려주고, 그렇게 해서 하늘을 보면서 울면서 그랬었는데. 자기가 이거를 발견했으니까, 날개옷으로 올라가려고 하는데 애들은 데리고 가지 못하니까 너무 슬프지만. 그런데 그 피리를 어떻게 뭐, 정말 엄마 보고 싶고 힘들면 이 피리를 불라고 해서 올라갔어요.

그래서 조금 이따가, 옛날에는 그 쌀이 전혀 안 되는 해가 있잖아요. [조사자 1: 흉년이라고.] 네, 흉년, 흉년. 흉년이 와가지고 먹을 것도 없고 그 동네 자체가 정말 망할 지경이었는데. 그때 애들이 그 샘 옆으로 와서 그 피리를 불었더니 갑자기 하늘에서 한 줄기 빛이 나와 가지고 그 빛 위에서 뭔가 아까, 그 빛에서 뭐가 나온다 그랬지? 제가 여기까지는 이랬는데.

(제보자가 잠시 생각하고) 갑자기 빛이 한 줄 이렇게 내려와서 그다음에 그 샘 바닥에서 빛나는 사금? 사금 있잖아요, 모래금. 그게

올라왔대요. 그 사금을 음식으로 바꾸는 걸로 동네 전체가 다시 되살아났다고. 그렇게 해서 그 다 나머지는 거기서 그냥 그런 전설이 있다고. 동네 전체 사람들이 구해졌다. 그걸로 끝나네요. [조사자 1: 천녀를 뭐 신처럼 보시거나 그러지는 않았대요?] 그러지는 않아요.

그런데 다른 얘기도 있는데 그것도 똑같대요. 그거를 아무튼 훔쳤든지, 아니면 우연히 그 사람 불쌍하다고 생각하든지. 그 남자랑 살게 돼서 애 낳고 잘 살고 있었는데, 어떤 계기로 이거를 다시 찾게 되서, 올라가서 가버린다. 이렇게. 똑같애요. 그런 거 같아요. 특별하게 그걸 신이나 그렇게 하지도 않고. 많이 유명하지도 않은 것 같애요.

그러니까 인도나 중국에서 왔다고 하니까 그런 천녀가 하나 있고.

[조사자 1: 우리나라 선녀들은 애들을 그냥 다 데리고 올라가거든요. 이고, 끼고. 그래가지고 보통 셋 낳을 때까지 하지 말라 그러는데. 나중에 북한은 세잖아요. 함경도 북도 이런 데는, 애 넷 낳을 때까지 하지 말라. 그럼 애 넷을 낳아서 다 끼고, 다리 사이까지 끼고 가요. 하나씩 안고, 업고, 다리에 끼고 올라가요. 그렇게까지 애를 데리고 다 올라가요.] 아, 한국에서는 그래요? 그걸 못 한다고 그게 나와요.

[조사자 1: 네, 한국 사람들이 되게 모성애, 무언가가 되게 강한 것 같애요. 좀 독특하죠? 다른 백조, 처녀 설화도.] 해내려고, 어떻게든.

[조사자 1: 백조 처녀 설화 있는데, 백조 설화는 반으로 찢어요, 애를. 그냥 상상이에요. 그래서 그 반으로 나눈 아이가 에벤크족의 시조가 되었다, 뭐 이런 식으로 하는데. 우리는 그렇게 애를 데리고 가요. 그랬어서 듣고 싶었었어요.]

약간 포기하는 게 일본 문화다운 것 같기도 하네요. 금방 포기한다고 할까. '할 수 없네.' 뭐. 삼켜버리는 거죠. [조사자 1: 아, 맞아. 일본 분들은 그런 게 내적으로.] 약간 좀 그런 것 때문에 요즘에는 경제도 별로 안 좋잖아요. 다 다른 나라가 더 앞서가고, 그런 게 조금 있어요.

[조사자 1: 한때 정말 앞서갔었는데요.] 그러니까. 경쟁하는 데에는 너무 약한 것 같아요, 좀. 연구자 같은 사람 많죠? 그냥 조용하게 연구하거나 그런 거는 잘 하지만, 경쟁하고 뭘 한다든지 그런 거 좀 강하지 않은 거 같아요. [조사자 1: 교육의 나라죠.]

[조사자 2: 그래도 엄마가 아이를 데리고 가지 않았지만, 나 보고 싶으면 피리를 불라고 하고.] 아, 들은 적이 있어요? [조사자 2: 아니, 지금 말씀해주신 거에서.] 아 네네. [조사자 2: 어쨌든 도와준 거잖아요.]

[조사자 1: 이 이야기는 처음 들었어요. 버리고 갔다. 그래서 그 사람들이 선녀족이라고 불린다. 천녀족이라고, 그 마을에서. 그렇게만 알았는데. 풀피리까지 나오다니, 신기하죠?] (웃음)

의붓자매 고메부꾸와 아와부꾸

● **구연정보**

조사일시 : 2017. 01. 12(목) 오전
조사장소 : 인천시 부평구 삼산동
제 보 자 : 노마치 유카 [일본, 여, 1974년생, 결혼이주 10년차]
조 사 자 : 조홍윤, 황승업, 김자혜

● **구연상황**

제보자는 일본의 속신에 대하여 이야기하다가 한국의 〈콩쥐팥쥐〉와 비슷한 이야기가 있다며 고메부꾸와 아와부꾸에 관한 이야기를 시작했다. 처음 한국에 와서 〈콩쥐팥쥐〉를 듣고 나라가 달라도 비슷한 이야기가 있어 신기했다고 한다.

● **줄거리**

옛날에 고메부꾸(고메후쿠)가 살았는데, 그녀의 어머니가 죽자 아버지가 계모를 들였다. 계모는 자신이 낳은 딸인 아와부꾸(아와후쿠)만 편애했다. 고메부꾸에게는 구멍이 난 자루를, 아와부꾸에게는 튼튼한 자루를 주며 산에 가서 밤을 주워오게 했다. 구멍 난 자루에 밤을 채우려다가 산속 깊은 곳에 들어간 고메부꾸는 야만바를 만나고, 야만바의 이를 잡아준 뒤 상자 하나를 선물로 받았다. 얼마 후 축제가 벌어졌는데 계모는 아와부꾸만 데리고 가면서, 고메부꾸에게는 체로 목욕탕에 물을 채우고 엄청난 양의 조를 훑으라고 했다. 고메부꾸는 스님의 도움으로 물을 채우고 참새의 도움으로 조를 훑어낸 뒤, 야만바가 준 상자 속에 있던 좋은 옷을 입고 축제에 갔다. 고메부꾸는 집으로 돌아오던 길에 신발 한 짝을 잃어버렸는데, 그녀의 아름다운 모습에 반한 부자 청년이 신발을 주워 주인을 찾았다. 고메부꾸는 청년과 혼인하여 행복하게 살았다. 아와부꾸는 우렁이로 변하는 저주를 받았다고 한다.

그리고 그 〈콩쥐팥쥐〉 있잖아요? 유사한 이야기가 있어요. 저도 몰랐는데, 그것도 역시 동북지방이에요. 그 이름도 비슷해요. 고메? 아, 아와, 〈고메부꾸 아와부꾸(こめふく あわふく)〉인데요. [조사자: 고메부꾸 아와부꾸?] 네. '고메(こめ)'가 쌀이에요. '부꾸(ふく)'는 복. 복, 복을 받는다. [조사자: 아, 복.] 네, 고메부꾸 아와부꾸. 아와가 뭐더라? 한자 혹시 아시나요? 아와 (테이블에 손가락으로 획을 그리며) 이렇게. 노란 조밥이 같은 거. 조밥 같은 건가? [조사자: 조가비?] 조(粟), 조라는 밥이 있잖아요. [조사자: 조, 곡식!] 아, 예, 곡식. 예예.

잠깐 있어 봐요, 찾아보게. (휴대폰을 검색하며) 예, 조그만한 거 그거 같아요. (휴대폰으로 검색한 사진을 보여주며) 아, 조 맞아요. 조, 좁쌀이라고 써있네요. 좁쌀, 예. 아와부꾸가 이름이에요, 여자애. [조사자 : 쌀복이랑 조복이, 이렇게 되겠네요?] (웃음) 그렇죠, 그렇죠. 그러니까 〈콩쥐팥쥐〉도 한국에서 많이 먹는 음식이 나온 거잖아요. 그래서 이름도 비슷한데, 내용도 비슷해요.

아버지, 엄마가 죽고 나서 새 엄마가 이렇게 아이를 데리고, 아이를 데리고 오는 게 아니었는지, 그 사이에 태어났는지, 동생이 생겼는데 새 엄마가 심술이 많이 해서 동생한테는 좋은 거 많이 입혀 주고 멕여 주고 하는데, 어느 날,

"산에, 산에 가서 밤을 주워 와라."

이렇게 시켜요. 그런데 언니한테는 일부러 그 뭐야, 바닥에 구멍 난 거를 주고. 동생한테 제대로 된 거 주고. 동생은 막 주워서 바로 집에 가고요, 언니는 계속 떨어지니까 깊숙, 계속 들어가는 거예요, 산에. 그런데, 그런데 해가 져서,

"아, 어떡하나?"

하는데 그 집이 하나 있더래요.

그런데 들어가니까, 일본에는 산에 할머니가, 무서운 할머니가 산다는 얘기가 있어요. 야만바(やまんば) [조사자: 야만바?] 야마, '야마(やま)'가 산(山), '바(ば)'가 '오바상(おばあさん)'의 할머니라는 뜻, 야만바.

그런데 사람 먹어, 먹기도 하고, 좀 무서운 이미지지만, 착하게

나오기도 해요. 이때는 착하게 나오는데. 그 고메, 고메가 언니예요. 착한 언니예요. 그런데 그,

"갈 데가 없어서 하룻밤 좀 자면 안 되겠냐?"

"괜찮다."고.

들리게 하는데, 좀 있으면은 귀신, 아, 귀신 아니라 도깨비들이 돌아온대요. 그래,

"도깨비들이 오면은 너를 먹어버릴 거니까 내 엉덩이 뒤에 숨어 있어라."

한 거예요.

도깨비들이 막 들어와요. 그런데 사람 냄새난다고 막 찾아. 그런데,

"아니다. 없다."

"할머니 뭐, 콩 좀 볶아서 줘라."

고 하는데. 일어나야 되잖아요.

"아이, 오늘 허리 아파서 못 한다."

그러고 그러는데, 그 뭐야 도깨비들은 자기가,

"에이, 에이."

하면서 알아서 이렇게 먹고 자러, 자러 가요.

그러고 나서 고메부꾸가 감사하다고 얘기하죠. 그런데 할머니가 (머리를 숙여 정수리 쪽을 보여주며) 여기, 옛날에 잘 씻지 못할 때에는 이가 생겼잖아요?

"이 좀 빼 줘라."

하는. (웃음)

그런데 그 야만바 이가 그냥 이가 아니라 뭐 징그러운 곤충도 나오고, 다리 많은 그 뭐라 그러더라? [조사자: 지네?] 네. 그것도 나오고, 막 이상한 것들이 많이 나오는데, 그거 다 빼주는 거예요. 잠깐 뭐 용기가. 그래서 할머니가 고맙다고 선물로 상자를 줘요.

그래 고메부꾸가 집에 갔었죠. 집에 돌아오니까 그 안 돌아올 거라고 생각했는데 놀라는, 그런데 어느 날 그 뭐, 신데렐라로 치면은 무도회? 예. 그러니까 여긴 일본이니까 [조사자: 축제?] 겨울에 축제,

예. 겨울이 아닌, 축제가 열렸는데, 축제 때 사람들 막 춤도 추고, 사 먹기도 하고, 좀 즐겁게 보내잖아요? 그런데 자기도 가고 싶은데, 엄마가 막 일을 시켜요. 그 제(체), 제라고 대나무로 만든 제 있잖아요, 그 말릴 때. [조사자: 체?] 아, 그렇죠, 그렇죠. 피(稗) 같은 거 말릴 때 쓰는 거 있잖아요. 그걸로 물 떠서, 일본은 목욕을 많이 하니까,

"목욕통에 물을 채워라."

그런데 잘 못 채우잖아요, 물이 떨어지니까. 그런데 그거를 지나가는, 지나가다가 불쌍하게 생각한 스님이 도와줘서 그건 해결됐고. 그리고 조, 조, 그거 곡식을 주우라고 하나? 자세히 아시는 게 좋아요? [조사자: 자세히 해주시면 더 좋죠.] (잠시 고민하다가) 아,

"조를 훑어라."

그런데 그것도 어마어마한 양인 거예요. 그래서 그걸 다 혼자 할 수가 없어서 울고 있는데, 그 새, 참새가 와서 도와주고. 그런 부분이 [조사자: 쪼아가지고 이렇게?] 네, 쪼아가지고 다 도와줘 빨리 끝나게 되는 거예요.

그래 이제 축제를 가는데 옷도 없잖아요. 그런데 (고메가 준) 상자를 보니까 예쁜 옷들이 많이 나오는, 그래 그걸 입고 나가니까 너무 예뻐서 아주 귀빈처럼 좋은 자리에 사람들 모셔가고 (웃음) 많이 음식도 먹고 하는데. 그래 너무 마음 착하니까 엄마하고 동생이 있는 거 보이면은 맛있는 걸 막 던져주기도 하고, 그런데 사람들은 너무 구겨, 구겨진 옷을 입다가 예쁜 공주 옷을 입으니까 못 알아보고.

그런데 이제 부자, 부잣집 아들 반하는 거죠, 한눈에. (웃음) 그런데 몇 시, 빨리 몇 시까지 와야 된다 그런 건 없는데, 집에는 먼저 가야 되잖아요. 그래서 가는 길에 그 일본에 '조리(ぞうり)'라고 하는 신발을 놓고 가는 거예요. 그런데 뭐 비슷하죠. 그 훗날 주인을 찾아서 그 지방 집을 다니는데, 고메부꾸에는 딱 맞는 거잖아요. 그래서 행복하게, 결혼해서 행복하게 살게 되었다는 이야기.

[조사자: 신발만 신어보고 행복하게 살게 되고 이렇게 끝인가요?] 아니에요. 그 엄마, 엄마하고 동생도, 동생 발에는 넣으려고 애를 쓰지만, 너무 작아서 안 들어가고. 그런데 몇 년 지나도, 그러니까 고메부

꾸는 시집가서 잘 사는데, 동생은 마음씨도 착하지도 못해서, (웃음) 얼굴도 좀 안 이쁘게 생겨서 시집갈 수가 없는 거예요.

그래서 엄마가, 엄마가 떡을 치는 그 [조사자: 네, 절구?] 절구 말고 밑에 통. [조사자: 아, 한국에서는 그 떡을 절구에다가 치기도 하고, 떡매에다 치기도 하고 그러는데.] 아, 그래. 돌 말고, 하여튼 떡을 칠 때, 떡을 넣는 데. [조사자: 그 나무통 같은 게 있죠?] 아, 예. 나무통. [조사자: 일본에도 그런 게 있어요?] 예, 예. 있어요. 나무통에다가 그 딸을 실어서 내려가는데, 넘어져서, 넘어져서. 에, 넘어져서 팥, 팥이 아니라, 벼농사, 벼농사를 [조사자: 벼농사?] 네, 벼농사를 하는 논에다가 떨어지는 거예요.

그래 떨어져서 '다니시(たにし)'가 됐다는, 아, 우렁이 됐다는 이야기. (웃음) [조사자: 아, 우렁이가 돼버렸어요?] 네, 예. 일본에서 그렇게 일반적이지는 않아요. 저도 몰랐으니까. 그런데 찾아보니까 많이 있더라고요. [조사자: 아마 조사를 했으면은 많이 알려졌을 수도 있는데.] 네.

아, 동화책도 있기는 한데, 그냥 우리는 신데렐라를 보고 살아요. 그래서 자랐기 때문에 한국에 와서 깜짝 놀랐어요. 신데렐라하고 비슷하잖아요, 〈콩쥐팥쥐〉가. 예, 아주 신기했던 기억이 나요.

복숭아 동자 모모타로 [1]

● **구연정보**

조사일시 : 2016. 11. 11(금) 오후

조사장소 : 강원도 횡성군 횡성읍 읍하리

제 보 자 : 모우에 히로꼬 [일본, 여, 1967년생, 결혼이주 19년차]

조 사 자 : 박현숙, 김현희, 김민수

● **구연상황**

제보자가 〈혀 잘린 참새〉 이야기를 구연했는데, 긴장한 탓인지 이야기 중반부에 들어가면서 한국의 〈흥부놀부〉와 헷갈린다고 했다. 기억을 더듬어서 재구연을 시도했으나, 스토리가 헷갈린다면서 〈모모타로〉를 구연하는 게 좋겠다고 했다. 조사자가 기억나는 부분까지 구연해달라고 청해서 어렵사리 이야기 마무리지은 뒤 〈모모타로〉 구연을 시작했다. 구연 도중에 모모타로 노래를 불러 주기도 했다. 오숙민 작가와 캄보디아 국적의 체아다비 제보자, 몽골 국적의 수흐바타르알탄바가나 제보자가 청자로 참여했다.

● **줄거리**

옛날에 자식이 없는 노부부가 아이를 간절히 원했다. 어느 날 할머니는 강에서 떠내려오는 복숭아를 주웠다. 복숭아 안에서 남자아이 모모타로가 나왔고, 노부부는 그를 아끼면서 키웠다. 그러던 중 모모타로가 사는 마을에 도깨비가 나타나서 마을 사람들을 괴롭혔다. 모모타로는 할머니가 만들어 준 수수경단을 가지고 도깨비를 물리치러 떠났다. 모모타로는 가는 길에 만난 강아지와 원숭이, 꿩에게 수수경단을 나눠주고 그들과 함께 도깨비를 물리쳤다. 모모타로는 도깨비의 보물을 가져와 마을 사람들과 나누고 행복하게 살았다.

[조사자: 모모타로 이야기 해주세요.] 모모타로는 옛날에, 옛날에 할아버지와 할머니가 있었어요. 그런데 할아버지, 할머니는 아이가 없

었어요. 그래서 갈 때마다 어디, 어디 뭐지? 기도하고, 할아버지, 할머니 기도도 하고,

"이렇게 애기가 나오면 좋겠다."고.

해서 근데 계속, 계속 없어서 할아버지, 할머니가 돼 버렸어요.

그런데 어느 날 할아버지는 나무하러 가고 할머니는 강에서 빨래하러 갔는데 그때 멀리에서 커다란 복숭아가 이거 뭐라고 해요? [조사자: 내려 와, 떠내려 와.] 내려 와요. 그래서 할머니가,

'어머어머어머! 아주 큰 복숭아니까 그거 할아버지랑 먹으면 맛있겠다.'

해서 그거 집에 갖고 와서,

"할아버지, 오늘은 뭐 강에 가서 커다란 복숭아 같이 먹자."고.

해서 딱 열어보니까 그 안에서 아이가, 남자아이가 있었어요.

그래서 그거는 뭐 하느님이 준비하신 거라고 해서 이렇게 아끼고 키우는데 아마 어느 정도 성인까지는 아니지만 조금 그 모모타로라는. 이름이 모모타로예요. '모모타로'라고, 모모가 복숭아, 타로는 남자아이 이름인데, 모모타로에서 모모에서 태어났으니까 '모모타로'라고 하자고 해서 이름이 있고. 근데 그 모모타로가 좀 힘도 세고 그런 아이였어요.

그래서 그 옆 마을에서 그런 도깨비가 나와서 사람들이 많이, 사람들이 많이 죽기도 하고 그런 나쁜 도깨비가 나타났다는 걸 보면서 모모타로는 '나는 그 사람이 없어야 되겠다.' 그래서 할아버지, 할머니한테 말해서,

"나는 그 도깨비를 없어지게."

없어지게 라고 말하나? [조사자: 없애러.]

"없애러 간다."

그런데 그때 전날 할머니가 '키비당고'라고 이렇게 떡 같은 거 많이 만들어요. [청자: 경단.] 경단. 음, 맞아요. 그거 많이 만들어서 [청자: 수수경단.] 네. 수수경단 많이 만들어서 너 이거 먹고 힘내고 꼭 이겨서 오라는 뜻에서 그래서 모모타로한테 경단을 갖다 줘요.

그래서 모모타로는 집을 나가요. 근데 중간에서 강아지, 강아지

아니고 개가,

"멍멍멍멍"

하고 해서,

[조사자: 멍멍멍멍?]

"멍멍멍멍"(웃음)

그래서,

"어디 가요? 모모타로."

하니까,

"나는 나쁜 도깨비를 싸우러 간다. 그러면 너도 갈래?"

하니까,

"네!"

라고 이야기해요.

그러면 개가,

"네라고 말하지만 조건이 있어요."

[조사자: 뭔데요?] 모모타로는,

"그 허리에 있는 키비당고, 그 경단. 이거 하나 주면 나는 따라간다."

그래서 모모타로가 줘요. 그래서,

"고맙습니다. 따라가겠습니다."

그러고 다음에는 원숭이 만나요. 그래서 원숭이가 또,

"모모타로 어디 가요?"

그러니까,

"나는 여기 도깨비하고 이기러 아니 싸우러 간다. 그래서 너도 갈래?"

하니까,

"네. 근데 하지만 경단 그거 주면 나는 간다."

해서 또 줘요.

근데 또 가니깐 꿩을 또 만나요. 그리고 또,

"모모타로. 어디 가요?"

하니까,

"도깨비하고 싸우러 간다. 너도 갈래?"

하니까,

"네."

해서 가니까,

"그 허리에 있는 떡 주면 저도 간다."

그런 노래가 있어요. 그때마다 '모모타로상. 모모타로상' [조사자: 한 번 불러 보세요.]

'모모타로상, 모모타로상, 오코시니 츠키따 키비당고 히토쯔 와따시니 구다사이나.'

그 의미가,

'모모타로, 모모타로, 허리에 있는 떡을 나한테 하나 주세요.'

그래서,

'아게마스오, 아게마스오. 오코시니 츠키타 키비당고 츠이떼 그르나라 아게마스오.'

그거는,

'줄게, 줄게. 그런데 이거 하나 주면 넌 나 따라 가.'

그런 이야기. 그런 이야기 노래가 있거든요.

뭐 아무튼, 그래서 개하고 원숭이하고 꿩하고 다 같이 가요. 그래서 도깨비하고 싸워서 이기고 그 도깨비가 다 평민들한테 뺏은 거 다 가져가서 마을에 가져가서 나눠요. 이겼다고 해서. 그래서 잔치가 돼요. 그런 이야기.

[조사자: 그러면 이 모모타로 할 때 불렀던 노래는 그 어떤 놀이 같은 거 할 때 불러요? 평상시에는 아니면 이 이야기 할 때?] 이야기 할 때. 네, 그러니까 그리고 그 노래가 스토리가 있어서 들었어요, 많이. [조사자: 그럼 따로 이 노래만 부르거나 그러지는 않아요?] 그런, 그 이야기하면 그 노래가 생각이 나서. [조사자: 자동으로.] 네네.

[조사자: 그러니까 멜로디가 되게 쉬워서 누구나 다 따라할 수 있을 것 같아요.] 그래서 나도 수업을 할 때, 동화 학생들한테 수업할 때 그 노래 같이 부르자 해서 그런 기억이 있어요. 그래서 키비당고 만들어서 수업이 끝나는 거. [조사자: 수수경단?] 네.

[청자: 근데 그거 만들기 어려운데 어떻게 만들어?] 그냥 동그란 거막. [청자: 그거 익반죽 해서? 뜨거운 반죽?] 네. 반죽만 하고 애들이 이렇게 해서 카스테라 해서. [청자: 아아, 그 카스테라 경단처럼?] 네네. [조사자: 그럼 묻혀가지고 먹어요? 애들 좋아하겠네.] 네, 그럼요.

복숭아 동자 모모타로 [2]

● **구연정보**

조사일시 : 2016. 11. 18(금) 오후
조사장소 : 강원도 강릉시 초당동
제 보 자 : 코마츠 미호 [일본, 여, 1969년생, 결혼이주 20년차]
조 사 자 : 박현숙

● **구연상황**

제보자가 한국 정착 과정에서 겪었던 일들에 대해 구연한 뒤, 조사자가 제보자에게 어렸을 때 옛날이야기 접한 과정에 대해 물었다. 제보자는 어릴 때 아버지가 〈캔디〉, 〈플란다스의 개〉 같은 애니메이션을 보여주기도 하고, 책을 읽어주기도 했다면서 어렸을 때 본 애니메이션 목록을 열거했다. 조사자가 제보자와 일본의 여러 애니메이션에 대해 이야기를 나눈 뒤 〈모모타로〉를 아느냐고 묻자 제보자가 유명한 이야기라 안다면서 구연을 시작했다.

● **줄거리**

옛날에 자식이 없는 노부부가 살았다. 할머니가 강에서 빨래하다가 떠내려오는 커다란 복숭아를 발견하고 집으로 가져왔다. 할아버지가 도끼로 복숭아를 가르자 사내아이 모모타로가 나왔다. 모모타로는 노부부의 정성으로 무럭무럭 자랐다. 모모타로는 마을 사람들을 괴롭히는 도깨비를 퇴치하러 도깨비 섬으로 떠났다. 모모타로는 길에서 꿩과 원숭이, 개를 차례로 만나서 수수경단을 나눠주고 부하로 삼아 함께 도깨비 섬으로 갔다. 모모타로와 꿩, 원숭이, 개는 서로 힘을 합쳐서 도깨비를 퇴치했다. 모모타로는 도깨비가 사람들에게서 빼앗은 보물을 가지고 돌아와 마을 사람들에게 나누어 주었다. 모모타로 집도 부자가 되었다.

옛날 옛날에 할아버지하고 할머니가 살고 있었는데, 할아버지는 산에 나무를 가고 할머니는 냇가, 강에 빨래하러 갔었습니다. 그리고

할머니가 빨래를 하고 있었는데 저기 위에서 큰 복숭아가 내려왔어요. 그래서 그 할머니가 그 복숭아를 '뭐냐' 하고 집에 갖고 갈려고, 그거를 가지고 집에 가져갔어요.

그 큰 복숭아를. 할아버지가 나무를 하고 끝나고 집에 돌아왔는데, 할아버지가 그 나무 했던 도끼로 그 복숭아를 이렇게 잘랐어요. 그랬더니 그 아래에 남자 아이가 있었어요. 그래서 그거를 보고, 할머니하고 할아버지는 아이가 없었기 때문에 그 아이를 보고 하늘에서 선물을 받았다고 해서 잘 키우려고, 네 키우기로 했어요.

근데 그 남자아이가 되게 밥을 잘 먹어요. 잘 먹고 몸도 무럭무럭 금방금방 컸대요. 컸는데 어떤 날에, 아, 컸어요. 그때 어떤 날은 마을에서 나쁜 도깨비들이 나타나가지고 마을 사람들을 괴롭게 한다고 또, 그 뭐죠? 그 보물 같은 것도 훔쳐가고 괴롭게 했다는 이야기가 나와서. 그 모모타로가,

"자기가 그 도깨비들을 퇴치해야 된다."고.

할아버지하고 할머니한테,

"자기가 갔다 온다."고.

그 도깨비들이 살고 있는 그 섬이 있는데 그 도깨비 섬이라고 하네요. 거기 가겠다고 했어요. 그래서 할머니는 그 모모타로가 가기 위해서, 그니까,

"알았다."고.

하고 허가를 했는데 그러면 출발하려면 먹을 거를 가지고 가야 되는데 그 경단. 그거를 만들어, 일본에서 가장 맛있는 경단이라고 그거를 만들어 모모타로의 허리에 묶어줬어요. 그래서 모모타로는,

"이제 갔다 오겠다."고.

씩씩하게 집을 나가는데. 계속 도깨비 섬 쪽에 계속 걸어갔어요. 근데 도중에서 (혼잣말로) 저기 뭐부터 왔었지? (기억을 떠올리며) 아! 꿩. [조사자: 꿩.] 네, 꿩이 와가지고,

"아, 모모타로 어디 가냐?"고.

이렇게 따라왔어요. 그래서 자기는 지금 도깨비 섬까지 도깨비를 퇴치하러 간다. 이렇게 하니까 꿩이,

"아, 저도 따라가겠습니다. 그 대신 경단 좀 나눠 주세요."

그래서 모모타로는,

"그럼 부하가 된다면 경단을 주겠다."고.

해서 나눠줬어요. 그래서 꿩이 부하가 돼서 따라왔는데, 따라갔어요.

그다음에 또 계속 가니까, (혼잣말로) 어, 뭐가 나타났지? (기억을 떠올리며) 어, 원숭이. [조사자: 원숭이.] 네네, 원숭이가 나타났어요. 그래서 원숭이가 또,

"모모타로 어디 가냐?"고.

해서 똑같이 경단 나눠주면 자기 따라가겠다고 해서 나눠줬어요. 그래서 부하가 돼서 같이 꿩하고 원숭이하고 데리고 계속 갔는데, 마지막으로는 어, 개. [조사자: 개.] 네, 개가 왔어요. 개가 또,

"어디 가냐?"

고 물어보니까 또 똑같이 이야기했어요. 그래서 경단, 네, 나눠주고.

[조사자: 개가 멍멍이 개? 아니면 옆으로 게?] 네. 아니, 아니, 아뇨. 멍멍이 개, 강아지. 멍멍이 개가 와가지고 부하가 됐어요. 그래서 강아지하고, 개랑 원숭이하고 꿩하고 데리고 배타고 섬까지 갔어요.

거기 들어가니까 동굴이 있었는데 그 동굴 안에서 그 도깨비들이 있는 것 같은데 꿩이 일단 이렇게 이렇게 날아가면서 정찰하러, 보러 갔어요. 그니까,

"지금에 술 먹고 있다."고.

그래갖고,

"지금에 가면 좋겠다."

이렇게 전달을 했어요. 그래서 가서, 네, 가서 또 싸우기로 했어요. 근데 도깨비들이 이제 술 취해가지고 잘 못 싸우니까, 거기서 이겼어요. 거기, 그, 도깨비 대장도 있는데 그 대장도 그 모모타로가 힘이 되게 세 가지고, 막 때렸어요. 그래가지고 이제,

"죄송하다."고.

"용서해 달라."고.

그 도깨비 대장이 말했어요. 거기 보물들도, 마을에서 갖고 온 보물들도 있는데, 그거를 이제, 모모타로가 이제 다 가져가 그 배에다가 싣고 마을에 돌아갔는데, 그 마을에, 그래서 그 마을 사람들한테 다시 돌려줬어요.

그래서 이제, 해피 엔드죠? (웃음) 그 마을 사람들 다 좋아하고 이제 도깨비도 올 일이 없고. 또 그리고 모모타로 집이 부자가 됐다, 그런 거로 끝난 것 같아요.

[조사자: 이거는 언제 이야기를 들었거나 보거나 했던 기억이에요?] 옛날에, 어렸을 때 그 애니메이션에서. [조사자: 아, 너무 재밌어요.] 그거는 그 연극 같은 것도, [조사자: 연극도 많이 하고?] 네. 그 어린이들이.

복숭아 동자 모모타로 [3]

● 구연정보

조사일시 : 2016. 12. 16(금) 오후

조사장소 : 강원도 강릉시 교동 강릉문화원

제 보 자 : 곤도 사끼에 [일본, 여, 1966년생, 결혼이주 20년차]

조 사 자 : 박현숙, 김민수

● 구연상황

제보자가 〈용궁에 다녀온 우라시마타로〉 구연을 마친 뒤 모모타로 이야기를 알면 구연해 달라고 청하자 제보자는 미국에서도 '피치 보이(Peach boy)'라는 제목으로 번역돼 있을 정도로 유명한 이야기라면서 구연을 시작했다. 제보자는 이 이야기 역시 어릴 때 텔레비전에 방영된 애니미이션을 보고 알게 됐다고 했다. 코마츠 미호 제보자가 청자로 참여하여 제보자가 헷갈려하는 부분을 도와주었다.

● 줄거리

옛날에 자식이 없는 노부부가 살았다. 할머니가 빨래하다가 떠내려오는 큰 복숭아를 발견하고 집으로 가져왔다. 할아버지가 신기하여 복숭아를 갈랐더니 그 속에서 남자아이 모모타로가 나왔다. 모모타로는 먹는 만큼 빨리 자랐고 마을 사람들을 괴롭히는 오니를 물리치러 떠났다. 모모타로는 수수경단을 원숭이, 꿩, 강아지에 나눠주고 이들과 함께 오니를 찾아갔다. 모모타로와 동물들은 연합하여 오니를 물리쳤다. 오니는 그동안 저지른 일을 사과하고 훔친 보물을 모두 돌려주었다. 모모타로는 오니에 돌려받은 보물을 마을 사람들에 나눠주었다.

[조사자: 모모타로도 잘 아시죠?] 네. 모모타로. [조사자: 모모타로도 좀 해주세요] (웃음) 모모타로 이거 제가 '피치 보이Peach boy'라고 번역

되어 있더라구요. [청자: 웃음] 그게 미국에서 그래서 어떤 도서관 가는데 [조사자: 복숭아, 복숭아.] 네네, 복숭아. 그래서 도서관 가는데 피치 보이라고 책 찾아서 아 뭐지? 했더니 모모타로 스토리였어요. (웃음) 그 정도 미국에서도 지금 번역되어 있고 나가 있는 유명한 이야기예요. [조사자: 네.]

그게 어떤 할머니가 그게 할아버지 할머니 사시는데 아이가 없어요. 거의 다 시작은 그렇죠. 아이가 없는 할아버지 할머니가 거의 주인공인데 강가에서 빨래하러 가셨고 할아버지는 나무하러 가셨죠. 그랬더니 강에서 그게 위에서 복숭아가 와요. 근데 그 복숭아도 커요. 그래서 그 큰 복숭아는,

'저거 좀 희한하다 할아버지 한 번 보여 드려야겠다.'

해서 할머니가 무거운데 집까지 들고 오셨어요. 근데 할아버지도 신기해서,

"한 번 열어 봐야겠다. 한 번 잘라봐야겠다."

해서 잘라봤는데 안에서 예쁜 아이가 태어났죠.

근데 남자아이가 태어나서 식사도 잘하고 식사 먹을 만큼 점점 커지는 거죠. 그래서 인간이라면 일 년, 이 년, 삼 년 햇수에 따라 커지는데 모모타로는 먹는 양에 따라 커진다고 이야기 하더라구요.

근데 어느 날 다 성장했는데 좀 (코마츠 미호를 쳐다보며) 어디? 어디죠? 나쁜 그게 도깨비? [청자: 응. 도깨비.] 도깨비, 오니가 나와서 사람들을 괴롭히니까,

'그거를 퇴치하러 가야 되겠다.'

해서 그 사명감에 할아버지 할머니는,

"위험하니까 가지 말라."고.

말리시는데,

"자기 하는 사명이 그거다."

라고 해서 가서 갔는데 그 키비당고라고 해서 경단 수수경단 그거를 할머니가 그 에너지를 얻으라고 건네줍니다.

아, 킨타로하고 헷갈리는데! [청자: 아니에요, 그거 맞아요.] 맞아요? [청자: 네.] 근데 그걸 하는데 맨 처음에 멍멍이가 나타나요. 맨

처음에 멍멍이죠? 그다음에 원숭이, 그다음에 꿩. [청자: 응.] 근데 가면서도 하얀 개가 나타나서,

"어디 가십니까?"

하니까,

"그거 도깨비 퇴치하러 간다."

하는데,

"근데 그 허리에 있는 음식은 뭐냐?"

하니까,

"수수경단이다."

하니까,

"그걸 먹으면 에너지가 생겨서 힘이 많이 난다."

했더니,

"하나 먹고 저도 같이 가겠다."

해서 또 가니까 원숭이가 나타나고,

"뭐 하러 가시냐?"

해서 이러이러한 얘기도 하면 또,

"경단 하나 드십시오,"

"저도 가겠다."

또 하늘에서 꿩이 날아와서 꿩도,

"그거 뭡니까?"

하니까 그 경단을 먹고 힘이 되니까 그럼 우리 모모타로하고 세 마리의 동물하고 같이 퇴치하러 가는데 먼저 꿩이 그 도깨비가 사는 집에 시찰하러 가죠. 하늘에서 시찰하러 가는데,

"도깨비들이 지금 낮잠 자고 있습니다."

보고하죠. 그다음에 원숭이가 가서 문, 문. 옛날에 열쇠가 없으니까 문 뒤에 나무를 받쳐서 문이 안 열리게 했잖아요. 그거를 원숭이가 날아가서 그걸 뺐겨요. 그다음에 멍멍이가 문을 막 밀어서 무거운 문을 열어줘서 모모타로가 들어오게 해놨죠.

그랬더니 도깨비들이 놀라가지고,

"뭐 하러 왔냐?"

했더니.

"나는 그렇게 인간을 사람들을 괴롭히는 너희들을 퇴치하러 왔다."

하니까 꿩은 머리를 이렇게 뭐예요? 여기, 여기 이게 뭐예요? 입? 그냥 입이에요? 주둥이? 네, 그걸로 막 찍어서 [조사자: 아, 부리로.] 네, 부리. 이 부리로 찍고 원숭이는 손톱으로 하고 멍멍이는 깨물고 근데 모모타로는 칼로 막 해서 그 도깨비의 오야봉 있죠, 보스가 있고. 근데,

"니 같은 사람한테 내가 지겠냐?"

하는데 그래도 그게 그렇게 세 마리의 동물하고 모모타로가 같이 해서,

"아 이제 너무 아프니까 더 이상 견디지 못한다. 생명만 살려다오."

했더니,

"마을 사람들을 괴롭히는 일을 절대 안하겠냐?"

했더니,

"안 한다고 맹세하라,"

해서 살려는 줬어요. 그랬더니,

"너무 미안했다."고.

해서,

"그 동안 마을사람들한테 뺏은 보물들을 다 돌려주겠다."

해서 모모타로하고 그 일행은 마을에 돌아간 거죠. 근데 돌아가서 뺏겼던 그 보물들을 다 마을사람들한테 나누어드리고 했다, 그 얘기. 그것도 TV에서 봤습니다.

[조사자: 정말 모모타로는 모든 일본 분들은 다 아시는 이야기죠?] 네, 다 압니다. [조사자: 그만큼 유명한 얘기죠.] 네네, 다 아는. [조사자: 복숭아, 복숭아 알레르기 있는데.] (웃음) 그래서 제가 만약 [조사자: 모모타로면 못 구한다.] 모모타로하고 악수 못해요. 악수하면 알레르기 있을까 봐. 그래서 귀신이 복숭아 싫어하는 거 일본에도 있는 거 같아요. [조사자: 그래요?] 그러니 복숭아에서 나오지 안 그러면 사과에서 나올 수도 있고 바나나에서 나올 수 있는데 왜 굳이 복숭아지? 수박타

로도 되는데.

[조사자: 수박에서 나온 애는 없어요?] 없어요. 굳이 모모예요. 그래서 모모타로 보니까 한국에서 그게 지금 생각이 나니까 한국에서도 제사상에 복숭아 안 올리죠. 그래서 귀신이 복숭아 싫어하죠. 일본에서도 귀신을 퇴치하는 사람이 복숭아에서 태어나니까 뭔가 연관성이 있지 않나.

복숭아 동자 모모타로 [4]

● **구연정보**

조사일시 : 2017. 01. 06(금) 오후
조사장소 : 대구광역시 중구 대안동
제 보 자 : 마츠다 타마미 [일본, 여, 1976년생, 결혼이주 7년차]
조 사 자 : 조홍윤, 황승업, 김자혜

● **구연상황**

도시전설류 이야기들에 대한 대화가 이어진 뒤 자기가 살았던 지역의 이야기가 잘 생각나지 않는다고 난처해하는 제보자들에게 조사자가 일본 전체에서 유명한 이야기들도 상관없다고 조사 취지를 다시 한 번 설명했다. 이에 제보자가 일본의 대표 이야기 중 하나인 모모타로 이야기를 시작했다. 이 설화는 여러 매체를 통해 다양하게 재구성되고 있다고 했다. 마츠자키 료코와 묘엔 이치로 제보자가 청자로 참여했다.

● **줄거리**

옛날에 어떤 할머니가 강에서 빨래를 하다가 큰 복숭아가 내려오는 것을 보았다. 복숭아를 건져서 집에 가져간 뒤 먹으려고 잘랐는데, 그 안에서 남자아이가 나와 이름을 모모타로라고 지었다. 어느 날 모모타로가 오니가시마라는 섬에 도깨비를 토벌하러 가겠다고 했다. 모모타로는 할머니가 만들어준 경단을 가지고 도깨비를 토벌하러 가는 길에 개와 원숭이, 꿩을 만나 동행하게 됐고 다 함께 힘을 합쳐 도깨비를 토벌했다. 모모타로는 도깨비가 사람들에게서 빼앗은 보물을 가지고 와 사람들에게 나누어주고 행복하게 잘 살았다.

어떤 할머니 할아버지가 산에 계셨는데, 할아버지는 산에 스께기(つけぎ, 불쏘시개)? [청자: 불태우기 위한 작은 나뭇가지를 모으는] 네, 그거. 할머니는 내내 강에 가서 세탁? [조사자: 빨래.] 빨래하고 있

었어요. 근데 위에서 아주 큰 복숭아가 굴러 나와서 그거 할머니 잡고 집에 가져갔어요. 집에서 먹으려고 잘랐더니 안에서 아기가 태어났다고 합니다.

그 아기를 잘 키우고 있었는데, 어느 날에 갑자기 그 모모타로(ももたろう) 아, 모모타로라고 지었어요. 모모타로가 갑자기 모모타로 그 많이 커져서 [조사자: 갑자기 커졌어요?] 아니요. 점점 커지고 잘 커지고, 그 모모타로가 갑자기 오니가시마(おにがしま)●라는 섬에 가서 '오니(おに)'가 도깨비, [청자: 도깨비, 귀신, 괴물 같은 것.] 일본에 도깨비 무서워요. 한국 도깨비는 귀여운 것 같아요. [조사자: 한국 도깨비는 원래 생긴 게 잘 안 알려져 있어요.] 일본 오니라는 너무 무서워요. 나쁜 짓을 해요.

그리고 그거를 토바즈(とうばつ, 토벌)가? 도깨비를 토벌하려고 나갔어요. 근데 그거 듣고 할머니가 키비당고(きびだんご)? [청자: 경단?] 경단을 만들어주고, 그거로 가지고 나갔는데 혼자 가기는 좀 그렇잖아요.

나가다가 운 좋게 가다가 어떤 개 만났어요. 개가 같이 데려가 주라고 [청자: 경단 달라고 하는 것 아니야?]

(이야기의 정확한 내용에 대하여 일본어 대화를 통해 확인하는 과정에서 구연이 중단됨.)

경단 보고 개가,

"경단 주라."고.

하는데 [조사자: 배가 고팠구나?] 네.

"먹고 싶다."고.

근데 그러면 모모타로가

"그러면 그거 주니까 같이 오라."고.

해요. 그리고 데려가요. 그다음에 원숭이 만나요. 원숭이도 똑같이.

"먹고 싶다."

● 옛날 도깨비가 살았다는 상상의 섬으로 도깨비섬이라는 뜻으로 이해할 수 있다.

고 하는데,

"그러면 주니까 오라."고.

해요. 그 담에 꿩? 꿩 만나요, 똑같이.

"먹고 싶다."

고 하니까,

"주니까 같이 가자."

고 해요. 그 세 마리 데리고 같이 그 섬에 가서 도깨비 정벌하고 집에 와서 모두 행복하게 살았답니다.

[청자: 근데 그 도깨비들이 오니들이 다 그 재물 같은 것, 마을 사람들 나쁜 짓을 하고 금은 보물들 많이 모아 놨어요. 그거를 다 모모타로가 가져갔으니까 마을 사람들하고 부모님한테 주고 행복하게 잘 살았답니다.] [조사자: 다 나눠주고, 행복하게 다 같이 잘 살았다?] [청자: 사실은 그거죠, 일반적인.]

[조사자: 그러면 그 개하고, 원숭이하고, 꿩하고 그 '도깨비 퇴치하러 갔을 때 어떻게 움직였다.' 그런 이야기 있어요?] 그런 자세한 것은 몰라요. 개는 물고 원숭이는 잡고, 꿩은 귀신 눈알을.

(조사자에 의해 이야기와 관계없는 대화가 잠시 진행됨.)

[청자: 사실 그거는 들은 이야긴데, 모모타로는 사실은 교과서가 전쟁 전에 일본 국민을 만들기 위해서 그런 '나라를 위해서 충성을 하는 남자가 좋은 남자다.' 이런 식으로 교과서에 메이지 시대인가 다이쇼 시대인가? 그때 제정됐대요. 그때, 그 시대에 다시 만들어진 일화 같은.] [조사자: 약간 근대적인?]

[청자: 사실은 오카야마 현이라는 지방이 그 민화의 발상지인데, 저기 가면 사실은 모모타로는 모모 안에서, 복숭아 안에서 남자가 태어난 것 말고 그 복숭아를 할머니가 먹었더니 그 할머니가 젊어져서 할아버지랑 사랑해서 아이가 태어났다는 이야기예요.]

그리고 개나 동물 아니고 그때 사는 지방에 개, 동물에 강한 이름을 갖고 있는 지방? 그 사람들이 데려갔다. [조사자: 그 동물의 이름을 가지고 있는 지방 사람들을 모아서 토벌하러 갔다? 모모타로가 장군이었구나!]

복숭아 동자 모모타로 [5]

● 구연정보

조사일시 : 2017. 01. 12(목) 오후
조사장소 : 인천시 부평구 삼산동
제 보 자 : 노마치 유카 [일본, 여, 1974년생, 결혼이주 10년차]
조 사 자 : 조홍윤, 황승업, 김자혜

● 구연상황

제보자는 도랸세 놀이 노래를 들려준 뒤 조사자의 요청을 받아들여 한국에 잘 알려진 모모타로에 대한 이야기를 들려주었다. 주요한 서사 단락에 따라 이야기의 전개를 간단하게 설명하는 방식으로 이야기를 구술했다.

● 줄거리

옛날에 아이가 없는 노부부가 있었다. 어느 날 할머니가 강에서 큰 복숭아를 발견했는데, 그 안에서 사내아이가 나왔다. 노부부는 아이의 이름을 모모타로라고 짓고서 키웠다. 성장한 모모타로는 도깨비를 퇴치하기 위해 할머니가 만든 콩가루 경단을 받아 길을 떠났다. 모모타로는 길에서 만난 꿩과 원숭이, 개에게 경단을 주고 동료로 삼은 뒤 그들의 능력을 이용해 도깨비를 퇴치했다.

[조사자: 그 모모타로(ももたろう) 이야기가 한국에는 많이 알려져 있는데.] 네, 예. [조사자: 그거 한 번.] 모모타로요? 그것도 워낙 일반적인 내용이어서. (웃음)

모모타로가, 항상 일본 동화에는 할머니 할아버지가 많이 나오고, 거의 대부분 애가 없어요. 그런데 어느 날 할머니가 강에서 빨래를 하는데 큰 복숭아가 둥둥 이렇게 내려오는, 그래서 할머니가 맛있겠다고 잡아요. 그래 집에 가서 자르려고 하는데, 저절로 잘려서

아주 힘차게 남자아이가 태어나서,

"잘 됐다."

하고 키우는 거죠.

그래 모모타로. '모모'에서, 복숭아가 모모(もも), 그래 태어나서 모모타로라고 이름을 짓는데, 힘도 좋고, 그때 당시에 그 도깨비들이 사람, 사람의 보물 같은 거 뺏고, 죽이고 나쁜 일을 많이 하니까,

"퇴치를 하러 가야 되겠다."

하고,

"가겠다."고.

얘기를 해요.

그러니까 할머니가 키비당고(きびだんご), 에, 키비당고가 그 콩가루 뿌린 떡인 것 같아요. [조사자: 아, 경단 같은?] 예. 오카야마현의 얘긴데, 거기 선물로 많이 파는. 그런데

"그거 만들어 주세요."

만들어서 주죠. 그런데 모모타로가 혼자 가는데, 먼저 뭐가 나오는지, 원숭이 나온 것 같기도. 아, 개가 나왔나? 개, 원숭이, 꿩. 또 있나? 뭐가 있죠? 개, 원숭이, 꿩인 것 같은데. [조사자: 저는 잘 몰라요.] (웃음)

모모타로상, 모모타로상(桃太郎さん、桃太郎さん)
오코시 니 즈케타 키비당고(お腰 に つけた きびだんご)
히토츠 와타시 니 쿠다사이나(一つ 私 に 下さいな)

이 노래를 하면서 동물들이 그 단고 달라고 해요. 허리에, 허리에,

"허리 주머니에 들어 있는 그거 하나 주세요."

그런데 모모타로가,

"아게마쇼우, 아게마쇼우 고레카라 오니노 세이바츠 니 즈이테쿠루 나라 아게마쇼우. (あげましょう、あげましょう 今から鬼の征伐に ついてくるならあげましょう)."

"같이 온다면 줄게."

하는 거예요.

그 도깨비 퇴치하러 가는 데 먹고 같이 가게 되는데, 그 도깨비 사는 성에, 성에 도착하는데 성곽이라고 할까요? 높은데, 원숭이, 아, 꿩이 먼저 가서 내부가 어떻게 생겼는지 보고 [조사자: 아, 정찰을?] 예예, 보고를 하고. 그리고 원숭이가, 원숭이가 그 벽을 넘어서 안에서 문 열어 주고. 그리고 다 같이 들어가서 싸우고, 싸워서 이겨 가지고 그때 인간에서 뺏은 보물들을 리어카 같은 데 싣고 돌아온다는 얘기. [조사자: 개는 뭐였을까요?] 개? 개는 개, 개는 뭐 이렇게 짖으면서 그 쫓아가고, 도깨비들.

그런데 도깨비들은 무슨 나쁜 일을 했는지 자세히 안 나오는데, 왠지 나쁘다 그런 이미지가 있죠. 그런데 그냥 지금은, 요즘은,

'도깨비가 그렇게 나빴을까?'

하는 [조사자: 가만히 잘 살고 있는 애들 가가지고 괜히? (웃음)] 그러니까 그냥 나쁘다는 이미지를 가지고, 예.

"선입견이 아니냐?"

하는 얘기도 하죠.

그 전래동화가 꼭 좋은 건 아니잖아요. (웃음) 요즘은 해석 그렇게 많이 하는 것 같아요.

복숭아 동자 모모타로 [6]

● 구연정보

조사일시 : 2017. 05. 11(목) 오후
조사장소 : 경기도 수원시 영통구 매탄2동
제 보 자 : 이데이 유미 [일본, 여, 1977년생, 결혼이주 15년차]
조 사 자 : 오정미, 이승민

● 구연상황

조사자는 수원 다문화센터의 소개로 제보자를 만났다. 제보자는 조사자들을 본인이 일하는 사무실로 안내한 뒤 일본에서 유명한 동화라면서 동화책들을 소개했다. 일본어로 된 유아용 모모타로 책을 보인 뒤 구연을 시작했다.

● 줄거리

산속에 어느 노부부가 살았는데 할머니가 강에서 빨래를 할 때 커다란 복숭아가 떠내려왔다. 복숭아를 집으로 가져와서 가르자 그 속에서 예쁜 사내아이가 나왔다. 할아버지와 할머니는 그를 아들로 삼아서 잘 키웠다. 잘 성장한 복숭아 동자 모모타로는 도깨비를 물리치기 위해 길을 떠났고, 도중에 만난 개와 원숭이, 꿩과 힘을 합쳐서 도깨비를 물리치고 많은 보물을 얻어서 사람들에게 나눠주었다.

어느 할머니 할아버지가 그 산속에 살고 계셨는데 거기에 빨래하는 강이 있었어요. 거기서 할머니가 그 세탁하고 있을 때 큰 복숭아가. 완전히 너무 큰 복숭아가 내려 와가지고.

"아 이거는 뭐냐?"

해가지고, 집에서 그 할아버지랑 나눠 드시려고 가져갔어요. 가져갔는데 그거를 칼로 딱 했더니 거기 안에서 예쁜 그 남자 아이가 태어나서,

"아! 그러면 우리 아들하자."

해가지고 키우기 시작했어요.

그런데 그 애는 너무 잘 먹고, 밥도 잘 먹고, 운동도 잘하고 그, 잘 컸어요. 잘 커가지고 그 산속에 도깨비 어떤 도깨비가 살고 있었는데, 그 도깨비를 그 물리치러 간다고 좀 그런 이야기인데 그 물리치러 갈 때. [조사자 1: 누가 도깨비를 물리치러? 아이가?] 네! 아이가. 모모타로라는 그 이름을 [조사자 1: 아! 모모타로가 그 동자 아이의 이름이에요?] 네. 이름이에요.

그런데 그 할머니께서 그러면 갔을 때 그 키비당고라고 그 떡, 떡이 있어요. 그 동그랗게 해가지고. [조사자 1: 아! 일본의 떡? 이름이 뭐라고요?] 키비당고. 키비당고라고 하면 모모타로랑 연결이 돼요. 그런데 그거를 그 가는 김에, 그 배고플 때 먹으라고 할머니께서 그 챙겨주셨어요. 그런데 그 알았다고 해가지고 열심히 갔는데 가는 중간에 동물들 하나씩 하나씩 나타나요. 그 처음에는 개가 나타나가지고.

"배고프니까 좀 하나 주세요. 그거 먹을 거 주세요."

하다가. 자기가 먹어야 되는데,

"아, 알았다. 그럼 배고프니 이렇게 주마."

그랬더니 그러면,

"아! 감사합니다."

해가지고 그 개가 같이 따라가는 거예요. 도와주려고. 그 한 마리 도와주는 애랑, 그다음에는 원숭이가 나타나서, 원숭이도 똑같이,

"하나 주세요."

하다가 또 받았고 그 받았으니까,

"그럼 저도 같이 가겠습니다."

(잠시 고민 후) 그 기지, 기지가 뭐라고 그래야 하나? 기지가 다음에 왔어요. [조사자 1: (동화책의 그림을 보며) 기지가… 이렇게 생긴 건 꿩인데?] 아! 꿩! 맞아요! 맞아요! 네, 꿩이 나타나서 꿩도 같이,

"갑시다."

해가지고 같이 도깨비를 물리치러 가는데, 그 큰 도깨비가 나타나는데 (동화책을 가리키며) 여기서는 간단하게밖에 안 나오는데 내

가 어렸을 때 들은 건 뭐, 꿩을 날아갈 수 있고, (양손으로 할퀴는 시늉을 하며) 이렇게 뭐지? 손톱으로 이렇게 할퀴지는 거랑, 개는 아마 이렇게 물고, 이렇게 하는 역할을 하고 모모타로는 칼로 이렇게 찌르고 하는 역할을 하고. 다 같이 그, 물리치고.

거기에는 엄청 많은 그 보물들이. 그러니까 다 거기 마을에 있는 보물들을 도깨비가 가져갔던 거예요. 다 가져갔다가, 그 뭐 나쁜 짓을 하고 뭐, 거기 있는 거 다 뺏어가고 했던 도깨비인데, 그거를 다 모모타로가 다 가져갔다가 다 마을에 갖다 주고 뭐, 물론 할아버지 할머니도 부자가 되고 네, 행복하게 살았다.

복숭아 동자 모모타로 [7]

● **구연정보**

조사일시 : 2017. 10. 21(토) 오후
조사장소 : 경기도 안산시 단원구 원곡동 세계문화체험관
제 보 자 : 토리카이 쿠미코 [일본, 여, 1977년생, 결혼이주 10년차]
조 사 자 : 김정은, 황승업

● **구연상황**

제보자가 〈꽃 피우는 할아버지〉를 구연한 뒤, 준비한 이야기는 아니고 생각난 것이라면서 이 이야기를 바로 구술했다. 중간에 동물들의 역할이 모두 기억나지 않아서 마무리하려고 했는데, 청중이 궁금해 하자 핸드폰으로 내용을 검색하고 다시 구연했다. 제보자는 일본에 재미있는 이야기도 많은데, 누군가를 죽여버리는 이야기가 많은 것 같다고 했다. 중국의 박영숙 제보자와 우즈베키스탄의 허율리나 제보자가 청중이 되어 적극적으로 호응했다.

● **줄거리**

옛날에 어떤 강가에 가난한 노부부가 살았다. 할아버지는 나무를 하러 가고, 할머니는 강가에서 빨래를 했는데 강물에 커다란 복숭아가 떠내려 왔다. 할머니가 할아버지와 함께 먹으려고 복숭아를 집으로 가져왔는데, 그 속에서 남자아이 모모타로가 나왔다. 씩씩하게 자란 모모타로는 마을에 나타난 오니를 잡기 위해 떠났다. 가는 길에 개, 원숭이, 꿩을 만난 모모타로는 할머니가 싸 준 떡을 나눠주고서 그들을 동행자로 삼았다. 오니에 맞선 일행은, 개가 오니의 엉덩이를 물고, 원숭이가 오니의 등을 할퀴고, 꿩이 부리로 오니의 눈을 쪼는 등 모모타로를 도와서 오니를 물리쳤다.

옛날에 강, 강이 있었어요. [조사자 1: 강, 네.] 네, 거기 항상 뭔가 돈이 없는 할머니 할아버지가 (웃으며) 나오는데요. (일동 웃음)

할아버지는 뭔가 나무, 나무를, 뭔가 뭐지? 풀을 태울 때, 풀을 태울 때? [조사자 1: 네.] 어, 풀을 태울 때 뭔가 나무 필요하잖아요. 그때 이렇게 하는 거. [청자: 아! 이거. 나무 베는 거.] 예, 예. 치려고 하는 거. 이렇게. 도끼로 이렇게 이렇게 하는 일을 하러 갔어요. (청자를 보고 웃으며) 고마워요. 이렇게, 이렇게 하는 일을 하러 가고. [조사자 1: 네, 도끼질 하러, 도끼질을 하러 갔어요.] 네, 가, 가고.

그리고 할머니는 뭔가 강에 빨래하러 가셨어요. [조사자 1: 빨래하러 할머니는.] 네, 할머니는 열심히 빨래하고 있는데, 거기다가 큰 뭐 복숭아가 위에서 '돔블라꼬 돔블라꼬' 네, 이렇게 내려왔어요. 예, 그리고,

"어! 너무 맛있게 보이네요. 이거 가져가서 우리 할아버지랑 같이 먹어야겠다."

해가지고 할머니가 복숭아를 들고 집에 갔어요.

둘이서 사이좋게 먹으려고 이렇게 차렸더니, 그 안에서 남자아이가 있는 거예요. [청자 1: 오.] 응, 이게 '모모타로(ももたろう)'라고 해요. [조사자 1: 모모타로, 네.] 모모타로라고 해요.

이 모모타로는 너무 씩씩하게 잘 자라요. 그 모모타로가 뭐 살고 있는 동네에다가 뭔가 귀신같은 거 '오니(おに)'. 오니가 뭐라고 해야 되죠? 괴물? 그냥 괴물이 [조사자 1: 저희도 그냥 오니라 그러면 알아요.] 어, 오니가 뭔가 나쁜 짓을 많이 해요. 그래서 그 오니를 뭐, 이기러 가야 되겠어요. 뭐,

'싸우러 가야 되겠다.'

해가지고 가기로 결심을 해요.

그때 할머니가 기비당고(きびだんご)라고 해서 작은 톡, 톡, 톡? 뭐 그냥 동그란 똑, 톡을 만들어주셔요. [조사자 2: 떡, 떡.] 떡, 떡. 네. [청자 1: 아, 먹는 떡.] 떡, 떡을 만들어 주셔요. 그것을 여기 이런 뭐가. [조사자 1: 주머니.] 주머니에다가, 주머니에다가 넣고. [조사자 1: 네, 복주머니처럼 생긴 거.] 복주머니에다가 넣고, 가는 거예요. 그 오니랑 같이 싸우려고 가는 건데.

그 가는 길에 먼저 뭘 봤나? 아마 개를 봤던 것 같아요. [청자 1:

멍멍이 개?] 멍멍이. [청자 1: 소리 나는 멍멍이 개.] 응, 멍멍이 개를 봐요. 만나요. 그래 개는 이 모모타로한테 물어봐요.

"모모타로야, 어디 가는 거야?"

그랬더니,

"오니를, 오니랑 싸우러 가는 거야. 같이 갈래?"

그랬더니, 그 개가,

"이 떡을 하나 주면, 같이 가줄게."

그렇게 해요. 그래가지고 이거 하나 주고, [조사자 1: 떡 줬어요?] 네, 개도 같이 가는 거예요.

어, 그래 좀 이따가 그다음에는 원숭이를 만나요. 그 원숭이도 똑같이 만나가지고 이야기해요. [청자 1: 원숭이, 개, 많이 나오네.] 허, 그러네요. [청자 2: 그 일본에서.] 어, 많이 나와요. [조사자 1: 원숭이가 가까운 동물이라고 생각하니까.] (웃으며) 그래서 그런가? 에. 그래서 그런가? 응, 그 원숭이도,

"뭐 어디 가는 거야?"

그렇게 물어봤더니,

"아, 거기 가는 거야. 오니한테 가는 거야. 떡 주면 같이 갈 거야?"

"맞아요, 맞아요." (일동 웃음)

그래가지고 주고, 또 다시 그리고 따라오는 거예요.

그리고 하나 새인데, 키지(きじ, 꿩), 너무 좀 이쁜 키지. 키지가 뭐죠? 하, 키지가 [조사자 1: 기지라고 그러나요?] 네, 키지라고 하는 이런 이쁜 새가 있는데, 이 새도 이렇게 똑같이 물어봐요.

"어디 가는 거야?"

그래서, 그래서 또 같이 가게 되어요. [청자 1: 어, 착하다. 그래 다 주네.] 어, 어. 다 줘요. 다 주고. 음, 같이 가가지고 오니랑 싸워서 이기는 그런 이야기입니다.

[청자 1: 그 동물들 같이 따라가서 도와줬어요?] 도와줬어요, 도와줬어. [청자 2: 오] 도와줘서 에, 그렇게. 네.

키지. 키지가 뭐지? 아! 꿩? [조사자 1: 꿩, 꿩.] 꿩. [청자 1: 아, 꿩.] 응 꿩. [조사자 1: 어떻게 어떻게 싸워서 이기는지.] 그래서 어떻게 싸워

서 이기는지, 어떻게 싸워서 이기겠지요?

[청자 1: 얘, 얘네 동물들 다 자기 역할이 있는 것 같아요.] 네, 네, 네. [조사자 1: 그렇지요.] 개, [청자 1: 어디, 어디서 어떻게 도와준 거 다 각자의 역할이 있는 것 같아요.] 맞아요. 개가 있고, 그리고 [청자 1: 각자 어디 역할이 있을 것 같아요.] 잠시만요. 좀 찾아볼게요. [청자 1: 개가, 개만 할 수 있는 거, 그리고 원숭이만 할 수 있는 거, 새만 할 수 있는 거 뭔가 있는 것 같아요.] 그러니까, 할 수 있는 거. 이게 있을 것 같아요. 잠시만요.

(제보자가 휴대폰으로 내용을 찾아보는 동안 잠시 잡담하느라 중단됨.)

찾았어요. [청자 1: 찾았어요?] 원숭이는 오니의 엉덩이를 확 깨물고. [청자 1: 개는?] 개. 개가, 개가, 아 개가 [청자 1: 엉덩이 깨물고.] 엉덩이 물고, 그리고 원숭이는 오니의 등을 이렇게 이렇게 긁히고, 그리고 꿩? 꿩은 오니, 오니의 눈을 [조사자 1: 눈을? 아, 부리가 있으니까.] 그랬대요. 네. [청자 1: 눈을, 눈 그렇게 하면, 아프지.] 응, 그리고 모모타로는 이렇게 뭐 이거 가지고 있는 걸로 이렇게 싸우고. [청자 1: 그렇지.] 응, 그래서 이겼다고 합니다. (웃음)

용궁에 다녀온 우라시마타로 [1]

● **구연정보**

조사일시 : 2016. 11. 18(금) 오후
조사장소 : 강원도 강릉시 초당동
제 보 자 : 코마츠 미호 [일본, 여, 1969년생, 결혼이주 20년차]
조 사 자 : 박현숙

● **구연상황**

제보자가 〈꽃 피우는 할아버지〉 이야기 구연을 마친 뒤, 조사자와 더불어 한국의 비슷한 이야기에 대해 잠시 대화를 나누었다. 그런 뒤 제보자는 〈우라시마타로(浦島太郎)〉라는 이야기도 있다면서 구연을 시작했다.

● **줄거리**

옛날에 우라시마타로라는 청년이 살았는데, 어느 날 아이들에게 괴롭힘을 당하던 거북이를 구해주었다. 거북이는 우라시마타로에게 고마움을 표하며 용궁으로 데리고 갔다. 우라시마타로는 용궁에서 며칠 동안 융숭한 대접을 받은 뒤 집으로 돌아오게 됐는데, 용녀가 선물 상자를 주며 절대로 열지 말라고 당부했다. 우라시마타로가 지상으로 돌아오자 이미 몇 십 년의 시간이 흘러 세상이 다 바뀌어 있었다. 우라시마타로는 슬퍼하며 용궁에서 받은 선물 상자 열어보았다. 상자에서 하얀 연기가 피어올랐고 그 연기에 맞은 우라시마타로는 지상사람들과 마찬가지로 머리가 하얀 노인이 되었다.

〈우라시마타로〉라는 이야기도 있는데, 그거는 옛날에 어떤 청년이 마을에 살고 있었는데 그 바닷가로 이렇게 걸어갔더니 어린 애들이 거북이를 괴롭게 하고 있었어요. (두 손으로 때리는 시늉을 하며) 때리고. 그래서 그 청년이, 그 청년 이름이 우라시마타로라는 이름이에요. 근데 그 우라시마타로가 애들한테,

"그러지 말라."고.

"거북이가 불쌍하니까 바다에다가 돌려주자."

하고 이제 가게 했어요. 그 애들이,

"가라."고.

그랬어요. 그래서 도와줬어요, 그 거북이를. 그 거북이가,

"너무 고맙다."고.

저기 자기 바다에 갈려고 하는데, 돌아갈려고 하는데 그 용궁, 용궁까지 가는데 같이 데리고 갈 수 있다고 등에다가 태워가지고 바다 속에 들어갔어요. 우라시마타로 태워가지고. 용궁까지 갔어요.

용궁 가니까 거기 용궁에, 공주가 있었어요. [조사자: 용왕 딸? 용왕 공주?] 네. 근데 거기 주인이에요. 그, 안 나와요. 그니까 '류구조 오토히메'가 거기서 사는 여왕인가? 공준가? 아무튼, 거기 여주인이 있어요. 근데,

"너무 거북이를 도와줘서 너무 고맙다."

해서 여러 가지 그 꽁치들이 춤추고, 물고기들이 춤추고 이렇게 대접해줬어요. 맛있는 것도 많이 그거 해주고, 춤도 보여주고. 그렇게 즐겁게 지냈어요.

근데 음, 너무 즐겁게 지내서, 지냈는데 이제 우라시마타로가 인제,

"자기 집에 돌아가 봐야 되겠다."

그 주인, 여주인, 그니까 여왕인가 공주에게,

"자기 집에 돌아가 봐야겠다, 맛있는 것도 먹고 이제 돌아가겠습니다."

했는데,

"안 가면 좋겠다."고.

아쉬워하면서 선물을 해 줘요. 상자를 주는데 그 상자는, 선물을 드리는데, 그거 열면 안 된대요. 열면 꼭 안 된다고 약속하고 다시 거북이 타고 돌아갔어요.

근데 올라갔는데 뭔가 거기 풍경이 달라졌어요. 그 마을 풍경이 달라졌어요. 자기 집에 가니까 아무도 없고. 또 주변 사람들도 뭔가 달라졌어요. 자세히 보니까 뭔가 그, 용궁에서 이틀, 삼 일만 지냈는

데 지상에서는 몇십 년 지나가 버린 거예요. [조사자: 세월이 흘러가 버린 거예요?] 네. 그래서 아버지 어머니도 다 돌아가시고, 달라졌어요.

그래서 하, 바닷가에서,

"어떡하냐."

이렇게 슬퍼하면서,

'이 상자를 열면 안 된다고 했지만, 이거 열어볼까?'

이렇게 하고 열어봤어요.

그니까 탁, 이렇게 하얀 연기가 막 나와가지고 뭐나 했더니 그 순간에 그 연기 맞아서 얼굴이 하얀, 머리가 하얀 할아버지가 돼버렸어요. 그래서 결국은 할아버지가 돼서 끝나요. 근데 열면 안 된다는 그 상자를 열었기 때문에 그때 그 모습이 사라지고 지상 사람들하고 똑같이. [조사자: 똑같이 그 나이가 되었나 봐요?] 네, 그런 이야기. 우라시마타로 이야기.

[조사자: 어, 재미있어요. 처음 들어봤어요.] 그것도 유명합니다. 네. [조사자: 저는 그 용궁 공주랑 결혼할래나? 막 이랬거든요.] 아, 네네. [조사자: (육지로) 나갔구나.] 네. [조사자: 선생님 이야기가 너무 재미있어요.]

용궁에 다녀온 우라시마타로 [2]

● **구연정보**

조사일시 : 2016. 12. 16(금) 오후
조사장소 : 강원도 강릉시 교동 강릉문화원
제 보 자 : 곤도 사끼에 [일본, 여, 1966년생, 결혼이주 20년차]
조 사 자 : 박현숙, 김민수

● **구연상황**

제보자가 〈꽃 피우는 할아버지〉 구연을 마친 뒤 조사자가 유치원에서 자주 들은 다른 이야기가 무엇이냐고 묻자 제보자가 우라시마타로라고 했다. 조사자가 구연을 요청하자 제보자가 이야기를 들려주었다. 제보자는 구연을 마친 뒤 일본에는 이 이야기와 관련하여 '우라시마타로처럼 됐다'는 말이 있다고 덧붙였다. 코마츠 미호 제보자가 청자로 참여했다.

● **줄거리**

옛날 어느 해안가에 젊은 어부가 살았다. 청년은 일을 마치고 집으로 돌아오는 길에 아이들이 거북이를 괴롭히는 장면을 목격하고 거북이를 구해주었다. 얼마 후 청년이 살려준 거북이가 나타나서 청년을 용궁으로 초대했다. 청년이 용궁에서 융숭한 대접을 받고 돌아가려고 하자 용왕이 상자를 주며 절대 열지 말라고 당부했다. 청년이 집에 오니 모든 것이 변해 있었다. 청년은 이상하게 여기며 용왕이 준 상자를 열었다. 그러자 상자에서 연기가 나더니 청년이 갑자기 노인이 되었다. 상자 속에는 청년이 용궁에 있는 동안 흐른 시간이 들어있었다.

[조사자: 그러면 그 이야기 벚꽃 피는 할아버지 이야기 자주 해주셨고. 또 어떤 이야기 자주 해주셨어요? 유치원에서는?] 또, 우라시마타로? 아마 들으셨을 거예요. [조사자: 네. 우라시마타로 해주세요.] 네.

또 해안가에 살고 있는 청년인데, 옛날에 그거 물고기를 잡아서 생활을 했었어요. 근데 그거 어업을 끝나고 바닷가에 들어와 보니까 거북이를, 한 마리 거북이를 어떤 마을 애들이 괴롭힌 거죠. 그래서 그거를 도와줬는데 그 거북이가,

"고맙다."고.

그래서 바다에 들어갔는데, 나중에 또 어업에 나가서 바다에 있는데, 또 거북이가 나타나서,

"그때 도와주신 그 거북이 맞습니다."

라고 해서,

"우리 좀 그때 너무 은혜 갚고 싶어서, 좀 따라오십시오."

따라서 바다 속에 갔죠. 그랬더니 거기 임금님이 또 바다 속에 '류구조(용궁성)' 라고 해서 그런 성이 있어요. 성이 있어서 거기서 뭐 진수성찬 대접을 받죠? 근데 그걸 대접을 받고 있을 때 또 시간 지나가는 거는 잊어버리는데 마지막에 그게,

"선물을 드리겠다."

하신 거예요. 그래서 선물을 그렇게 상자를 주시는데,

"그 상자는 절대 열지 마십시오."

라고 해서 주는데,

"절대 안 열게요."

라고 해서 바다에서 육지에 들어왔어요. 그랬더니 들어왔더니 자기 집에 가니까,

'늙은 어머님이 계셨는데 어머님도 안 계시고 뭔가 풍경이 이상하다.'

했죠. 그러면서,

'이상하다.'

하면서 마을을 두리번 하는데,

'아 옛날하고 다르네.'

하다가 좀 보니까,

'아! 그 상자 속에 뭐가 있을까?'

갑자기 궁금해진 거예요.

'보면 안 된다 하는데 그래도 잠깐 보는 건 괜찮지?'

해서 이렇게 순간 연기가 나서 자기가 할아버지 된 거죠. 그래서 그 바다 속에 있던 시간을 그렇게 타임 슬립Time Slip을 해서 다시 그 시간에 돌아오게 하는 연기였었는데, 이제 와서 그 시간 지나가는 걸 알게 됐다.

근데 그 우리는 이렇게 예를 들면 한 곳에서 멀리 떠나면 '아, 우라시마타로가 됐다'라는 비유 표현으로 많이 쓰는 말이기도 해요. 근데 그 우라시마타로 얘기는 일본인이라면 누구라도 알아요. 그래서 한 동안 거기를 떠났으면 그 상황이 많이 변했으니까 '우라시마타로처럼 됐다'라고 하는 데 그걸 한국 분들이 그 스토리를 모르시니까 '우라시마타로가 됐다'는 말이 뭔 말인지 그걸 이해가 안 되는 거죠. 그래서 그 스토리를 다 얘기해 드려야지,

'아, 그래서 한 곳에서 멀리 떠났으면 예 뭐 이렇게 차이가 나는구나.'

하는 그 얘기였어요.

용궁에 다녀온 우라시마타로 [3]

● **구연정보**

조사일시 : 2017. 01. 06(금) 오후
조사장소 : 대구광역시 중구 대안동
제 보 자 : 마츠자키 료코 [일본, 여, 1982년생, 이주노동 8년차]
조 사 자 : 조홍윤, 황승업, 김자혜

● **구연상황**

마츠다 타마미 제보자가 〈복숭아 동자 모모타로〉를 구연한 뒤에 마츠자키 료코 제보자가 일본에서 널리 알려진 또다른 이야기라며 이 설화를 구연했다. 마츠다 타마미와 묘엔 이치로 제보자가 청자로 참여했다.

● **줄거리**

옛날 우라시마타로라는 어부가 해변을 지나다가 아이들에게 괴롭힘을 당하고 있던 거북이를 구해주었다. 어느 날 거북이가 돌아와 그를 용궁에 초대했다. 그는 거북이를 따라가서 용궁의 아름다운 오토히메와 함께 진귀한 음식을 먹으며 즐겁게 지냈다. 그러던 어느 날 우라시마타로가 집으로 갈 뜻을 나타내자 그녀는 작은 상자를 주면서 절대 열어보지 말라고 했다. 그가 다시 거북이를 따라 뭍으로 나와 보니 인간 세계는 300년의 시간이 지나가 있었다. 우라시마타로가 상자를 열자 흰 연기가 나왔고, 그 연기로 머리와 수염이 하얗게 변해서 그는 순식간에 할아버지가 되었다.

우라시마타로(うらしまたろう)는 어부 이야기인데요. 어떤 날에 우라시마타로가 해변가를 걷고 있는데 아이들이 거북이를 학대하고 있었어요. 그걸 보고 불쌍하게 봐서 아이한테 뭘 줬나? 이걸 주니까 뭘 줬는지 기억 없는데, [조사자: 맛있는 걸 주고.] 그냥 도와달라고 했어요. 그래서 거북이를 구해주고 거북이는 바다에 돌아갔어요.

그런데 어떤 날에 거북이가 다시 와서, 어떻게 만났는지는 기억이 없는데, 타로하고 거북이가 다시 만나게 되어서,

"용궁에 초대하니까 같이 오라."고.

해서 타로가 거북이 등에 올랐어요. 그래서 바다 안에 들어갔더니 바다 안에 정말 예쁜 성이 있어서 거기에 들어갔어요. 근데 거기에는 여주인이 있어서 그 사람이 오토히메(おとひめ)라고, 공주님이 계셨어요. 근데 공주님도 있고 여기서는 정말 맛있는 음식이 많이 나오고 그리고 생선들 춤을 춰주는 거예요. 생선 춤을 추고 그걸 보고 정말 짧은 시간이었는데 많이 놀았으니까 고향이 그리워져서 슬슬 가고 싶어서,

"간다."

라고 했어요. 근데,

"더 있으면 좋겠다."고.

하는데,

"나는 집에 가야 된다."

했어요. 그러니까 선물을 줬어요. 공주님이 작은 상자를 줬어요. 근데,

"그 상자는 절대 열지 말라."고.

했어요.

그래서 다시 거북이 등에 올리고 집에 갔는데, 삼백 년 정도 시간이 지났어요, 사실은. 아는 사람도 한 명도 없고 집도 없어지고 정말 당황스럽잖아요? 그래서 그 상자를 열어봤어요. 열었더니 안에서 연기가 나서 그 하얀 연기로 우라시마타로는 흰 머리가 되고 하얀 긴 수염이 되고 한 순간에 노인이 되었다. 그런 이야기예요.

[조사자: 그 상자 안에 우라시마타로가 보낸 시간이 있었네요?] 네. [조사자: 일본 용궁에는 오토히메가 있는 거예요?] 오토히메라는 젊은, 예쁜 여자라는 이미지가 있어요. 그 이미지는 오토히메 이미지예요. [청자: 근데 용왕도 있어요.] [조사자: 바다 안에 주인이 둘 있는 거네요? 용왕도 있고 오토히메도 있고?] 네네.

용궁에 다녀온 우라시마타로 [4]

● **구연정보**

조사일시 : 2017. 01. 12(목) 오후
조사장소 : 인천시 부평구 삼산동
제 보 자 : 노마치 유카 [일본, 여, 1974년생, 결혼이주 10년차]
조 사 자 : 조홍윤, 황승업, 김자혜

● **구연상황**

제보자가 〈학이 변한 여인〉을 구연한 뒤 어떤 이야기를 할지 고심할 때, 조사자가 혹시 한국의 〈소금 나오는 맷돌〉과 비슷한 이야기가 있는지 묻자 그런 이야기는 모르겠지만 바다라니까 우라시마타로가 떠올랐다면서 구연을 시작했다. 우라시마타로는 '거북이 타로'라는 뜻이다.

● **줄거리**

바닷가에 살던 젊은이가 길을 가다가 아이들이 거북이를 괴롭히는 것을 보고 제지했다. 그러자 거북이는 고맙다며 자신의 등에 젊은이를 태워 용궁에 초대했다. 젊은이는 용궁에서 극진한 대접을 받으면서 예쁜 여인과 함께 즐거운 시간을 보냈다. 그렇게 며칠이 지난 후 젊은이가 집으로 돌아가고자 하자 용궁의 여인은 정말 힘이 들 때 열어보라고 하며 상자 하나를 주었다. 젊은이가 집에 돌아와 보니 자신이 아는 풍경도, 알고 있는 사람도 없었다. 용궁에서 보낸 며칠간 세상은 너무나 긴 시간이 흘러간 것이었다. 괴로워하던 젊은이가 여인에게 받은 상자를 열자 흰 연기가 피어오르더니 젊은이의 모습을 늙은 할아버지로 바꾸었다.

〈우라시마타로(うらしまたろう)〉 들어보셨죠? [조사자: 〈우라시마타로〉?] 예, 그것도 유명해요. 바닷가, 바닷가에 사는 젊은이가 걸어가는데, 그 애들이 그 거북이를 장난치고 하는 거를 보고, 그렇게

하지 말라고 살려줬어요. 그래 거북이 너무 고마워서,

"내 등에 타라."고.

그래요.

"용궁이 있으니까, 거기 가자."고.

데리고 가요.

아시죠? [조사자: 들어본 것 같아요.] 예, 예. 그런데 갔는데, 그 바다, 바다 속에 용궁 있는 거예요. 그래 거기서 환대를 받아요. 뭐 맛있는 음식도 나오고, 여자들도 이쁘고. 며칠, 며칠 거기 있다가, 거기는 일 년에 사계절 다 있다고 사계절이 있는 방도 보여 주고. [조사자: 아, 그래요?] 네, 봄 방, 여름, 가을, 겨울. 다 구경해요.

"아, 신기하다. 사계절이 다 있구나!"

그런데, 그런데 며칠 지나니까,

"아, 난 우리 엄마도 뫼시니까 빨리 가야 되겠다."

해서, 그런데,

"아, 그렇게 가면, 안 가면 안 되겠냐?"고.

그때 여자가, 딸인가 있었는데, 좋아했나 봐요. 그래 못 가게 하려고 하지만,

"아니다. 엄마가 있어서 가야 된다."

가는 거예요.

"그러면은 아주 힘들 때, 힘든 일이 있으면은 이 상자를 열어라. 그때, 그때까지 열지 말고 가지고 있어라."고.

하는 거예요.

"내 알았다."고.

다시 거북이 등에 타고 돌아가서, 이제 돌아가는데 자기 아는 풍경이 전혀 없는 거예요. 다 달라지고 집이 있던 자리에 가면 아무도 안 살고요. 그래 아는 사람도 하나도 없어서,

'아이, 어떻게 된 건가?'

그런데 그 상자가 생각나서, 상자를 열어봤더니 모락모락 연기가 나는데, 연기 나고 나서 보니까 자기가 아주 늙은 할아버지가 돼 있다.

[조사자: 그러면은 나쁜 딸이네요?] (웃음) [조사자: 힘들 때 열어보라고 했는데, 더 힘들게 만들었잖아요. (웃음)] 아니죠, 아니죠. 그러니까 나이 먹는 게. [조사자: 힘든 일은 아니에요?] 힘든 일. 그러니까 같이 늙어가는 게 좋은 거잖아요. 불로불사가 좋은 건 아니잖아요. 아는 사람 다 죽고 혼자 남아서 좋은 게 없잖아요. 그런 거를 얘기하는 거 아닌가.

그래서 시간을 초월하면서, 그래서 그때 열어서 할아버지가 됐지만, 할아버지가 됐지만 그냥 젊은, 젊은 모습으로 계속 혼자 사느니. [조사자: 빨리 그냥 끝나는 것이?] (일동 웃음) 그러니까 용궁, 용궁의 시간하고 인간세계의 시간하고 너무 다르다는 게. (웃음)

용궁에 다녀온 우라시마타로 [5]

● 구연정보

조사일시 : 2017. 05. 11(목) 오후
조사장소 : 경기도 수원시 영통구 매탄2동
제 보 자 : 이데이 유미 [일본, 여, 1977년생, 결혼이주 15년차]
조 사 자 : 오정미, 이승민

● 구연상황

제보자가 일본에서 유명한 동화라고 하면서 관련 동화책의 그림을 조사자에게 보여준 뒤 구술을 시작했다. 제보자는 어린 자녀들에게 일본의 동화책을 자주 읽어주고 옛날이야기도 들려준다고 했다.

● 줄거리

바닷가에 사는 사람이 아이들에게 괴롭힘을 당하고 있는 거북이를 구해주었다. 거북이가 은혜를 갚기 위해 그를 용궁으로 데리고 가서 호의호식하게 만들었다. 어느 날 집이 생각난 청년이 돌아가고자 하자, 용궁의 공주가 그를 보내면서 상자를 주며 절대로 열어보지 말라고 했다. 남자가 돌아와 보니 고향은 이미 모든 것이 다 변해있었다. 남자는 금기를 깨고 상자를 열었고, 그 속에서 연기가 나오면서 순식간에 할아버지로 변해버렸다. 수십 년이 한꺼번에 지나간 것이었다.

그 옛날에 바닷가에 사는 그 사람이 있었는데 거북이를 막 괴롭게 하는 조그마한 아이들이 있었어요. 장난치고, 뭐하고, 죽이려고 하고 나무 가시로 (뭔가를 찌르는 시늉을 하며) 이렇게하고 괴롭히니까.

"아 그거 괴롭히지 마. 왜 그렇게 하냐?"

해가지고 거북이를 도와주었어요. 도와주었는데 그 거북이가 말

을 해가지고,

"아, 도와줘서 고맙습니다. 이 은혜를 갚겠습니다."

해가지고,

"우리 바닷속의 나라에 초대합니다."

해가지고 갔어요.

그런데 바닷속에 쭉 내려가다 보니까 그 용궁? [조사자 1: 용궁? 뭐 바닷속의 왕국.] 네! 네! 바닷속의 나라에 도착했는데 거기에는 그 예쁜 그 공주도 있고 뭐, 예쁜 물고기도 있고 음식도 많고 항상 거기가 파티처럼 뭐 춤을 추고 노래하고, 뭐 예쁜 공주님도 많이 있고 물고기 있고 그런 너무 좋은 천국처럼 그렇게 생겼는데 거기서 그 좋은 음식을 먹고 너무 행복하게 계속 살았었어요.

그런데 며칠 있다가 이렇게 살고 있었는데 너무 행복했는데 그 조금 생각하다 보니까 그 어머니 혼자 계시는데 좀 아프신 어머니 계셨는데 어머니가 생각나는 거예요.

"아, 어머니한테 가야 되겠다. 이제."

근데 그 공주님한테 그,

"이제 가야 되겠습니다."

했는데 그 공주님이,

"안 가면 안 되냐?"

그렇게 했는데,

"아, 어머니 걱정되니까 혼자 계시고 가야 되니까 지금 가겠습니다."

해가지고 갔는데 그때 그 공주님 선물 상자 조그마한 상자에 선물 주셨어요. 그런데 그 선물을 절대로 열지 말래요.

"지금은 들어보니까 좀 그런데 선물을 주면서 이건 절대 열지 마라, 무슨 일이 있어도 열지 마라."

이렇게 주는 거예요. 그런데 우라시마 타로는 그냥 그 순한 마음으로,

"아! 알겠습니다."

이렇게 해가지고 그냥 가져가는 거예요. 그런데 거북이 타고 또

그, 자기 땅에 가는데 계속 그 공주님이,

"절대 열지 마세요! 절대 열지 마세요!"

이렇게 계속 말하는 거예요. 그럼.

"알겠습니다. 알겠습니다. 그만 가겠습니다."

이렇게 갔는데 그 육에? 육상? 육상에 갔는데 그 자기가 살았던 나라하고 사람도 다르고 환경도 다르고 집도 없어지고 완전 달라지는 거예요.

"내가 여기가 어딘지, 뭔지? 어머니도 안 계시고, 친구도 없고, 집도 없고 아, 이거 어디야? 어느 나라야?"

해가지고 그 뭐지? 너무 걱정도 되고 뭐 혼자니까, 아는 사람도 없고.

'아, 이건 어쩌나? 어쩌나? 하다가 이 상자를 열면 안 된다고 그랬는데 혹시나 뭔가 있을까?'

해서 열어봤더니 거기서 막 이렇게 뭐지? 케무리를 뭐라고 해야 되나? [조사자 2: 연기.] (웃음) 연기! 연기! 연기가 뿌와아 이렇게 뿌와아 나타났다가 잡자기 자기가 어린아이였는데 갑자기 할아버지로 변하는 거예요.

[조사자 1: 누가? 그 아이가?] 그 아이가. 왜냐면 바닷속에는 하루 하루가 몇 년 몇 년 이렇게 지나가는 거예요. 그러니까 시간이 다르고, 계속 거기에서는 며칠이 뭐 5일 동안만 그 정도밖에 없었는데 뭐 50년 60년 이렇게 지나갔었던 거예요.

그러니까 와서는 뭐 어머니도 안 계시고 나라도 다 바뀌고 친구도 없고 자기는 그대로였었는데. 갑자기 몇십 년, 갑자기 그렇게 되었답니다.

용궁에 다녀온 우라시마타로 [6]

● **구연정보**

조사일시 : 2017. 10. 21(토) 오후
조사장소 : 경기도 안산시 단원구 원곡동 세계문화체험관
제 보 자 : 토리카이 쿠미코 [일본, 여, 1977년생, 결혼이주 10년차]
조 사 자 : 김정은, 황승업

● **구연상황**

제보자가 〈두루미 아내〉를 마친 뒤 바로 이어서 이 이야기를 구술했다. 중국의 박영숙 제보자와 우즈베키스탄의 허율리나 제보자가 청중이 되어 질문도 하면서 적극 호응했다.

● **줄거리**

바다거북이 한 마리가 아이들에게 괴롭힘을 당하고 있었는데, 타로라는 아이가 이를 보고서 거북이를 구해주었다. 그 뒤 거북이가 다시 나타나서 타로에게 자기 왕궁을 구경시켜주겠다고 했다. 우라시마타로는 거북이를 타고 바다 왕궁에 가서 즐거운 시간을 보냈다. 시간이 지나 육지 생활이 그리워진 타로가 집으로 돌아가겠다고 하자 바다의 왕비가 상자 하나를 주면서 절대로 열어보지 말라고 했다. 타로가 육지로 돌아와 보니 마을의 모습이 온통 바뀌어 있었다. 그가 사람들에게 타로의 집을 묻자 그들은 타로가 몇 백 년 전에 사라진 사람이라고 했다. 타로가 용궁에서 가져온 상자를 열자, 연기가 나더니 타로를 노인의 모습으로 바꿔놓았다.

바다에, 바다에 뭔가 그 뭐지. 왕의 거북이가 있었어요. [조사자 1: 바다거북이.] 바다거북이가 있었는데, 그 바다거북이를 아이들이 많이 괴롭히는 거예요. [조사자 1: 아, 괴롭히고 있었구나. 네.] 괴롭, 괴롭히고 있었어요.

그것을 본 타로라고 하는, [조사자 1: 타로.] 아, 타로, 우라시마타로(うらしまたろう)라고 하는. 아, 아세요? [조사자 2: 유명한 이야기.] 네, 이야기예요. 아, 아시구나? 응, 타로, 우라시마타로라고 하는 뭐 그 소년이 뭔가 도와주는 거예요.

"아, 괴롭히지 말라. 말아라."

하면서 바다에 돌려보내는 거예요. 그랬더니 나중, 나중에 다시 바다거북이가 나타나서,

"타로야, 같이 우리 바다에 있는 왕궁 같은 데 한 번 놀러 갈래?"

그렇게 해가지고 타고, 타서 왕궁에 가는 거예요. 바다 속에 있는 왕궁에 가요. 그래 또 거기서는 진짜 예쁜 뭔가 왕비라고 해야 되나? 뭔가 바다, 바다 속에 사는 왕비가 계셨고, 즐거운 시간을 보냈는데. 그런데 뭔가 자기 원래, 원래 생활로 좀 생각이 나기 시작했어요. 몇, 얼마동안 지냈다가. 그래,

"아, 다시 돌아가, 돌아갈게요."

그렇게 이야기했어요. 그러면 거기 뭔가 뭐지, 왕비님이라고 해야 되나? 뭔가 이런 박, 박스를. 네, 하나 타로한테 주는 거예요.

"그런데 이것을 열지 말아라."

라고 그렇게 이야기하면서 주는 거예요.

그것을 가지고 우라시마타로는 자기 세상에 다시 돌아가는데, 그런데 그 세상이 자기가 살았던 세상이 아니었어요. [조사자 1: 아!] 어, 뭔가,

"우리 집이 어디에요? 우라시마타로예요."

그랬더니, 그러면,

"아, 그 사람은 몇 년 전에, 몇 백 년 전에 바다에 가가지고 없어졌던 그런 사람인데요."

그렇게 하는 거예요.

'에? 무슨 일이야, 어떻게 된 일이야?'

그렇게 막 생각하는 사이에 이 박스를 생각이 나는 거예요. 그런데 그 박스를 열어다 보면, '왕왕왕왕왕왕' 이런 뭐지, 뭐지? [조사자 2: 연기가.] 연기가 나가지고. 연기가 나와, 나와서 완전 할아버지 모

습으로 [청자 1: 아!] 어, 변신하는 그런 이야기예요. 우라시마타로.

[조사자 1: 할아버지로 변했구나.] 네, 몇 년, 몇 백 년 정도 거기 [조사자 1: 시간이.] 네, 시간이 지났었던 거예요. [청자 1: 신화 그런 거 다. 하루에 하루에, 여기는 몇 내, 몇 개월 그런 거죠.] [청자 2: 아, 그런 거였구나.] 응. [청자 1: 어, 그런 것처럼 같아요.] 그런 것 같아요. (일동 웃음)

바다 속에서 뭐 짧게 있었다고 생각했는데 [청자 1: (웃으며) 어, 어. 바다 속에서 얼마 안 된 것 같은데.] 몇 개, 몇 백 년 정도 지나가버렸다, 이런 얘기도 있고 그래요.

용궁에 다녀온 우라시마타로 [7]

● **구연정보**

조사일시 : 2018. 02. 03(토) 오전
조사장소 : 서울시 광진구 화양동
제 보 자 : 이케다 마유미 [일본, 여, 1967년생, 결혼이주 22년차]
조 사 자 : 오정미, 한상효, 엄희수

● **구연상황**

조사자가 제보자에게 용궁에 다녀온 사람 이야기를 아느냐고 묻자 기억이 잘 나지 않지만 이야기를 하겠다고 하며 구술을 시작했다.

● **줄거리**

가난하게 살던 착한 청년 우라시마타로가 바닷가를 걷다가 아이들에게 괴롭힘을 당하는 거북이를 구해줬다. 거북이는 자기가 바닷속 섬에서 온 신하라며 청년에게 용궁 구경을 시켜주겠다고 했다. 용궁으로 가서 극진한 대접을 받은 청년이 다시 육지로 돌아가겠다고 하자 용왕의 딸이 청년에게 상자를 하나 주며 절대 열어보지 말라고 했다. 청년이 육지로 돌아와 보니 세상이 변해있었고 아는 사람이 한 명도 없었다. 남자가 슬퍼하며 상자를 열었더니 하얀 연기가 나오면서 청년을 노인으로 바꿔놓았다.

옛날에 어떤 청년이 있었는데 마음씨 착하지만 가난하고 하는 일 없고, 그냥 거기 해변가에 그냥 걸어다니고 있었대요. 할 일 없이. 그랬더니 한 뭐야, 거북이가, 애들한테 괴롭힘을 당하고 있었어요. 그래서 괴롭히고 있었더니,

"그러지 마."

라고, 그렇게 하면 안 된다고 하면서 말리고, 말리고 나서 그때

떠났어요.

거기 말리고 그냥 떠났는데 그, 또 다시 거기 만난 거 같애요. 나는, 아 그때가 그땐가.

"아 나는 거기 바닷속에서 뭐 '류구조'라고 거기 거기 뭐야, 어떤 섬이 있는데 그 바닷속에 섬이 있는데 거기서 어 심부름꾼으로 여기 왔고, 당신이 너무 착하고 좋은 사람이기 때문에 거기 바다속에 있는, 류구섬에서 구경 시키, 구경시키겠다."

라고 했어요. 그래서,

"아 알겠어. 그래요. 그러면 나도 구경해보고 싶다."

고 해서 거기 물을 거북 등에 타고 류구 섬에 갔어요.

갔는데 거기서 그기 왕이 나타나서,

"아 진짜 고맙다. 나의 부하를 도와주셔서 감사하다."고.

그러니까 뒤에서 만짱, 많이 뭐라고, 그 춤도 추는 사람도 나타나고, 누구를 보, 구경도 해보고 맛있는 거도 먹고, 계속 그 재밌게 지냈어요. 그러고 나서,

"아, 이제 나 가야 되겠다."

라고. 아마,

"할머니, 우리 어머니도 거기 계시기 때문에 빨리 가야 되겠다"고.

이야기했대요.

"이제 그만 간다고? 알겠어요."

그러면 아 거기 딸이 딸도 있으니까, 딸이 와서,

"여기 상자를 이거는 선물이니까 갖고 가라."고.

"그 대신 절대 열지 마라."

라고 했대요.

그래서 열지마 라고 하고서 또 다시 거북이 뒤에 타고 가봤, 가보는 덴데, 지상에 가보니까 아무 누구도 아는 사람이 없었어요. 왜 그러는지 버려도 없고, 길거리에도 옛날에 조금 있기는 있지만, 누가 누군지 모르는 사람이 없으니까 너무 슬퍼서, 할 수 없이 그 선물을 열었어요. 그랬더니 그 상자 안에서 연기가 나서 자기 자신을 보니까 거기 노인이 돼 버렸어요. 예. 그런 이야기인데. 그게 기억이 안

나요.

[조사자 3: 그럼 갔다 온 사이에 시간이 지난 거예요?] 지난 거예요. [조사자 1: 이 이야기 제목은 뭐라고 해야 돼요?] 우라시마타로라고. [조사자 1: 우라시마 타로.] [조사자 3: 이게 그 사람 이름인 거예요?] 네.

류구섬의 딸이 '오토히메'라고 오토히메라는 오토공주라는 사람인데, 또 역할이 있었던 거 같기도 하고. 그게 [조사자 1: 딸 이름이 뭐라고요?] 오토히메. [조사자 1: 그 상자를 준 게 정확하기 누군인 거예요? 용왕인 거예요? 딸인 오토히메인 거예요?] 오토히메가 주는 거 같기는 해요.

너구리가 변한 주전자

● **구연정보**

조사일시 : 2017. 03. 24(금) 오후
조사장소 : 경북 경산시 사동
제 보 자 : 마츠다 타마미 [일본, 여, 1976년생, 결혼이주 7년차]
조 사 자 : 조홍윤, 황승업, 김자혜

● **구연상황**

제보자가 여러 괴담류의 구술을 들려준 뒤, 조사자가 바보와 관련된 이야기 중 알고 있는 것은 없는지 물어보았다. 제보자가 잠시 생각하는 사이 제보자의 어린 딸이 심하게 울기 시작하여 이야기 조사를 끝내려 했다. 그러자 제보자가 미안했던지 아이를 달래가면서 이 이야기를 구술해 주었다.

● **줄거리**

옛날에 한 스님이 오래된 차 주전자를 사와서 차를 끓이는데, 갑자기 주전자가 뜨겁다고 말했다. 놀란 스님은 그 주전자를 고물상 주인에게 공짜로 주었다. 그 주전자는 너구리가 변신한 것이었는데, 원래대로 돌아올 수 없어 계속 주전자의 모습으로 있었던 것이었다. 너구리가 고물상 주인에게 공연장을 만들어 돈을 벌자고 제안했고, 주인은 너구리의 공연으로 큰돈을 벌었다. 그러다가 너구리가 병에 걸려 죽게 되자 고물상 주인은 처음 자기에게 주전자를 주었던 스님을 찾아가서 너구리를 위한 공양을 올렸다.

자가마(ちゃがま, 茶釜)라는 게 있는데, 이거 근데 바보 이야기가 아니고. 이것도 유명한 이야기예요. 분부꾸● 자가마(分福ちゃがま). 자가마가 뭐지? 자가마가 철로 만드는 차, 이렇게 차, [조사자 1:

● 분부꾸(分福)는 찻주전자에서 물이 끓는 소리를 표현한 의성어이다.

폭주 자동차?] 근데 (아래쪽을 가리키며) 여기 불 닿았고. 이런 거는 일본에 이로리(囲炉裏)라는 게 있었어요. 여기에 비어 있고, 그 차 끓이는 그런 게 있어요.

그걸 자가마[●]라고 하는데, 옛날에 스님이 오래된 자가마를 사와서 그걸로 차 만들고 했대요. 그러면 갑자기 이 자가마가,

"뜨겁다!"

고 했대요.

너무 놀라서 그걸 가지고 스님이, 그런 오래된 것을 받는 그 집 있잖아요? [조사자 1: 골동품점?] 아, 네네, 그런 곳에.

(제보자의 딸이 울어서 잠시 구연이 중단됨.)

그래 그거 공짜로 준다고 해서 들고 갔대요. 고물, 고물상 그 사람은 그걸 집에 가져와서 그 자가마가 너구리, 너구리였던 걸 알게 됩니다. [조사자 1: 아, 너구리?] 네, 너구리였어요, 진실은. 그거 좀 변신했는데 너구리가 자가마로 변신을 했는데, 원래 모습으로 돌아올 수 없어서 그대로 있었어요.

그런데 그래서 그 고물상 사람은 그 너구리 말대로 이세모노고야[●●]가 뭔지 모르겠는데, 이세모노고야. 예를 들어, 이상한 사람이나 그런 좀 이상한 기술, 마술 같은 거 보여주는 그런 사람들이 쇼하는 데. 그런 가게 뭐라고 해요? 옛날에 그런 게 있었는데. 서커스? 그런 거. [조사자 1: 마술사 비슷한? 서커스?] 아, 네.

"보통 사람이 그거를 이리 보러 가는 가게 만들라."고.

너구리가 그랬대요. 그래서 그거 뭐, 뭐

"제가 어떻게, 여기(주전자 몸통)에 손, 다리 나와서 몸만 자가마가 되고 있어요."

(제보자의 딸이 울어서 잠시 구연이 중단됨.)

그래서 그런 가게 만들고, 그 고물상 사람과 너구리가 협조해서

● 일본 전통의 찻주전자를 이르는 말이다.

●● 이세끄모노고옌(いしょくものこうえん, 異色共演)은 곡예·요술·춤 등을 보여 주는 대중공연장을 말한다.

그 너구리가 이런 모습 그대로 뭔가 쇼 했대요. 그러면 사람이 많이 와서 돈 많이 벌었대요.

그래서 돈 많이 벌었는데, 나중에 너구리가 병 걸려서 자가마 모습으로 죽었대요. 그래 고물상 사람은 그때 찾아오신 스님 쪽으로 가서, 그향? 그요? 잠시만요. (종이에 '供養'이라고 한문을 적고) [조사자 1: 공양.] 고양? 공양? [조사자 1: 네네.] 했대요. 그 자가마는 아직까지 그 절에 있다는 이야기가 있습니다. [조사자 1: 분부구 자가마?] 네, 분부꾸 자가마. 분부꾸 자가마라고 이름 만들고 그것을 추모했대요.

[조사자 1: 분부꾸는 어떤 뜻이 있을까요?] '분부꾸'가 한자가, 한자가 (허공에 '分福'으로 한자 획을 그리며) 이렇게 복을 나누다. [조사자 1: 분복?] 네. 그런데 분복이라는 좀 느낌으로 음(音)소리가 '북, 북, 북, 북', 자가마 끓일 때 그런 소리로 '북, 북, 북, 북'. 이거는 많이 들었어요, 어릴 때.

토끼 눈이 빨갛게 된 유래

● **구연정보**

조사일시 : 2017. 01. 06(금) 오후
조사장소 : 대구광역시 중구 대안동
제 보 자 : 마츠다 타마미 [일본, 여, 1976년생, 결혼이주 7년차]
조 사 자 : 조홍윤, 황승업, 김자혜

● **구연상황**

마츠자키 료코 제보자가 〈텐구의 요술 도롱이〉 구연을 마치자, 마츠다 타마미 제보자 이야기를 넘겨받아서 이나바의 하얀 토끼라는 트릭스터 주인공이 등장하는 유래담을 구연했다. 마츠자키 료코와 묘엔 이치로 제보자가 청자로 참여했다.

● **줄거리**

하얀 토끼가 멀리 있는 섬에 가고 싶었다. 토끼는 상어들에게 숫자를 헤아려 준다고 속여 쭉 늘어서게 한 뒤 상어를 밟고서 섬에 도착했다. 상어들이 화가 나서 토끼를 물어뜯었는데, 그때 눈에서 피가 나서 눈이 빨갛게 되었다고 한다.

이나바라는 하얀 토끼(いなばのしろうさぎ)●가 있는데, 하얀 토끼가 바다 앞에 멀리 있는 섬에 가보고 싶어서 고민하다가 그,

'상어를 이용해서 가야 되겠다.'

고 생각해서 상어를 불러요. 상어한테,

"너희가 몇 마리가 있는지 내가 세 줄게."

그렇게 해서, 그래서 섬까지 상어가 많이 나와서 다리를 만들었

● 일본 신화에서 이즈모(出雲) 지방의 신 중 하나로 이야기되는 토끼신을 말한다.

어요. [조사자: 다리를 만들어서 하나씩 세는 척하면서 갔구나?] 네, 섬에 갔어요. 그 후에,

(장난스러운 표현으로) “예!”

이래서 속이고 놀렸어요. 그래서 상어가 너무 화가 나서, 그 상어들이 토끼를 물어서 다 털이 없어지거나 그래서 너무 피부가 상처 나서 피도 눈물에서 나왔대요. 그리고 울고 있었을 때 신이 나와서, 일본에 오래 된 신 하나가 나와서,

“왜 그렇게 됐냐?”고.

물으니까 이야기를 했어요.

“그렇게 하면 안 되잖아.”

야단맞는데, 그때, 그렇게 했기 때문에 토끼 눈이 빨갛다는 말이 있어요.

그리고 일본에서 그 (상어를) 와니(わに)라고 해요. 원래 사메(さめ)라고 하는데, 그 이야기에는 와니라고 하는데, 와니가 악어라는 뜻인데, 그 히로시마 산 쪽에 있는 지역에서는 실제로 상어를 와니라고 해요. 그래서 그 지역에 그 이야기가 ‘와니와 토끼’라는 다른 별명도 있는데, 옛날에 그 지역에서 상어를 와니라고 부르는 걸 모르는 만화 작가가 실제로 악어로 그리는 사람이 있어요.

그래서 그림책 보면 악어가 있으면 실수예요. 그래서 악어라고 생각하는 인식도 있어요. [청자: 일본에는 원래 악어가 없잖아요? 근데 왜 악어가 있었는지 이상했는데] 그쪽에서 와니 먹어요. 다른 지역에서는 안 먹는 것 같은데 그 지역에서는 먹어요.

못된 너구리와 꾀쟁이 토끼 [1]

● 구연정보

조사일시 : 2016. 11. 18(금) 오후
조사장소 : 강원도 강릉시 초당동
제 보 자 : 코마츠 미호 [일본, 여, 1969년생, 결혼이주 20년차]
조 사 자 : 박현숙

● 구연상황

제보자가 옛이야기 끝낼 때 하는 말에 대해 들려준 뒤 이어서 동물들의 복수에 얽힌 이야기를 시작했다.

● 줄거리

옛날에 할아버지와 할머니가 살았는데, 너구리 한 마리가 노부부의 밭에 해를 끼쳤다. 할아버지는 나무 그루터기에 찐득한 떡을 붙여서 너구리를 잡아 부엌에 매달았다. 매달린 너구리는 떡을 찧는 할머니에게 자기를 풀어주면 일을 도와주겠다고 했다. 할머니가 너구리를 풀어주자 너구리는 떡메로 할머니를 쳐서 죽였다. 할아버지가 슬퍼하자 토끼가 너구리에게 복수해 주겠다고 했다. 너구리는 토끼가 길목에서 짚을 모으는 걸 보고 훔쳐갈 생각으로 토끼를 도와준다고 했다. 토끼는 너구리가 등에 이고 있는 짚더미에 불을 붙였고 너구리는 화상을 입었다. 화가 난 너구리가 토끼에게 복수하려고 할 때 토끼가 어부로 변장하여 너구리에게 낚시를 가자고 했다. 토끼는 너구리에게 흙으로 만든 배를 타게 하고 자기는 나무배를 탔다. 강에 들어가자 너구리가 탄 흙배가 가라앉았다. 토끼는 그렇게 할아버지 대신 너구리에게 복수했다.

옛날 옛날에 어떤 곳에 할아버지하고 할머니가 살고 있었는데요. 그 둘이가 가지고 있는 소중한 밭을 그 너구리가 이렇게 해를 주고 있었어요. 그래서 할아버지는 그 너구리를 잡을려고 작정해서 어

떻게 해서 잡았어요. 그 키리카부(きりかぶ 그루터기)? 나무에다가 토리모치(とりもち) 떡, 찐득찐득한 떡을 [조사자: 찹쌀떡?] 네, 찹쌀떡을 발라가지고. 거기다가 그거로 너구리를 잡았대요. 그래서 이제 그 집 부엌에다가 데리고 가가지고 그 너구리를 이렇게 묶어가지고 매달려서 좀 혼났어요.

근데 할아버지가 밭에 그 일단 너구리를 이렇게 묶어서 인제 혼나고 나서 그대로 밭에다가 나갔어요. 혼자서 그 떡을 이렇게 찧기 시작하는 할아버지를 보고 너구리가, 아, 그거, 매달려 있는 거는 풀어줬나 봐요. 근데 그걸 보고 할머니 보고 떡 만드는 거 도와준다고 다가갔어요. 그래서 할아버지가, 아, 묶여 있었어요. 묶여 있었는데 할머니가 그 떡을 하려고 하니까,

"도와줄테니까 풀어주세요."

이렇게 했어요. 그래서 할머니가 그 말 듣고 풀어줬어요.

그래서 너구리가, 어, 그 뭐지? 그거 때려서, (두 손으로 긴 막대를 잡는 시늉을 하며) 떡 치는 [조사자: 떡치는, 떡메.] 네. 그거로 할머니를 죽였어요. 그래서 할머니 죽었어요. 죽으면 안 되는데 죽었어요. 그래서 할아버지가 슬퍼서 그 슬퍼서, 그 슬프게 하고 있을 때 토끼가 와서,

"할아버지! 왜 우냐?"고.

해서 그 이야기를 들었어요, 토끼가. 그래서 토끼가 화가 나가지고,

"자기가 복수를 해 준다."고.

어, 이렇게 말했어요.

그래서 다음 날에 인제 시작하는 거죠. 토끼가 너구리를 그, 그 뭐죠? 너구리한테 복수하려고 작전을 생각하는데, 처음에는 너구리가 그 지나가는 길에서, 아! 잠시만요. 토끼가 너구리, 아, 그거는 일단은 작전 아니고 어떤 날에, 아, 다음 날에 토끼가 그 너구리가 지나가는 길에서 벼. 그래서,

(전화벨이 울려서 잠시 중단됨.)

음, 토끼가 그 너구리가 항상 지나가는 길에서 그 벼, 벼에 그거 뭐라고 하죠? 벼, 아니고. 음, 와락? [조사자: 나락?] 그 쌀을 다 떼 때

는 걸 뭐라고 하죠? [조사자: 겨? 아, 벼.] 그 쌀, 벼. 쌀 없는. [조사자: 쌀 벗기기 전에?] 아뇨. [조사자: 껍질?] 아니구요. 아 갈대 아니고. 아, 그니까 그, 그 신발을 만들거나. [조사자: 아, 짚?] 아, 짚 맞아요.

짚을 이렇게 모으고 있었는데 너구리가 와서,

"도와준다."고.

그랬어요.

그래서 토끼가 모은 짚을 너구리가 이렇게 메고 이렇게 걷기 시작했어요. 그래서 그 나쁜 너구리는 토끼가 그 모은 그 짚으로 자기 집 만들려고, 그니까 도와준다는 척하고 그거를 메고 갈려고 했어요.

근데 토끼는 '카치카치도리가나떼이루(かちかちとりがなっている).' 그니까 뭔가 '카치카치'가 불이 타는 소린데. [조사자: 아, 불타는 소리 '타닥타닥'?] 네. 타닥타닥. 근데 새가,

"카치카치 새가 울고 있어요."

그렇게 말했어요. 왜냐면, 너구리 등에 그 짚에다가 불을 태웠어요. 그래서, 아! 불을 붙였어요. 불을 붙였는데 확 이렇게 불이 올라와가지고 너구리는 등에다가 큰 화상을 입었어요.

다음날에 너구리가,

"토끼 때문에 이랬다."고.

"복수한다."고.

와가지고 왔는데. 화가 나서 왔어요, 토끼한테. 근데 토끼는 그거 변신하고 있었어요. 고기잡이. 고기 잡는 어분가? 어부의 변신 하고 너구리를 속았어요. 어떻게 속았냐면, 너구리가 왔는데,

"고기 잡으러 가자."고.

근데 자기는 작은 그 작은 그 나무배에다가 타고 너구리는 큰 그 흙으로 만든 배에다가 태워가지고,

"고기 잡으러 가자."고.

그랬어요. 그랬더니 강에다가 들어가서 출발했는데 너구리 배는 흙이었기 때문에 이렇게 물속에 가라앉았어요. 그래서 인제는 올라오지 않았어요. 그래서 토끼는 복수를 해서 (기침을 하며) 성공.

[조사자: 너무 이야기를 길게 하셔서. 아무래도 목이.] 아, 진짜 생각

보다 안 나와요.

[조사자: 아니에요, 너무너무 잘하셔요. 제가 지금 이야기에 폭 빠져서 너무 재밌어요. 아, 이번엔 진짜 이야기가 많네요. 여기도 토끼가 되게 영리하고, 네, 그쵸. 잘 속이고. 그런 이미진 거 같아요.] 아, 토끼가요? 여기서도요?

[조사자: 아, 토끼가 머리가 좋아요. 되게 영리하고. 우리도 그래도 호랑이랑 토끼가 싸움이 안 되잖아요. 근데 호랑이가 항상 져요. 꾀에 넘어가서.] 토끼가 머리 써서. [조사자: 네.]

못된 너구리와 꾀쟁이 토끼 [2]

● 구연정보

조사일시 : 2017. 03. 24(금) 오후
조사장소 : 경북 경산시 사동
제 보 자 : 마츠다 타마미 [일본, 여, 1976년생, 결혼이주 7년차]
조 사 자 : 조홍윤, 황승업, 김자혜

● 구연상황

제보자가 〈너구리가 변한 주전자〉를 구술한 뒤에, 너구리로부터 연상이 돼서 생각났는지 이 이야기를 이어서 구술해 주었다. 제보자의 딸이 심하게 투정을 부린 탓에 구연을 힘들게 이어갔다. 이 이야기를 끝으로 이 날의 이야기판을 마무리했다.

● 줄거리

옛날에 할머니 할아버지가 농사를 지으며 살고 있었다. 그러던 어느 날 너구리가 찾아와 농사 지을 씨를 다 먹어버리고, 할머니를 몽둥이로 때려 죽였다. 할아버지는 어찌할 바를 모르고 계속 울기만 했는데, 이것을 본 토끼가 너구리에게 대신 복수를 해주기로 마음먹었다. 토끼는 너구리에게 자신이 나무 베는 것을 도와달라면서 잠시 엎드려 달라고 했다. 너구리가 엎드리자 토끼는 너구리가 메고 있던 가방에 불을 질렀고, 너구리는 화상을 입었다. 토끼는 화상을 입은 너구리의 등에 고추가 섞인 된장을 발랐다. 너구리가 고통을 호소하자 토끼는 생선을 잡아먹으면 빨리 낫는다고 했다. 이 말을 들은 너구리는 생선을 잡기 위해 호수에 있는 배를 탔는데, 사실 그것은 흙으로 만든 배였다. 너구리가 노를 저어 나가자 배는 점점 가라앉았고, 결국 너구리는 물에 빠져 죽었다.

옛날에 할아버지가 농사짓고 있었대요. 그러면 너구리가 와서 농사짓는 그거 씨를 다 먹어버렸대요. 그래서 할아버지가 많이 화나

서 너구리를 (줄로 묶는 시늉을 하며) 맺고, 집에 여기에 가장 위에 좀 맺고. [조사자 1: 아, 지붕에다가?] 네네, 이렇게 그대로 나갔대요. [조사자 1: 매달아 놓고 나갔어요?] 네네.

그리고 너구리는 집에 있는 할머니한테,

"제가 좀 잘못했다."고.

반성하는 척 하면서, 하는 척 했대요. 그러면 할머니가,

"어, 불쌍하다."고.

해서 풀어주고,

"같이 일하는 거 도와주라."고.

부탁했는데, 할머니를 죽였대요. 옛날에 떡? 만들 때 쓰는 도구가 있어요. [조사자 1: 절구?] 네, 떡 만들 때. 큰 것도 있고, 작은 것도 있는데 그걸로 (몽둥이로 때리는 시늉을 하며) [조사자 1: 할머니를 때려죽였구나?] 네네네. 그래 할아버지 나중에 집에 와서 그걸 보고 너무나 슬퍼서 계속해서 미안해서 울었다고 합니다.

그런데 그거를, 계속해서 울고 있는 모습을 보고 있는 앞산에 사는 토끼가,

"복수해야 되겠다."고.

"복수하겠다."고.

약속했대요. 그래 토끼는 너구리한테 마키(まき, 장작)? 나무 톱질하는 걸 도와주라고 부탁해서 [조사자 1: 나무 타는 걸?] 아, 예. 너구리가 마키, 마키? [조사자 1: 아, 장작이요?] 네. 그거를 [조사자 1: 장작 줍는 걸요?] 그거를 어깨에 메고 있는 거 있잖아요? [조사자 1: 지게?] 아, 지게라고 해요? 그거를

(제보자의 딸이 울어서 잠시 구연이 중단됨.)

그렇게 도와주라고 해서, 너구리가 그 등에 타고 있다가 그에 불, 토끼가 [조사자 1: 불을 붙였어요?] 네, 불 줘서 큰일이 나잖아요. 그래서 너무 (등을 만지며) 여기에 화상 입어서 너구리가 밑에서 안 내려요. 그러면 화상 약이라고 해서 토끼가 된장에 고추 섞인 것을 여기 화상 있는 곳에 발라 줬어요.

그래 너무 아파서, 너무너무 아파서 그 산 내려오다가 토끼가,

“그러면 물고기, 아니 생선 먹으면 괜찮아진다.”고.

해서 밑에 호수인가? 못 그런데 가자고 했어요. 그래 여기서 흙으로 만든 배에 탔는데, 흙이라서 나가면 무너지잖아요. 그래 너구리는 그곳에서 물에 빠져서 죽었다라는 이야기가 있습니다.

이거는, 이것도 많이 들었어요. 나쁜 짓을 하면 안 된다고.

[조사자 2: 그러니까 할아버지 대신에?] 네, 대신. [조사자 1: 할아버지가 너무 슬퍼하니깐.] 네, 그러고는 좀 나이 들어서 복수하는 게 어려워서, 대신에.

못된 너구리와 꾀쟁이 토끼 [3]

● **구연정보**

조사일시 : 2018. 11. 23(금) 오전
조사장소 : 경기도 안산시 원곡동
제 보 자 : 토리카이 쿠미코 [일본, 여, 1977년생, 결혼이주 11년차]
조 사 자 : 김정은, 강새미

● **구연상황**

조사자들은 제보자와 두 번째 만남을 갖고 조사를 시작했다. 제보자는 산과 바위에 얽힌 이야기가 있다고 한 뒤 이 이야기를 첫 번째로 구연했다. 우즈베키스탄 출신의 허율리나 제보자, 인도네시아 출신의 수산티 제보자, 중국 출신의 박영숙 제보자가 청중으로 이야기를 함께 들었다.

● **줄거리**

너구리가 농작물을 다 망가뜨리자 화가 난 할아버지가 너구리를 잡아서 천장에 매달아놓았다. 할아버지가 나간 사이에 너구리가 할머니에게 살려달라고 빌자 할머니는 너구리가 불쌍해서 풀어주었다. 그러자 너구리는 할머니를 때려서 죽였다. 할아버지가 슬퍼하고 있을 때 토끼가 나타나 복수를 해주겠다고 했다. 토끼는 부싯돌로 불을 피워서 너구리가 멘 장작에 불을 붙였다. 너구리가 화상을 입아서 고통스러워하자 토끼는 치료약을 준다면서 겨자를 발라주었다. 토끼는 다시 너구리에게 배를 타고 바다에 나가자면서 자신은 나무배를 타고 너구리는 진흙 배를 타게 했다. 너구리가 타고 있던 배는 가라앉아서 죽었다.

옛날 옛날에 너구리가 밭에 가서 농산물을 훔치고 엉망으로 만들어가지고 할아버지가 너무 화가 났어요.

"소중하게 키운 농산물인데 누가 이렇게 하느냐!"

그랬는데 범인은 너구리였어요. 그 너구리를 할아버지가 잡아가지고 집에 천장에다 끈에 매달아놓고,

“반성하라.”

그렇게 했었는데 할아버지가 일하러 나가셨어요. 그사이에 할머니가 들어와서,

“뭘 하고 있느냐?”고.

너구리가,

“할머니, 제가 절대로 나쁜 짓을 안 하겠다. 풀어달라.”고.

이야기했어요. 착한 할머니는,

“알았다. 한번만 믿어주겠다.”

해가지고 너구리를 풀어줬어요. 그랬더니 너구리도 나쁜 너구리죠. 할머니를 때려가지고 죽여 버렸어요.

집에 들어온 할아버지가 너무 슬퍼가지고,

“할머니, 왜 이렇게 됐어.”

하고. 거기에다가 토끼가 왔어요. 울고 있는데. 그 토끼가,

“나쁜 너구리가 한 짓이네.”

해가지고, 너구리를 복수하러 가려고 했어요.

먼저 산에 가서 너구리를 아프게 만들려고 작전을 냈어요. 가서 풀을 태울 때 나무를 찾아야 되잖아요. [조사자: 장작 패는 거.] 장작을 찾으러 가서, 그게 ‘카치카치산’이에요. 거기로 간 거예요. 다 주워가지고 메고 집에 들어가는 길에 가져간 돌로 카치카치해가지고 불을 태웠어요. [조사자: 나뭇단을 다 태운 거죠.] 네. 메고 있는 장작에다가 불을 붙여요. 막 불이 나서 거기 다 상처 입는 거예요, 너구리가.

너구리한테 토끼는,

“좋은 약을 가져왔다.”

하면서 겨자로 된 약을 줬어요. 발라줬어요. 너무 따갑잖아요. 아파가지고 너구리가,

“아악!”

하는데,

“이거 좋은 약은 아픈 것이다.”

하면서 발라줘.

그렇게 첫 번째 작전이 끝났어요. 상처도 도와주고 하면서. 두 번째 작전을 시작했어요. 그것은 뭐냐면,

"배 타고 바다에 갑시다."

이렇게 얘기하는데 배를 두 대 준비했어요. 하나는 나무로 된 배고 하나는 진흙으로 된 그런 배였어요. 토끼는 자기가 하얘서,

"나무배를 타겠다. 자기는 좀 까마니까 진흙으로 된 배를 타라."

그리고 둘이서 출발했어요. 그랬더니 진흙으로 된 배는 점점 가라앉잖아요. 그래서 너구리는 거기 바닥에 가라앉아서 죽어버린다는 이야기예요. 복수하는 이야기예요.

원숭이와 게의 싸움 [1]

● 구연정보

조사일시 : 2016. 11. 17(목) 오후

조사장소 : 강원도 횡성군 횡성읍 읍하리

제 보 자 : 모우에 히로꼬 [일본, 여, 1967년생, 결혼이주 19년차]

조 사 자 : 박현숙, 김현희

● 구연상황

제보자가 일본의 도시괴담 〈입 찢어진 여인〉 구연을 마친 뒤, 이어서 이 이야기를 구연했다. 조사자가 다 듣고서 한국 설화 〈팥죽할멈과 호랑이〉를 들려주며 한국에도 비슷한 이야기가 있다고 설명하자 제보자가 신기하다는 반응을 보였다.

● 줄거리

원숭이가 배가 고파서 먹을 것을 찾다가 감 씨를 발견했다. 그때 게가 주먹밥을 가지고 지나갔다. 원숭이가 게에게 주먹밥은 잠깐의 배부름을 주지만 감 씨는 열매를 많이 맺으니 바꾸자고 제안하여 둘이 가진 것을 바꾸었다. 게는 집에 가서 아이들과 함께 씨를 심고 정성껏 키웠고 나무가 자라나 감 열매가 열렸다. 게가 나무 위에 올라갈 수 없어서 원숭이에게 따 달라고 부탁했다. 원숭이는 나무에 올라가 잘 익은 감을 다 따먹고, 안 익은 파란 감을 게에게 던져서 게를 쓰러뜨렸다. 게의 친구인 밤과 벌, 절구가 병문안을 왔다가 사정을 듣고서 복수하기 위해 원숭이 집으로 갔다. 밤은 화로, 벌은 물가, 절구는 지붕 위에 숨어 있다가 집으로 돌아온 원숭이를 공격했다. 원숭이는 다음날 게를 찾아가서 사과하고 감을 따서 다 함께 맛있게 먹었다.

그러니까 배고픈 원숭이가 있었어요. 그러니까 먹을 거 없는 원숭이가 먹을 거 찾아요, 열심히. 그래서 진짜 먹을 거 없어서 어떤 감

나무 밑에 누가 먹어버린 감 씨가 있었어요.

뭐 '그거라도 먹을까?' 생각했대요. 근데 '그거 먹을까?' 생각하고 '입에 넣을까?' 생각한 순간, 자기 앞에서 게가 그 주먹밥 갖고 지나가고 있었어요.

그래서,

"아이고, 맛있겠다. 게야, 게야. 그 주먹밥하고 자기가 가지고 있는 감 씨, 바꿔줄래?"

그러니까 그 게가,

"나는 엄마, 엄마고 애기가 셋. 아이가 셋이 있으니까 지금 아이한테 줘야 되겠어요. 당신한테 줄 수 없어."

그러니까. 그 원숭이가 머리가 빙빙 돌아가서 머리가 좋아요.

"그런데 너는 그 주먹밥에는 순간으로는 뭐 배부를 수 있지만 오래오래는 배가 부를 수가 없어. 근데 그 감 씨는 하나만 심어도 그러면, 엄청 많이 열매가 많이 달린다. 그런 거 생각하면 나하고 바꾸는 게 좋은 거 아닌가?"

라고 생각해서 게는,

"아, 그럼 그런가?"

해서 바꿨어요.

그래서 원숭이는 그거 먹고, 게는 아주 귀한 씨를 집에 가서 심어서 아이들하고 같이 열심히 물도 주고.

근데 게 엄마가 심은 씨한테,

"빨리빨리 싹이 나와라. 싹이 되지 않으면 싹둑 잘라버린다."고.

말을 하니까 그렇게 말하니까 갑자기 싹이 났대요.

그래서 또,

"빨리빨리 나무가 돼라. 나무가 되지 않으면 싹둑 잘라버린다."

그러니까. 엄청 많이 그게 나무가 되고.

다음에,

"그러면 많이 빨리빨리 여르매."

(조사자에게 단어를 확인하며) 여르매(열매) 맞아요? [조사자: 열매.]

"열매가 돼라. 그렇지 않으면 잘라 버린다."

그러니까 열매 많이 되고.

그래서 많이 그 감 씨가 감 씨가 진짜 열매가 많이 감이 열려서, 그때 타이밍 좋아서 원숭이가 지나갔어요. 그래서 원숭이한테 게 엄마가,

"고맙다. 당신 덕분에 이만큼 열매가 열리고 우리가 맛있게 먹을 수 있다. 그런데 저는 게니까 높은 감은 잡을 수가"

[조사자: 딸 수가 없으니까.] 아, 맞아.

"딸 수가 없으니까, 저기 저 도와주시면 어떨까요?"

그러니까.

"당연하지."

해서,

"내가 많이 도와줄게. 기다리세요. 제일 맛있는 거 주니까!"

그래서 원숭이는 쑥 올라가서,

"일단 먹어봐야지."

나무에서 하나 먹으니까.

"아, 진짜 맛있다."

그러니까 밑에서 게 아이, 아이와 엄마가,

"빨리빨리 주세요. 먹지 말고 빨리 우리한테도."

"알았어, 알았어."

해서 저 위에서,

"조금만 내가 지금 배가 고프니까 배부를 때까지 조금 먹고 글쎄 가져다줄게."

이렇게 해서 계속 먹고 있었어요.

그런데 밑에서는,

"빨리 주세요. 네?"

계속 안주니까 조금 화가 나죠. 그래서 원숭이가,

"그러면 알았어. 그러면 진짜 맛있는 거 줄게."

하면서, 주는 거는 아주 파란 색깔 안 익은 거. 안 익은 거는 던져서 게 엄마가 쓰러져요. [조사자: 맞아서?] 네. 그래서 원숭이는 맛

있는 거만 자기가 먹고 그래서 도망가요. 그래서 게 아이들이 엄마가 쓰러졌으니까 집에 모셔다드리고 간병도 했어요.

그런데 그 소식을 게 엄마가 아프다는 소식을 들은 친구가 게 엄마 집에 왔어요. 그 친구가 밤, 밤. 밤하고 벌. [조사자: 벌?] 네. 벌하고. 또 뭐지? 떡 만들 때 그거 만드는 거. [조사자: 떡?] 네. 떡 만들 때 그건데. (단어를 찾으며) 절구? 절구라 그러는데. [조사자: 절구.] 응. [조사자: 찧은 절구?] 네. 그 절구 이렇게 오는데. 그 친구 돼요.

그래서 그러니까 절구하고 밤하고 벌. 게 엄마 집에 찾아서, 울면서 아이들이 이런 이런 일 있었다. 그래서 절구와 밤과 벌은,

"그러면 우리가 나쁜 원숭이를 혼내주겠다. 그래서 지금 당장 혼내야지."

라고 해서 원숭이 집에 가요.

그래서 원숭이 집에 가서, 그 집에는 아무도 없어요. 그러면 지금부터 원숭이가 오기 전에 밤은 그 난로 같은 그 뭐지? 불을 빚는 그거 뭐예요? [조사자: 화로?] 어. 화로에서 밤은 숨었어요. [조사자: 화로가 아니라 아궁이 아니에요?] 아궁인가? [조사자: 화로는 방안에다가.] 방 안에 있는 거. [조사자: 방 안에 있는 건 화로.] 화로. 화로 안에 밤이 숨어서. [조사자: 밤이 숨었어요?] 네. 그러면 불을 키면 이렇게 빵 터질 수 있게, 그렇게 하면 나중에 원숭이가 뜨겁다 그래서 마당에 있는 물을 찾으러가니까. 그거에 벌이,

"내가 숨어있을게."

그래서 그거에서 벌이가 그러니까,

'원숭이가 오면 한 번 쏴야겠다'고.

생각해서. 그렇다면,

"아이고, 아이고. 아프다."

해서 아마 또 다시 집에 들어오면 그 지붕 위에서 [조사자: 절구?] 절구가 넘어지고 내려서 원숭이를 그렇게 그렇게 이야기하면서 각자 그 장소에 숨은 거죠.

그래서 원숭이가 와서

"아, 춥다, 춥다."

해서 화로에 불을 키니까. [조사자: 일본말로 그 화로는 뭐라고 말해요?] 이로리. 이로리에 키을 키고.

“어, 춥다.”고.

해서 이로리 그러니까 불을 켜서, 그러면 밤이 갑자기 원숭이한테,

“쨘!”

하는 거죠. 그러면 뜨거운 밤이 맞았으니까 뜨거우니까,

“아, 뜨겁다, 뜨겁다.”

해서 밖에 나가서 물을 찾으러 가니까 그 물을 자기가 이렇게 뭐라고 해요? [조사자: 그러니까 이렇게 식히려고. 뜨거운 거.] 그렇죠. 맞아요. 뜨거운 거 식히려고 가서 식히는 순간이 벌이 또 쏴는 거죠.

그래,

“아이, 아프다. 아프다.”

해서 도망가야 돼서 집에 들어오는데 진짜 지붕에서 절구가 무너지고 [조사자: 깔렸어?] 그렇죠. 그래서 셋이 모여서건,

“너는 진짜 뭐가 잘못 됐는 건지 알아?”

“알았다. 미안합니다.”

그래서,

“그러면 지금부터 게 엄마한테 가서 미안하다고 하러 가자.”

그래서 가서 용서 구해서, 그때 다음에 다음 날, 원숭이가 또 감에 올라가서 그 맛있는 감 따서, 게와 다 같이 나눠서 재밌게 먹었다.

원숭이와 게의 싸움 [2]

● **구연정보**

조사일시 : 2016. 11. 18(금) 오후

조사장소 : 강원도 강릉시 초당동

제 보 자 : 코마츠 미호 [일본, 여, 1969년생, 결혼이주 20년차]

조 사 자 : 박현숙

● **구연상황**

제보자가 〈대나무에서 나온 가구야공주〉 이야기 구연을 마친 뒤, 조사자가 무서운 이야기 구연을 요청하자 제보자는 무서운 이야기를 못 한다고 했다. 이어서 조사자가 혹시 원숭이와 게에 관한 이야기를 아느냐고 묻자 제보자가 안다면서 구연을 시작했다. 제보자는 이야기의 대략적인 내용을 설명한 뒤, 원숭이에게 복수하는 내용이 재미있는데 잘 기억나지 않는다고 했다. 조사자가 힌트를 주며 기억을 떠올리 수 있도록 돕자, 제보자는 이내 복수하는 내용을 기억해서 이야기 구연을 마무리했다.

● **줄거리**

옛날에 원숭이와 게가 있었다. 게가 나무 위에서 감을 맛있게 먹는 것을 보고 원숭이에게 감을 나눠달라고 했다. 원숭이가 파란 감을 따서 게에게 던졌는데, 게가 그 감에 맞아 죽었다. 엄마를 잃은 새끼 게들은 원숭이에게 복수하기로 하고 밤과 절구, 똥에게 도움을 요청했다. 원숭이가 집에 돌아와 춥다며 불가까이 다가가자 불 속에 숨어 있던 밤이 튀어 원숭이를 때렸다. 원숭이가 물항아리로 달려가 씻으려 하자 항아리 속에 숨어 있던 똥이 튀어나왔다. 원숭이가 똥을 피해 도망가자 지붕 위에 숨어 있던 절구가 원숭이에게 떨어졌다.

어떤 내용이냐면, 감. 원숭이가 나무에 올라가서 그 감을 먹고 맛있게 냠냠 먹고 있으니까 밑에서 보고 있는 게가 좀 한 개 뜯어서

좀 나눠달라고 밑에서 말하는데 원숭이는 성격이 안좋아서 자기만 맛있게 먹고 안 줬어요. 그래서 밑에서,

"제발 달라."고.

게가 그러는데.

"시끄럽다."고.

"알았다."고.

하면서 파란 감을 막 던졌어요. 그 감에 맞아서 그 게가 죽었어요. 그거 게 엄마예요. 애기들이 많이 있어요. 그 애기들이 화가 나가지고 복수하는 이야기예요. 그 원숭이한테.

근데 그 복수하는 내용이 있는데 재밌게. 제가 지금 기억이 안 나요. [조사자: 거기 동물들이 나와서 도와주는 거 아니에요?] 동물들이요? [조사자: 동물이랑, 집안 살림들 같은 거. 절구나.] (박수를 치며) 아, 맞아요. 네네네네.

[조사자: 어떻게 복수를 해요?] 뭔가 집 안에, 원숭이 집에선가? 에, 그 맞아요. 그 애기들이 도움받는데 밤. [조사자: 밤이랑?] 밤이랑, 아까 그 절구도 지붕 위에서 대기하고. 밤은 그 불 안에서 숨겨 있었고. 또 똥도 있었는 거 같애요.

[조사자: 똥. 그러면 걔네가 아기 게들한테 와서 뭐라고 얘기를 해요?] 애기들이요? [조사자: 밤이랑 얘네들이 어떻게 하다가 도와주게 되는 거예요?]

"엄마가, 원숭이 때문에 죽었다."고.

"복수한다."고.

"도와 달라."고.

했어요. 그래서 그 다, 각자 숨었어요, 그런 식으로.

[조사자: 그럼 밤은 불 속에 숨고.] 네네. 절구는 지붕 위에 숨고. 또 하나 있었는 것 같은데. 세 가지 정도. 똥, 똥 같은데요. 아 맞아, 똥이 그 장, 그거 뭐지? 김치 넣는 그거 뭐지? [조사자: 항아리?] 아, 항아리! 항아리에다가 똥이 들어간 거 같애요. 그래서 원숭이가 집에 돌어왔을 때,

"아, 춥다."고.

불 가까이 가니까 밤에 막 튀어 나와서,

"아! 뜨거워!"

하고. 그 물이 있는데 그 항아리 가서 들어가니까 똥이 있었고.

"으아!"

하고 도망갈라고 하니까 지붕에서 절구가 '둥' 떨어져서 그래서.

[조사자: 그렇게 복수를 하게 되는구나.] 네. 그런 복수하는 이야기.

원숭이와 게의 싸움 [3]

● 구연정보

조사일시 : 2017. 05. 11(목) 오후
조사장소 : 경기도 수원시 영통구 매탄2동
제 보 자 : 이데이 유미 [일본, 여, 1977년생, 결혼이주 15년차]
조 사 자 : 오정미, 이승민

● 구연상황

제보자가 〈혹부리 영감〉 구연을 끝낸 뒤 이어서 새로운 이야기를 구술하기 시작했다. 한국어로 단어가 떠오르지 않아서 제목을 한국어로 바로 말하지 못했다. 조사자들에게 물어보면서 〈원숭이와 게의 싸움〉이라는 제목을 찾아 말한 뒤 구연을 시작했다.

● 줄거리

원숭이가 감의 씨를 가져와서 꽃게에게 주먹밥과 바꾸자고 했다. 게는 주먹밥과 감 씨를 바꿨고 감 씨를 심어서 잘 키웠다. 그 후 감나무가 자라나서 열매가 열리자, 원숭이가 나무 위에 못 올라가는 게를 대신하며 감을 따주겠다고 했다. 나무에 올라간 원숭이는 익은 감을 다 따먹고 딱딱한 감을 게에게 던져 게를 죽였다. 어미를 잃은 아기 게들이 울고 있자, 벌과 밤, 절구통이 아기 게들을 대신해서 복수하러 나섰다. 아궁이에서 밤이 튀고, 벌이 침을 쏘고 절구통이 머리에 떨어져서 원숭이를 죽였다.

작은 꽃게가 [조사자 1: 게라면, 꽃게?] 꽃게. 꽃게가 감 씨를 갖고 있었는데, 아니 아니, 주먹밥을 갖고 있었는데, 같이 애기들이랑 먹으려고 열심히 그거를 가져가려고 했는데 거기에 원숭이가, 장난꾸러기 원숭이가 나타나가지고 배고픈 거예요. 너무 배고프니까.

"나한테 그 주먹밥 주라."

"아니야! 이건 애기들이랑 같이 먹으니까 안 돼."

이렇게 했는데 그 머리를 좀 쓰는 원숭이가 감 씨를 하나 딱 가져오는 거예요. 자기 먹던 거예요, 먹다가 뱉은 감 씨인데 가져오는 거예요.

"아니 이거를 좀 바꾸자. 이걸 심으면, 잘 키우면 감이 달랑달랑 많이 해가지고 아이들도 먹고, 잘 먹고, 많이 먹을 수 있다."

해가지고 그렇게 꼬시는 거예요. 그러다가 착한 꽃게는,

"알았다."

해가지고 바꾸는 거예요.

그 주먹밥하고 바꿨는데 그 착한 꽃게는 그걸 잘 심어가지고 물을 주고 뭐하고 잘 키웠어요. 그런데 그거도 많이 지나야 되잖아요. 나무 되고, 여름에 되고, 이제 잘 키우고 했는데, 어느 날 잘 키웠다가 열매가 달렸어요. 그런데 잘 익은 거 하고, 안 익은 거하고 물론 있었는데, 그런데 꽃게는 나무에 올라갈 수가 없잖아요?

그러더니 그때 원숭이가 또 나타나가지고.

"아! 내가 따줄게. 내가 따주니까 걱정하지 마."

해가지고 쭉 쭉 쭉 쭉 올라갔다가 거기서 잘 익은 거만 자기가 다 거기서 먹어버리는 거예요.

"야, 나한테 주라고. 애들도 있고, 뭐 하는데 나한테 좀 따줘."

했는데.

"응, 알았다. 알았다."

하면서도 다 거기서 먹어버리는 거예요.

"다 먹어버리면 어떡해?"

이렇게 밑에서 소리 질러도 도와주지도 않고 자기가 다 먹고.

"야, 이거나 먹어라."

해가지고 하는 게 그 파란색, 아직 안 익은 딱딱한 감을 이렇게 땅 던지는 거예요.

그러더니 그 게가 그 맞아가지고 죽었어요. 죽어가지고 아이들이 거기 집에 몇 마리 있었어요. 몇 마리 기다리고 있었는데 엄마가 이렇게 이렇게 죽었다고 앵앵앵 막 울었는 거예요. 그러다 울었더니

처음에 벌이 지나가가지고.

"왜 우냐? 너희들 왜 우냐?"

해가지고 왔는 거예요. 그래서 이렇게 이렇게 죽었다.

"나쁜 원숭이 내가 뭐 어떻게 해주마."

해가지고 했는데 또 그 이야기 하다가, 또 다음에 그 밤. 밤이 오는 거예요. 밤이 와가지고.

"야! 그 원숭이 나쁘다."

그런데 다음에 우스라보, 뭐라 그래야 되나. 옛날 이렇게 떡 찧는 거 있잖아요? [조사자 1: 아! 절구통?] 아니. 그 이렇게 하는 거 말고 그 밑에 있는 거. 그 떡을 놓는 그걸 뭐라고 해요? [조사자 2: 떡돌?] 그 나무로 되어 있는데, 옛날이니까 나무로 이렇게 좀 생기는 게 있어요. [조사자 1: 떡판?] 아, 떡판이라고 해야 하나? 우스라고 해서 좀 큰 거예요. 그 모양은 이렇게 좀 이렇게 생겼고 이만큼이고 여기 위에다가 떡을 올려놓고 이렇게 찍어요. [조사자 1: 그래요, 그게 절구통이에요.] 아, 그래요? 그게 나타나가지고,

"내가 도와주마."

해가지고 나타나는 거예요. 그런데 그 원숭이 집에 갔어요. 다. 원숭이 집에 갔는데 원숭이가 없었어요. 집에. 놀러 다니니까.

"그럼 우리는 숨자."

해가지고 그때는 겨울이었어요.

"그 숨자."

해가지고 다 숨었어요. 그런데 그 집에 안에 다 꽁꽁 숨었는데. 벌이 불가마 뒤쪽에 숨고, 밤이 그 난로 옛날에 그 가운데서 불타고, 뭐 불태우고 하는 게 있잖아요. 거기 안에 숨었어요. 그런데 그 꽃게들은 어디 숨지. 꽃게들은 잘 모르겠네. 그때 그 떡 바위는 지붕 위에, 입구에다가 지붕에다가 숨었어요.

그때 그 원숭이가 돌아다니고 뭐 하고 하니 춥잖아요? 추우니까 집에 왔어요.

"아! 추워, 추워, 추워, 추워."

집에 왔다가 그 난로에 밤이 숨어있는데 거기를 먼저 가잖아요?

그랬더니 밤이 뜨워지면 이렇게 땅땅 튀잖아요? 땅땅 튀면서 공격을 했어요. 원숭이한테 공격해가지고. 그러니까 뜨겁고 뭐 다 튀니까.

"아! 아, 뜨거, 뜨거, 뜨거, 뜨거."

해가지고, 도망가가지고 물이 필요하잖아요? 그래서.

"물, 물, 물, 물."

해가지고 물을 필요한데 물을 갔다가 그 뒤에서 벌들이 이렇게 날아와 가지고, 침을 쏴가지고 공격을 했어요, 그런데.

"와! 이거 도망가자!"

해가지고 도망가려고 해가지고 밖으로 나오는 순간 그 떡 바위인가? 그게 '땅' 이렇게 원숭이 위에다가 이렇게 떨어졌어요. [조사자 1: 아까 그 절구통이?] 네.

땅 떨어지고 그 원숭이도 일단 죽이는 이야기도 있고 그냥,

"그 나쁜 짓을 하니까 미안하다고 사과해라. 꽃게 애기들한테 사과해라."

해가지고 끝나는 이야기 있어요.

원숭이와 게의 싸움 [4]

● **구연정보**

조사일시 : 2017. 10. 21(토) 오후
조사장소 : 경기도 안산시 단원구 원곡동 세계문화체험관
제 보 자 : 토리카이 쿠미코 [일본, 여, 1977년생, 결혼이주 10년차]
조 사 자 : 김정은, 황승업

● **구연상황**

우즈베키스탄의 허율리나 제보자가 〈겨울할아버지 마로스카와 의붓자매〉 이야기 구연을 마친 뒤 조사자가 토리카이 쿠미코 제보자에게 일본 이야기를 부탁하자 어릴 때 어머니와 할머니에게 들었던 이야기라며 구연을 시작했다. 중국의 박영숙 제보자와 우즈베키스탄의 허율리나 제보자가 청중이 되어 적극적으로 호응했다.

● **줄거리**

감 씨를 가진 원숭이와 주먹밥을 가진 게가 있었다. 게의 주먹밥을 갖고 싶었던 원숭이는 게를 설득해서 서로 물건을 바꾸었다. 원숭이는 바로 주먹밥을 먹었고, 게는 씨를 심어서 감나무를 열심히 길렀다. 시간이 흘러 감이 열렸는데 높은 곳에 있는 감을 딸 수가 없어 원숭이가 대신 나무에 올라갔다. 원숭이는 익은 감을 따먹고 딱딱한 감을 던져서 게가 죽게 만들었다. 죽은 게의 자식들이 슬퍼하자, 밤과 절구통, 소똥이 원숭이에게 복수하러 나섰다. 원숭이가 집에 들어오자 화로에 들어있던 뜨거운 밤이 원숭이 머리를 맞추고, 뜨거워하는 원숭이의 발을 아기 게들이 꽉 물고, 현관으로 나가는 원숭이 위로 무거운 절구통이 떨어졌고, 소똥이 원숭이를 미끄러지게 해서 쓰러뜨렸다.

먼저 뭐가, 원숭이는 그때 주먹밥을 가지고 있었고, 그리고 게는 뭐가, 감의 씨를 가지고 있었어요. [조사자 1: 감의 씨.] 그 씨를 가지

고 있었어. 그런데 원숭이는 머리가 똑똑해요. 어, 뭐지? 게한테 자기는 주먹,

"주먹밥은 바로 먹어버리면, 없어지는 거야. 근데 이 너가 감의 씨를 땅에다가 넣고 키우면, 많이 많이 감을 먹을 수가 있는데."

그렇게 이야기해서,

"바꿀까?"

해서 바꿔버렸어요. 그래가지고 그 원숭이는 맛있게 주먹밥을 다 먹어버렸죠. 그리고 그, 그 뭐지? 게는 열심히 열심히 키워가지고 감이 되는데. 그런데 게는 감을 딸 수가 없는 거예요. 그래가지고 원숭이가 어, 자기가,

"따줄게!"

하면서 위에 올라가서 감을 많이 먹어버리는 거예요. 그리고,

"하나 줄게."

하면서 딱딱한 감을, [조사자 1: 아, 맛이 없는 걸.] 그냥 응, 맛없는 딱딱한 감을 게한테 던졌어요. 그랬더니 그 게가 죽어버리는 거예요. [청자: 어머.] 예, 너무 슬프죠. [청자: 똑똑한 원숭이 아니고, 못된 원숭이야.] 네, (웃으며) 그러니까 못된 원숭이에요. (일동 웃음)

그래가지고 이 엄마, 엄마 게. 엄마 게 아이들이 있었어요. 아, 아이 게들이 있었는데, 이 게들이 너무 슬퍼해서 울고불고 난리였어요. 그때 같이 있었던 밤이랑, 그 밤. 밤, 밤. [조사자 1: 네.] 밤이랑, 그리고 벌, 벌. 꿀벌. [조사자 1: 꿀벌하고.] 벌이랑, 그리고 뭐가 에, 뭐지? 떡을 만들 때 쓰는 이런, 이런, 이런 거. (종이에 그림을 그리며) 떡을 만들 때 쓰는 이런 거. 이, 이렇게. 일본에서는 이렇게 만드는데. [조사자 1: 도끼?] 이거, 이거요. 떡을 만들 때 막 쓰는 거. [조사자 2: 통나무 같은 거 아닌가요?] [조사자 1: 통나무?] 통, 나무로 되어 있는 것도 있고, 돌로 되어 있는 것도 있고. [청자: 아, 절구.] [조사자 1: 절구 같은 거 아닐까요?] 절군가? [청자: 찰, 찰 떡 이거 할 때. 빻을 때.] 예, 절토, 절통이라고요? [조사자 1: 절구통.] 네, 절구통. 이거랑 그리고 소의 똥이 뭐가,

"같이 복수해야 되겠어!"

해가지고, [조사자 1: 소의?] 소의 똥, 똥. 똥. [조사자 1: 똥? 훌륭한데요?] (웃으며) 네, 똥이,

"같이 복수해야 되겠어!"

해가지고 원숭이의 집으로 가는 거예요. 그리고 다들 숨어가지고 복수, 복수할 그런 기회를 뭐 기다리고 있는 거예요.

먼저 뭔가. 어, 진짜 어이가 없어가, 아 뭐지? 어휘가 적어가지고. [조사자 1: 아, 괜찮아요, 괜찮아요.] 밤이 뭔가 옛날에는 뭔가. [조사자 1: 아궁이나 화로처럼 이렇게 된 거.] 네, 화로처럼. 네, 그곳에다가 숨어가지고 오는 것을 기다리고 있었어요. 그랬더니,

"오, 추워, 추워."

하면서 원숭이가 집에 들어와서 여기다가 이렇게 했더니, 밤이 '띵' 해가지고 얼굴에 맞는 거예요. 그래서,

"아앗! 나 너무 아 뜨거워, 뜨거워."

(웃으며) 하면서, 물, 물이 있는 곳에다가 물통, 물통 같은 곳에 가는 거예요. 그랬더니 여기에다가 숨어, 숨어있던 아이, 아기 게들이 나와 가지고 '꽉'하는 거예요. [조사자 1: 네, 네. 어린 게들이 물어버렸군요?] 어린 게들이 물어버려요, 물어버려요. 그랬더니, 그러면

'아흐, 도망가야겠다.'

싶어가지고 집에 나갔다가, 거기 집에 뭔가 현관에다가, 위쪽에 이것이 기다리고 있는 거예요. (웃음) [조사자 1: 절구가.] 네, 그래 원숭이가 나오자마자 이 친구가 부악 내려와가지고 [조사자 1: 네, 절구통이요.] 예. 예. 그렇게 되고. 아, 그리고 소똥. 똥도 아, 어느 쪽이었나? 현관 쪽에 있어서 이 소똥도 밟아버리고,

"하악!"

하고 넘어, [조사자 1: 넘어졌겠구나.] 네, 넘어졌겠죠? 그래가지고,

"흐으으윽. 또 다시 나쁜 짓을 안 하겠어요."

그런 이야기예요. (웃음)

[조사자 1: 네, 좋아요.] [청자: 오, 재밌네.]

원숭이와 게의 싸움과 꾀쟁이 토끼

● **구연정보**

조사일시 : 2016. 12. 16(금) 오후
조사장소 : 강원도 강릉시 교동 강릉문화원
제 보 자 : 곤도 사끼에 [일본, 여, 1966년생, 결혼이주 20년차]
조 사 자 : 박현숙, 김민수

● **구연상황**

제보자가 딸꾹질 멈추는 법을 포함한 여러 민간요법 경험담 구연을 마친 뒤 조사자가 일본에 있는 산에 관해 묻자 제보자는 산에서 불이 타는 소리 '카치카치야마'와 관련된 이야기인 것 같다고 했다. 그러자 동석했던 코마츠 미호 제보자가 '카치카치야마'는 자신이 전에 구연한 〈못된 너구리와 꾀쟁이 토끼〉라고 설명했다. 곤도 사끼에 제보자가 자신이 아는 내용을 구연하기 시작했는데 코마츠 미호 제보자의 말을 듣고 등장인물을 너구리로 소개하며 구연을 시작했다. 그러다가 구연 도중에 등장인물이 너구리가 아니라 원숭이라고 정정했다. 제보자는 〈원숭이와 게의 싸움〉 이야기와 〈못된 너구리와 꾀쟁이 토끼〉 이야기가 섞인 이야기 구연을 마친 뒤 옛날이야기는 비슷한 요소가 많아서 헷갈리고 뒤섞인다고 했다. 이 이야기를 끝으로 곤도 사끼에 제보자와 코마츠 미호 제보자가 함께한 이야기판을 마무리했다.

● **줄거리**

옛날에 꽃게가 주먹밥을 먹으려 하자 원숭이가 자신의 감 씨와 바꾸자고 했다. 꽃게는 주먹밥과 맞바꾼 감 씨를 정성껏 키웠다. 감나무에 열매가 열렸는데 꽃게가 나무 위에 오르지 못하자 원숭이가 대신 올라가서 감을 따주겠다고 했다. 원숭이는 감나무에 올라가서 익은 감을 다 따먹고 덜 익은 감을 꽃게에게 던져서 꽃게가 크게 다쳤다. 꾀 많은 토끼가 원숭이에게 꽃게가 당한 소문을 듣고 원숭이를 혼내주겠다고 마음먹었다. 토끼는 원숭이에게 나무를 하러 가자고 유인한 뒤에 부싯돌로 불을 붙여 원숭이에게 화상을 입혔다. 원숭이가 따갑다고 하자 토끼가 원숭이에게 약을 발라 주겠다면서 고춧가루물과 바닷물을 상처에 발라서 더 큰 고통을 주었다.

[조사자: 혹시 일본에 딱딱산 이라고 있어요? 딱딱산?] 그게 아마 일본어로는 다른 말일 거 같은데, 번역한 거 같거든요. [청자: 딱딱?] [조사자: 아, 뭐.] 카치카치야마? [청자: 카치카치야마?] 그거 타는 소리인가요? 딱딱하고. [조사자: 그건 잘 모르겠고, 그 산과 관련된.] 카치카치야마 아닌가?

얘기했어요? 카치카치야마? [청자: 그 너구리랑 토끼 이야기인가요?] [조사자: 아 그게 너구리와 토끼 이야기인가요?] [청자: 저번에 이야기해 드린 거 카치카치야마.] 너구리(원숭이)가 하도 얄미워서 골렸는데 근데 옛날에 성냥이 없으니까 털 그렇게 마찰해서 불 했죠. 그 소리가 카치카치라고 하니까 카치카치야마라고 스토리가 됐다는 건 알고 있어요. [조사자: 그러니까 그 스토리를 아세요?] 대략? 자세히는 모르겠는데.

어떤 마을에 그거인가? 너구리(원숭이)●하고 꽃게가 살았어요. 근데 꽃게가 주먹밥을 어디서 얻어 와서,

"아, 맛있겠다."

먹으려고 하는데 원숭이, 원숭이가 왔어요. 근데 원숭이는 그게 감 씨. 감 먹는 감의 씨만 가지고 있는 거예요. 그거 먹어도 소용이 없죠.

"꽃게하고 바꾸자."

하고 이제 꽃게는 주먹밥 가지고 있으니까 바꾸자 했는데,

"오, 저는 괜찮아요."

해서 바꿨어요.

근데 원숭이는 그 자리에서 그 주먹밥 먹어버리고 도망갔는데 꽃게는 부지런하니까 땅을 파서 그걸 심어요. 그랬더니 맨날 물을 주면서,

"야! 니가 안 크면은 내가 잘라버린다. 안 크면은 잘라버린다."

라고 해서 매일 그렇게 주문을 하는 거예요.

그랬더니 잘라버리면 무서우니까 감나무도 점점점점 커져서 얼

● 제보자가 구연 후반부에 너구리가 아니라 원숭이라고 정정했다.

마 되지 않아 열매를 맺었어요. 그랬더니 꽃게는 열매 맺어서 너무 고마운데 나무에 올라가려고 해도 미끄러워서 못 올라가죠. 그랬더니 원숭이가 또 와서,

"오! 내가 준 감 씨잖아. 이거 나도 먹을 권리가 있다."

한 거예요. 그래서 원숭이는 나무 잘 올라가니까,

"아, 원숭이님 그럼 그거 따주세요. 제가 먹게."

했는데, 원숭이가 올라가서 먹어보니 너무 맛있어서 다 자기가 먹어버리고 밑에서 꽃게가 기다리는데 이거 감을 던져버려요. 그것도 익지 않은 딱딱한 감을 던져버리니까 꽃게가 골절이 됐어요. 그랬더니 꽃게가 그거 깨져서 거기서 애기가 나온 거예요. 애기 꽃게가 나온 거예요. 그래서 애기 꽃게가 막,

"엄마. 엄마, 불쌍해. 불쌍해."

해서 집에 모시고 간 거죠. 근데 그 소문이 나서,

"요즘에 꽃게 안 보이는데 왜 그러냐?"

하니까 이게 토끼가 왔는데,

"사실 이렇게 원숭이한테 당했다."

하니까,

"아, 내가 원숭이를 맴매해줘야겠다."

해서 갔는데 토끼도 지혜로워서,

"나하고 같이 나무하러 가자."

한 거예요. 그런데 원숭이하고 같이 나무하러 갔는데 그거 지게에 다 싣죠, 지게에 다 싣고,

"이거 같이 들자."

해서 갔는데, (인물을 정정하며) 아 원숭이다, 원숭이네, 너구리가 아니고. 카치카치야마가 원숭이네.

근데 원숭이 뒤에서 토끼가 그렇게 돌멩이를 두 개 카치카치해서 이렇게 소리를 내서 불을 지릅니다. 근데 처음에는 불을 안 지르고 소리만 내는 거예요. 근데,

"뭐 딱딱 소리 나는데?"

했더니.

“어, 몰라. 왜 그러지?”

그랬는데 두 번째 그 소리 나니까 신경 안 쓰고 그냥 앞에 가는데 사실은 짚에 불을 붙이는 거예요. 그랬더니 등을 타잖아요. 등이 타니까 이게 좀 불쌍하니까 그럼 토끼가,

“그럼 내가 치료해 주마.”

그러는 거예요. 근데 치료하는데 화상 입으니까 당연히 아픈데 거기에 고춧가루물을 발라 주는 거예요.

“이게 빨리 낫는다.”고

그랬더니 또 따가워서 아프죠. 따가워서 아프니까,

“아이고, 그게 따가워요.”

“그럼 좋은 약을 발라줄게요.”

하는데 그다음에 바닷물을 뿌리는 거예요. 그렇게 해서 그 꽃게가 그 불쌍한 꽃게를 그렇게 한을 풀어주게, 나쁜 놈 벌을 줬다.

그 이야기가 카치카치야마 맞죠? 틀리는 거 있어요? [조사자: 아, 틀린 게 어딨겠어요.] 아니 근데 옛날얘기가 섞여요, 자꾸. [조사자: 그게 비슷해서 그래요.] 이 얘기가 저 얘긴 거 같고. [조사자: 근데 그 섞이는 것도 의미가 있어요. 그러니까 별로 걱정 안 하셔도 돼요.]

근데 이게 패턴이 몇 패턴 있어요. 나쁜 일을 하면 벌주는 거. 욕심부리면 벌주는 거, 그리고 뭐죠? 거의 다 스토리가 그거 아닌가요? 착하게 살면. [조사자: 거의 다 비슷비슷하죠.]

근데 요즘에 그거 다 해설 바뀌는 거 아세요? [조사자: 어떻게 바뀌어요?] 그거 뭐지? 그게 뭐 얘기지? 갑자기 생각이 안 나는데 너무 착하게 살아도 속인다고 해설 바뀐대요. [조사자: 아, 해설을 해줄 때.] 네, 그래서 요즘에 아이들은 우리는 순수히 옛이야기를,

‘아, 그럼 착하게 살아야 되겠다.’

하고 교훈을 얻었는데 요즘 아이들은 안 그래요.

‘그렇게 바보같이 살면 속이니까 어느 정도 바보같이 살면 안 되겠다.’

그런 식으로 교훈을 얻는다고 들어서. [조사자: 그러니까 의미가 달라지는 거죠. ‘너무 착하게만 살면 안 되겠다.’ 이렇게.] 네네.

'착하게만 살면 사기 당하니까 조심해서 살아야 된다.'

그런 식으로 옛이야기가 그렇게 좀 완결돼서 해설하게 되는.

쥐 사위 고르기

● 구연정보

조사일시 : 2016. 11. 18(금) 오후
조사장소 : 강원도 강릉시 초당동
제 보 자 : 코마츠 미호 [일본, 여, 1969년생, 결혼이주 20년차]
조 사 자 : 박현숙

● 구연상황

제보자가 〈칠월칠석에 만나는 슈쿠조와 켄듀〉 이야기 구연을 마친 뒤, 한국의 〈견우와 직녀〉 이야기로 대화를 나누었다. 잠시 후 제보자는 구연할 이야기를 이리저리 찾아본 뒤 쥐가 시집가는 이야기를 들려주겠다면서 구연을 시작했다. 이 이야기는 어릴 때부터 알고 있던 것이라고 했다.

● 줄거리

옛날에 쥐 부부에게 어여쁜 딸이 있었다. 쥐 부부는 딸에게 세상에서 가장 훌륭한 신랑감을 구해주려고 했다. 쥐 부부가 세상을 비추는 태양이 가장 훌륭하다고 여겨 태양을 찾아갔으나 태양은 구름이 더 훌륭하다고 했다. 쥐 부부가 구름을 찾아가자 구름은 바람이 더 훌륭하다고 했다. 쥐 부부는 다시 바람을 찾아갔지만 바람은 벽이 더 훌륭하다고 했다. 벽은 쥐 부부에게 자신을 갉아먹는 쥐가 더 훌륭하다고 했다. 쥐 부부는 쥐가 가장 훌륭하다고 인정하고 쥐를 사위로 삼았다.

그 옛날에 어떤 곳에 어여쁜 쥐의 딸이 있었어요. 그 딸의 부모님은 그 딸 위해서 세상에서 가장 훌륭한 신랑을 찾아서 결혼 시킬려고 했었어요. 어떤 날에, 부모님은 항상,

"밝게 이렇게 비춰주는 태양이 가장 훌륭하다."고.

말하고 태양한테 가서 우리 딸하고 결혼해달라고 부탁하러 갔어

요. 그러더니 태양은,

"훌륭한 것은 저를 이렇게 덮어주는 저기, 구름입니다. 구름."

그래서 그거를 듣는 부모님은 구름이 있는 곳에 가서 우리 딸과 함께 결혼해달라고 부탁하러 갔어요. 그니까 그 구름은,

"저를 이렇게 후키토바스(ふきとばす), 이렇게 날리게 하는 바람이 더 훌륭하다."고.

말했어요. 그래서 부모님은 바람이 있는 데 가서 딸을 좀 부탁, 결혼해달라고 부탁하러 갔어요. 그니까 그 바람은,

"바람을 멈추게 하는 벽이 더 훌륭하다."고.

말했어요. 그래서 태양보다, 구름보다, 바람보다 훌륭한 벽을 넘어갈 수 있는 것이 없다고 생각한 부모님은 벽에 가서,

"우리 딸과 결혼해 달라."고.

부탁했습니다. 그러니까 벽은,

"가장 훌륭한 것은 벽을 갉아먹는 쥐입니다."

라고 말했습니다. 그래서 벽이 말한 것에 납득한 부모님이 저기 어떤 마을에 사는 멋진 총각 쥐하고 결혼하게 했습니다. 그래서 그 총각은 그 딸하고 결혼해서 행복하게 살았습니다.

[조사자: 쥐 신랑이네요? 한국은 두더지.] 아, 두더지. 그런 이야기. [조사자: 네, 두더지. 아버지가 "우리 딸에게 세상에서 가장 좋은 신랑감을 구해줄 거야."이렇게 얘기하면서 땅속에 있었으니까 세상에서 태양이 가장.] 네, 태양. [조사자: 이렇게 하다가, 결국엔 두더지가 최고 신랑감이다.] 어.

[조사자: 신기하죠? 똑같은 얘긴데.] 똑같네요, 어허! 그렇구나. [조사자: 저도 지금 신기해서 말씀드리는 거예요.] 어. 두더지 아니고 쥐네요. [조사자: 여기는 쥔데, 아마 다른 나라는 또 비슷한 얘기가 있을 거예요.] 네, 그렇구나.

[조사자: 요것도 어릴 때 들었던 기억이 있으신 거죠?] 네.

가뭄을 해결한 삼 년 잠만보

● 구연정보

조사일시 : 2016. 12. 16(금) 오후

조사장소 : 강원도 강릉시 교동 강릉문화원

제 보 자 : 코마츠 미호 [일본, 여, 1969년생, 결혼이주 20년차]

조 사 자 : 박현숙, 김민수

● 구연상황

곤도 사끼에 제보자가 〈설녀 유키온나〉 이야기 구연을 마친 뒤 조사자가 코마츠 미호 제보자에게 〈삼 년 고개〉 이야기를 아는지 물었다. 제보자는 일본의 유명한 옛이야기는 1차 조사 때 구연을 많이 했다면서 〈삼 년 잠만보〉를 들려주겠다고 했다. 곤도 사끼에 제보자가 청자로 참여했다.

● 줄거리

옛날에 삼 년 동안 잠을 자고 열흘에 한 번 일어나서 오줌을 누러 갈 정도로 잠만 자는 잠만보가 살았다. 그러던 중 마을에 가뭄이 들자 마을 사람들은 게으름뱅이 잠만보를 내쫓으려고 했다. 그러자 잠만보가 일어나서 산 위로 올라가 큰 바위를 들어서 쾅하고 내리쳤다. 그곳에서 물이 뿜어져 나와 강물이 생기고 가뭄이 해결되었다.

저는 유명한 이야기는 저번에 많이 이야기해서 그런데 [청자: 다 하셨어요?] 젤 하나 삼 년 네타로? [청자: 삼 년 네타로?] 삼 년 뭐지? 네타로. 네타로?라고 '잠만보'라는 뜻이에요. 음, 그러니까 제목대로 삼 년 동안 잠만 자는. [조사자: 잠을 잤다?] 네. 잠만 자는 사람 이야기인데.

음, 그거는 진짜 하루 종일 그렇게 잠만 자고 마을 사람들은 걔는 게으름쟁이라고 싫어하고 막 그러는데 근데 걔는 십 일에 한 번 일어나서 오줌 싸러 가는 정도로 정말 잠만 자는 사람이 있었어요.

근데 어떤 날에 마을에서 가뭄, 가묵이 와가지고 가묵? [조사자: 가뭄.] 가뭄이. 가뭄 와가지고 저기 물이 안 나와서 농사도 안 되고 안 됐다고 했는데 걔가 걔 때문에 재수 없잖아요, 그런 행동이. 그래서 마을이 이렇게 망한 거라고 사람들이 걔를 좀 퇴치하려고 했어요.

그래서 걔 때문에 마을이 벌 받는다고 그렇게 믿고 걔를 퇴치하려고 했을 때 그 애가 갑자기 벌떡 일어나가지고 갑자기 산 위에 올라가서 큰 바위를 들고 쾅! 하니까 거기서 물이 생겨서 강물이 생겨서 마을이 살았다고 하는 이야기예요.

그거는 무슨 뜻이 있는지 모르지만은 그 잠만 자고 있었던 걔는 지금까지 삼 년 동안 그렇게 했다고 하는데 그거를 위해서 생각을 계속 하고 있었다는 이야기예요. [조사자: 힘이 엄청 셌겠네요.] 네. [조사자: 음, 잠이 보약이다.] 네. (웃음) 생각을 더 하고.

마을을 부자로 만든 게으름뱅이 네타로

● **구연정보**

조사일시 : 2017. 01. 06(금) 오후
조사장소 : 대구광역시 중구 대안동
제 보 자 : 마츠다 타마미 [일본, 여, 1976년생, 결혼이주 7년차]
조 사 자 : 조홍윤, 황승업, 김자혜

● **구연상황**

조사자들은 마츠다 타마미, 마츠자키 료코, 묘엔 이치로 등 세 명의 일본 출신 제보자들과 카페에서 만나 이야기 조사를 시작했다. 제보자들은 각각 구연할 이야기들을 준비해 왔고 번갈아 이야기를 구연하는 방식으로 조사가 진행됐다. 첫 순서는 마츠다 타마미 제보자가 구술한 게으름뱅이 네타로 이야기였다.

● **줄거리**

시모노세키 옆 아사라는 지역이 있는데, 그 곳의 가장 부잣집 아들이 바보라서 아버지가 부끄럽게 여겼다. 그는 네타로라고 불렸는데 너무 게을러서 삼 년 동안 잠만 잤다. 그러던 어느 날 잠에서 깬 네타로는 아버지에게 배를 만들어 달라고 했다. 그리고 짚신을 많이 모아 배에 싣고 길을 떠났다. 40일 후 네타로는 흙이 묻은 짚신을 싣고 왔는데 짚신을 씻으니까 사금이 나왔다. 네타로가 가져온 금으로 아사 지역은 잘 사는 곳이 되었다.

시모노세키(しものせき, 下関) 옆에 아사(あさ, 厚狭)라는 지역이 있는데, 그 곳에서 마을에 가장 부잣집이 있었는데 그 부잣집에 아들이 좀 바보 아들이었어요.

삼 년 동안 계속해서 (잠을) 자고만 있었는데, 자고만 있었기 때문에 마을 사람들은 좀 가볍게 보잖아요? 아버지가 좀 부끄럽게 하셨는데 3년 3개월이 지나다가 갑자기 일어나고, 그 남자가 타로라고 해요. 타로가 이름인데 마을 사람들이 네타로라고 호칭 만들었어요. 네타로 '네'가, '자다' 하는 네, '타로'가 한국에서 '철수' 같은 거예요.

네타로가 갑자기 일어나서 아빠한테 배 만들어 달라고 했어요. 그리고 배 같이 짚신? 그 신는 거 있잖아요. 그 짚신으로 배 가득 쌓을 수 있게 많이많이 만들어 달라고 하고, 그리고 수부? 뱃사람, 뱃사람도, 그것도 고용해달라고 했어요. 아빠는 놀랐는데 그래도 돈이 있기 때문에 다 하자는 대로 다 만들어 주고 준비해서,

"그걸로 어떻게 하냐?"고.

물어봤는데, 타로는,

"아, 괜찮다."

하면서 뱃사람들을 데리고 배로 나갔어요. 어디로 떠났는지도 모르기 때문에 그 마을 사람들도 아버지도 이거 도대체 어떻게 된 건지 걱정했는데 네타로는 돌아오지도 않고 한 40일? 지났다가 갑자기 배로 왔는데, 그 배도 좀 다 떨어지고 그리고 안에 있는 짚신도 다 떨어지고

(구연 내용에 대하여 다른 제보자들과 일본어로 대화하며 확인하느라 구연이 중단됨.)

[청자: 부서질 만큼 정도] 그때 새로운 거 졌는데, 그렇게 됐기 때문에 너무 놀라서,

"이게 도대체 어떻게 된 거냐?"

고 물어봤는데 네타로는 그 기쁜 모습으로 그리고 뱃사공 너무 피곤한 모습으로 있는데, 그 네타로가 아버지한테,

"이제 괜찮다."

고 하면서 그 아빠한테 또

"큰 통나무를 만들어 달라."

고 했어요.

큰 통나무. 아니, 나무통? 나무통 만들어 달라고 하고 그리고 마을 사람들 좀 도움을 받고 싶다고 해서 다시 마을 사람들 부리, 부르고,

"도대체 뭘 하냐?"

고 물어봤는데, 네타로가

"이 짚신들 다 씻어야 되니까 좀 도와주라."고.

그래서 모두가 마을 사람들 모두로 3일 동안 열심히 씻었대요.

"근데 나무통에 있는 짚신은 다 버려도 되는데 그 물은 절대 버리지 말라."

고 했어요.

"다 씻고 나서 짚신은 버리고 물은 조금씩 조금씩 버려주세요."

라고 했는데, 조금씩 조금씩 버리다가 그 흙이 남잖아요.

그 흙 안에서 빛나는 게 있었어요. 금이 나왔어요. 근데 그 금으로 그 아사라는 지역에 늪? 늪 많은 지역이었는데 수정으로 논 만들고 그리고 관계 용수로도 만들고 해서 그 지역에서 농작물 많이 만들고 많이 생활 좋아졌다고 [조사자: 아사라는 지역 전체를 바꾼 거네요?] 네.

근데 그 금이 어디서 나왔는가 하면 그 당시에 사도가시마(さどがしま)●라는 완전 다른 지역에 섬이 있는데 그 섬에서 금이 많이 나와요. 실제로 있었던 [조사자: 사도 탄광?] 네, 금이 나왔는데. 그거 나라가 관리하기 때문에 그 섬에 있는 조그만한 흙이라도 가져갈 수 없었어요.

그거를 네타로가 삼 년 동안 돌아다니면서 어떻게 하면 가져갈 수 있는지 그거만 생각하다가 삼 년 후에 생각나서 다시 했는데, 그거는 진짜 실제로 있었던 이야기인데, 그거 옛날에 누가 그렇게 했다는 걸 알게 되면 좀 위험하잖아요? 그래서 좀 바보 아들이 했다는 그런 이야기로 바꿨어요.

[조사자: 그러니까 금덩어리를 가지고 나올 수 없으니까 그 금이 들어있는 흙을 다 묻혀서 나온 거죠?] 그 섬에 가서 새로운 짚신으로 마을 사람, 섬 사람들한테 다 공짜로 교환해준다고 해서 그래서 그 섬에 있는 사람들 다 오래 된 짚신을 공짜로 바꾸면 그걸 공짜로 받을 수 있잖아요. 그렇게 했다는 이야기가 있어요. [조사자: 그러니까 바보가

● 일본 니가타 현(新潟縣) 앞 동해에 있는 섬으로, 에도시대에 금광의 개발이 본격적으로 시작되어, 17세기 초엽에는 세계 유수의 산출량을 기록하는 금은 광산으로 발전했다.

아니라 천재였네요?] 네, 사실은.

[청자: 사실 네타로 이야기는 전국적으로 알려져 있는데, 그런 바리에이션variation은 처음 들었어요.] [조사자: 다른 버전 알고 계신 것 있으세요?] [청자: 네타로는 힘이 세요. 잠을 많이 잤으니까 힘이 세요. 그래서 산을 좀 공사를 하고, 그거 하고 논을 만들거나 그런 큰일을 했다라는 이야기였어요.]

[조사자: 네타로라는 이름은 같은데 하는 일이 다르구나?] 네, 이야기가 전국에 있는 것 같아요.

오리를 잡는 시골뜨기 곰베

● 구연정보

조사일시 : 2017. 12. 10(일) 오후
조사장소 : 대구시 달서구 신당동
제 보 자 : 마츠자키 료코 [일본, 여, 1982년생, 이주노동 8년차]
조 사 자 : 김정은, 황승업, 강새미

● 구연상황

제보자가 〈혀 잘린 참새〉 구연을 마친 뒤 바로 이어서 이 이야기를 시작했다.

● 줄거리

오리사냥을 하는 곰베라는 사람이 있었다. 그는 올가미를 이용해서 오리를 한 마리씩 잡았는데 어느 날 그렇게 사냥하는 것이 귀찮아졌다. 그래서 얼어붙은 호수에 가서 오리들을 한꺼번에 잡기로 했다. 넓게 올가미를 설치해둔 곰베는 다음날 아침에 호수에 가면서 오리들이 다 잡혀있을 줄 잡았다. 하지만 밤에 얼었던 호수가 아침에 녹아서 오리들이 하늘로 날아갈 수 있었다. 오리들이 묶인 올가미 줄을 잡고 있던 곰베도 함께 하늘로 이끌려 올라갔다. 그 이후로 곰베의 행방은 알 수 없었다.

오리사냥을 하는 어떤 사람이 있었어요. 곰베라는. 원래는 총으로 쐈는지, 그거 '큭'이라고 하는 그걸 썼는지 모르겠는데. [조사자 1: 덫, 덫?] 덫? [조사자 2: 올가미?] 올가미? 어, 어. 아마 그런 것 같아요. 그래서 오리를 한 마리, 한 마리씩 에노 했어요. 잡았는데. 어떤 날에 그 한 마리씩 하는 것이 귀찮아요. 귀찮으게 된 것 같아요. 그래서 (웃음) [조사자 1: 올가미 같네요.] 네, 올가미 맞네, 올가미요.

응, 그런데 겨울에 그거 다 호수, 호수로, 호수로 했는데, 호수가

다 언 상태로. 그래 가서 보고,

'아, 여기 있는 오리들이라면 한꺼번에 잡을 수 있겠다.'

라고 생각을 했어요. (웃음)

그래서, 그런데 올가미를, 아, 좀 애매하네요. 그래서 막 고 줄에, 줄에다가 올가미를 좀 설치하고, [조사자 1: 네, 덫처럼 그렇게 크게 했구나.] 어, 네. 그래 오리들은 낮에는 좀 다른 데 가서, 가고 있는데. 또 낮에 되면 또 여기 와서 쉬는다 하네, 밤이 되면. 그래서 그 올가미를 온 호수 위에 설치했다가 다 잡았대요. [조사자 1: 이렇게 싹 뺐구나.] 네.

그래서 이렇게,

"어, 잡았다. 잡았다."

라고 해서 아침에 가고.

그런데 올가미에 좀 갇혀 있으니까 몸 못 움직이는 상태로 그러니까 오리들 다 있었는데, 잡혔다고 해서 그 다 있는 줄들을 한꺼번에 이렇게 잡았더니, 오리들 그거 다 호수가 점점 녹아, [조사자 1: 녹아서 낮이 되잖아요.] 녹아서 날라갈 수 있었어요. 그런데 이렇게 좀 잡는 줄만, 줄 잡는 채 곰베는 하늘로 날아갔어요. [조사자 1: 아, 곰베가 날아갔구나.]

'어, 곰베는 어디 갔는지 모르겠다.'

그런 얘기. (일동 웃음)

빚쟁이의 속 보이는 속임수

● **구연정보**

조사일시 : 2018. 01. 10(수) 오후
조사장소 : 서울시 동대문구 용두동
제 보 자 : 이케다 마유미 [일본, 여, 1967년생, 결혼이주 22년차]
조 사 자 : 오정미, 한상효, 엄희수

● **구연상황**

제보자가 〈고구마가 퍼진 유래〉 구연을 마친 뒤 바로 이어서 준비해온 이야기를 들려주었다.

● **줄거리**

빚쟁이 남자가 빚을 갚지 않기 위해서 아내에게 자신이 죽었다고 말하게 한 뒤 관 속에 숨어 있었다. 빚을 받으러 온 사람들이 남자가 죽었다는 말을 듣고서 조의금을 주려고 하자, 아내는 미안해서 받지 않으려 했다. 그 모습을 본 남자가 관 속에서 받으라고 말하다가, 결국 사람들에게 들켰다.

아, 그게 '기점'이라고 다른 지역인데. [조사자 1: 기츠마?] 기점. 머리 좋은 그런 사람인데. 그게, 두 명, 그게. 보통 옛날에 연말이 되면 지금까지 그 사역도 쓰고, 그 빚이 많이 있으면 그 빚을 갚으라고. [조사자 1: 아 연말에?] 그런 사람이 있는데. [조사자 2: 일수, 일수.] [조사자 1: 아, 빚을 갚으라고 빚 받으러 오는 사람.] 그런 사람이 있는데,

'아, 금년에도 지나가는데 그게 빚을 갚으라고 오는 사람이 또다시 오겠구나.'

생각해서,

'아, 어떻게 해야 하지? 돈도 없는데.'

라고 생각해서 둘이 생각했는데. 아, 보니까 오고 있, 바깥에 그런 사람이 오고 있는 거를 봤어요.

"아, 그러면 우리, 내가 거기."

옛날에, 죽으면,

"죽은 걸로 해 달라."

"하자."고.

"죽은 걸로 하자."고.

해서, 거기 죽으면 큰, 나무로 되는 다루, 나무로 만든 항아리 같은...(잠시 생각하고) [조사자 1: 관?] 관. 관이라면 저기 옆으로지만, 저기 뭐랄까요. 그게, 뭐랄까요. 욕조 같은 그런, 나무로 만든 그런 게 있어요. [조사자 1: 아, 일본에는?] 일본에서. 옛날에는.

[조사자 2: 일본어로 뭐라 그래요?] 관이라고 할까요? [조사자 1: 그니까 관하고는 좀 다른 건데.] 옆으로 그렇게 돼 있는 거 아니고, 이렇게 됐는데. 옆으로 이렇게 하는 거예요. 저도 그렇게 좀. 그거를,

"나 거기서 돌아갈 거니까, 돌아가서 기다릴 거니까, 뭐 죽었다고 이야기해 달라."

라고 했어요. 그 부인이

"알겠다."고.

"그렇게 할게요."

라고 했더니,

그때 돌아가서 기다리고 있는데. 그 빚을 갚으라고 하는 사람이 왔어요.

"아, 이 금 년에는 이만큼 빌렸으니까 갚아주세요."

라고 했더니,

"아유, 어떡하죠. 우리 여보, 남편이 죽었어요. 어떻게 하나요. 죽었으니까 이제 갚을 수가 없어서 어떻게 해요?"

라고 해서,

"해!"

라고 해서, 몇 명 있었는데,

"죽었어요?"

너무 깜짝 놀라가지고.

“그렇구나, 그럼 안 되겠다.”

라고 해서 죽으면 돈을 줘야 되잖아요.

“알겠, 그러면. 너무 안 되겠어요.”

부인이, 그게 뭐라고 하지? [조사자 1: 부조금?]

“부조금을 줄게요.”

[조사자 1: 아, 그 빚을 받으러 온 사람이 오히려 부인한테 부조금을?]

“안 되겠어, 부조금을 줘야겠어요.”

그랬더니 부인이 당황해가지고,

“갚아야 되는데 돈을 받아야 되나, 말아야 되나?”

라고 했더니 관 안에서 들어있던 기점이라는 사람이,

“받아라. 받아라. 왜 그렇게 하냐?”

고 하는데,

“아, 그래도.”

하면서 했더니,

“아!”

하면서 갑자기, 죽었다고 생각하는 관에서 서가지고,

“빨리 받으라고!”

그러니까 깜짝 놀라가지고, 그분들도 놀라가지고 결국에는 갚아야 되는 상황이 돼버렸다라는.

[조사자 1: 아, 재밌다. 재밌어요.] [조사자 3: 되게 착하네요. 그 사람들이 돈 받으러 왔다가 돈도 주고 가고.] [조사자 1: 그렇지. 죽음 앞에서는.]

히코이치의 살아있는 우산

● 구연정보

조사일시 : 2018. 02. 03(토) 오전
조사장소 : 서울시 광진구 화양동
제 보 자 : 이케다 마유미 [일본, 여, 1967년생, 결혼이주 22년차]
조 사 자 : 오정미, 한상효, 엄희수

● 구연상황

제보자는 자신이 준비한 마지막 이야기라고 하면서, 지난번에 언급했던 히코이치에 대한 다른 이야기를 들려주겠다고 하고 구연을 시작했다.

● 줄거리

히코이치 집에 비가 오면 저절로 펴지는 살아있는 우산이 있다는 소문이 퍼져나갔다. 성주가 그 소문을 듣고 히코이치를 찾아가서 큰돈을 주고서 우산을 사갔다. 성주는 비가 오기만을 기다렸는데 오랫동안 비가 오지 않다가 어느 날 드디어 비가 왔다. 그런데 비가 와도 우산이 펴지지 않자 성주는 히코이치를 찾아가 따졌다. 히코이치가 그럴 리 없다며 우산을 보여달라고 하더니, 우산을 보면서 너무 말랐다고 울었다. 그는 성주에게 살아있는 우산인데 왜 밥을 안 줬느냐면서 우산이 굶어 죽었다고 했다.

마지막 이야기. 그리고 그것도 전에 이야기했던 히코이치의 이야기인데 살아있는 우산이라는 이야기예요. [조사자 1: 우산?] 네. 이 히코이치의 집에서는 살아있는 있는 우산이라는 신기한 우산가 있, 있다라는 것이 소문이 퍼져나갔어요. [조사자 1: 히코이치의?] 네.

그 우산이라는 게. 비가 오면 저절히 펼치고 비가 그치면 저절로 그 접히는 우산이라는 거예요. 그 소문이 점점점점 퍼져나가고. 드디어 성주 귀까지 다달았어요. [조사자 1: 손주?] 성, 성주. [조사자 1: 성주.] 예. 그리고 그것을 듣고 나서.

"그런 진짜 신기한 우산이 있으면 내가 갖고 싶다."

라고 이야기했대요, 성주가.

성주는 그래서 거기 성주는 그 히코이치 집으로 심부름꾼을 보내고 그거를 좀 달라고 이야기했더니, 히코이치는 그거를 거절했어요.

"이 살아있는 우산은 우리 집에서는 보물이기 때문에 가족과 마찬가지라"고.

"그래서 아무리 성주의 부탁이라도 거기 양보할 수 없다."

라고 했대요.

그래서 심부름꾼은 그것을, 그기 성주한테 이야기하고, 이야기했는데 그걸 거절당하기 때문에 그 살아있는 그 우산을 더 갖고 싶어졌대요. 거절을 당하니까 그래서 성주는 그 히코이치를 성에 불러왔어요. 그래서 그랬더니, 그래서 또 다시 이야기하고,

"도저히 못 참겠다고 거기서 그렇게 그러지만 네, 너가 원하는대로 금액을 낼 거니까 그거를 좀 받아달라."

고 했대요. 그 너가 좀 그렇게 좀 했는데,

"알겠다."고.

"그러면 항상 신세지는 성주의 희망이기 때문에 가난한 우리 집에 있는 거보다 성에서 사는, 사는 게 이 살아있는 우산에게는 행복한 것이다."

라고 했대요.

그래서 히코이치는 살아있는 우산하고 어, 아, 농기구, 거기 성주한테 큰돈을 받았어요. 그러고 나서 성주는 성주는 거기 살아있는 우산을 얻었는데 근데 그때는 날씨가 너무 좋은 날씨가 쭉, 이어가고 있어서, 비가 오는 날이 없었어요. 그래서,

"아 빨리 비가 오면 좋겠는데 빨리오면 거기 우산이 펼쳐지는, 볼 수 있는데."

라고 하면서 성주랑 거기 있는 그 부하들이 매일매일을 기대하면서 기다리고 있었어요.

"아 왜 빨리 거기 비가 오지 않는지."

라고 하면서 좀 흥분해서 기다리고 있는데 그러고 나서 그 얻어는 얻고 나서 스, 스즈, 몇 달 후에 드디어 비가 오기 시작했어요.

"아 진짜 그 살아있는 우산이 펼쳤는 것을 볼 수 있겠다."

라고 하면서 거기 있는 우산을, 가만히 쭉 보고 있었어요.

근데 살아있는 그 우산이 좀처럼 펴지도, 펴지지 않았어요.

"어떻게 하는 건가? 왜 그런 건가? 비가 모자라서 그러는 건가?"

라고 했대요.

그런데 그 비는 점점점점, 많이 쏟아지기 시작했어요. 많이 시작했는데 그래도 아무리 비가 와도 거기 우산은 펴지지도 않았어요. 그래서,

"왜 그런 건가. 왜 펴지지 않은 건가. 왜 누가 히코이치를 데리고 오너라."

라고 얘기했어요.

그래서, 그래서 그 성주가 그 거기 히코이치를 불러와서 그 히코이치한테,

"왜 그런 펴지지도 않는데!"

해서 너무 혼나서 많이 화가 나면서 이야기했더니,

"야 너 진짜 거짓말쟁이."

그러니까,

"비가 왔는데 왜 그 비, 우산이 펴지지 않는 건가."

"어 그래요. 어 이상하네. 오늘 같은 비오는 날에는 살아있는 우산은 크게 필요할 텐데 피지, 피지, 필 건데."

라고 했는데,

"잠깐 좀 그 살아있는 우산을 보여주겠습니까?"

라고 이야기했어요. 그래서 히코이치는 살아있는 우산 쪽에 가봤, 갔는데 슬픈 표정으로 그 성주한테 물어봤어요.

"어 너무 불쌍하, 왜 그렇게 삐쭉삐쭉 말라있는데! 그 성주님, 그 우산한테 뭐가, 먹는 것을 주셨습니까?"

라고 얘기했대요.

“네? 뭐야 그게. 그게 무슨 뜻이에요.”

라는 거예요.

“아 역시.”

라고 했대요. 그래,

“성주님 그 살아있는 우산은 그놈은 죽었습니다.”

라고 했대요.

“우산이라고 해도. 거기 살아있는 거예요. 그래서 살아있는 것은 반드시 먹는 거가 필요해요. 그 주의하지 않았던 나도 나쁘지만 그 성에는 그렇게 많은 사람이 있는데 아무도 그거에 대해서 그기, 눈치채지 못하는 거였으니까. 살아있는 우산요, 우산이라고 해서.”

그 우산 앞에서 어 큰 소리치면서 그 울면서,

“용서해, 용서해 주세요. 그 너무 죽어가지고 불쌍하다.”

라고 하면서,

“아무리 그렇다고 해서 그런 좀 불우한 장례식이라도 해줄게요.”

라고 하면서 왕왕 울었고.

그거를 보면서 어이없다고 생각하는 (웃음) 어 그 성주와 부하들이 하는 말이 없었어요. 하는 말이 없었다라는 이야기.

목욕탕에 간 우엉과 무와 당근

● **구연정보**

조사일시 : 2017. 01. 06(금) 오후

조사장소 : 대구광역시 중구 대안동

제 보 자 : 마츠자키 료코 [일본, 여, 1982년생, 이주노동 8년차]

조 사 자 : 조홍윤, 황승업, 김자혜

● **구연상황**

마츠다 타마미 제보자가 〈마을을 부자로 만든 게으름뱅이 네타로〉 이야기를 구연한 후, 마츠자키 료코 제보자가 이야기를 이어갔다. 증조할아버지에게 직접 들은 이야기라고 했는데 유래담 형태를 취하고 있는 소화였다. 마츠다 타마미와 묘엔 이치로 제보자가 청자로 참여했다.

● **줄거리**

옛날에 우엉과 무와 당근이 목욕을 하러 갔다. 이때 우엉은 목욕이 싫어서 안 씻고 나와 검은색이 되었고, 무는 열심히 씻어서 하얀색이 되었으며, 당근은 탕에 오래 있어서 열이 나 빨갛게 되었다.

증조할아버지가 해 준 이야기인데, 어렸을 때, 그것은 우엉, 무, 당근 이야기예요.

셋이 사이가 좋아서 같이 놀고 있었는데, 어떤 날에 한 번 목욕탕에 가자고 했어요. 목욕탕 갔는데, 우엉은 사실은 목욕탕 가기가 싫어서 많이 씻지 않고, 탕에 들어가지도 않고 따로 나갔어요. 그러니까 아직 몸이 더럽다, 검은색이다, 그런 이야기고. 무는 열심히 몸을 닦고 씻고 나왔으니까 하얀색이다. 당근은 정말 목욕을 좋아해서 목욕탕 안에 계속 있었으니까 열이 나서 빨갛게 되었다. [조사자: 뜨거운 물에 계속 담그고 있어서요?] 네.

방귀쟁이 며느리

● **구연정보**

조사일시 : 2016. 12. 17(토) 오후
조사장소 : 강원도 횡성군 횡성읍 읍하리
제 보 자 : 모우에 히로꼬 [일본, 여, 1967년생, 결혼이주 19년차]
조 사 자 : 박현숙, 김민수

● **구연상황**

제보자가 〈동물의 말을 알아듣는 모자〉 이야기 구연을 마치자 조사자가 제보자에게 동물 말을 알아듣는 사람에 관한 한국 설화를 간략하게 들려주며 대화를 나누었다. 잠시 후 제보자가 구연할 이야기의 제목을 일본어로 말했다. 제보자는 조사자의 요청으로 일본어 제목의 뜻풀이를 한 뒤 구연을 시작했다. 제보자가 구연을 마친 뒤 이 이야기는 어릴 때 자주 들었는 데, 시어머니가 날아가는 장면이 인상적이어서 기억에 남아있다고 설명했다. 오숙민 작가와 필리핀 국적의 수맘퐁엠마 제보자가 이야기판에 청자로 참여했다.

● **줄거리**

옛날 방귀를 잘 뀌는 예쁜 처녀가 있었다. 부친이 처녀에게 결혼하면 절대 방귀를 뀌지 말라고 당부했다. 처녀가 결혼하여 방귀를 참다가 얼굴이 창백해졌다. 며느리가 시어머니에게 허락을 받고 방귀를 뀌자 방귀 위력에 시어머니가 멀리 날아갔다. 남편이 귀가하여 이 사실을 알고 아내를 쫓아냈다. 며느리가 쫓겨가다가 동네 아이들이 배나무의 배를 먹고 싶어하여 방귀로 모두 떨어트려 주었다. 마침 왕이 행차하다가 갈증이 나서 배가 먹고 싶던 차에 며느리가 왕에게 배를 건넸다. 왕이 며느리에게 큰 상을 내렸다. 그 소식을 들은 남편과 시어머니가 며느리에게 다시 돌아오라고 했다.

이 이야기는, 그러니까 [조사자: 일본말로 뭐라고?] 해코기요매상, 해코기요매상, 그러니까 방귀며느리. [조사자: 아, 방귀며느리. 거기도

그런 게 있구나. 어떤 이야기예요?]

아주 착한 며느리가 있었나 봐요. 아, 그러니까 착한 아가씨가 있었어요. 예쁘고 일도 잘하고. 근데 그 딸의 고민은 하나 있었어요. 크게 방귀 뀌는 그런 게 있어서 그래서 그 아버지가,

"너는 결혼 하면 절대 방귀 끼면 안 돼."

그렇게 했어요. 그래서,

"알겠습니다. 그렇게 노력하겠습니다."

해서 결혼해서 며느리가 된 거죠.

그래서 그 며느리는 매일매일 즐겁게 살았는데 갑자기 얼굴을 (조사자를 쳐다보며) 뭐라고 해요? [조사자: 노래졌다구요?] 네, 그렇죠. 이거를 일본에서는 바랗게, 바랗다 그래요. [조사자: 빨개져요?] 바랗. [조사자: 아, 바랬다구요?] 바랬다. 바래졌어요, 그 며느리가. 그래서 시어머니가,

"왜 어디가 아프세요?"

그래서,

"어머님 사실 저는 방귀 하고 싶은데 참고 있었다."

"아, 그래. 그러면 신경 쓰지 말고 한번 편하게 해."

하니까, 그래서 그러면,

"아, 그럼 알겠습니다."

하니까 시어머니가 날아가는 거죠. [조사자: 아, 방귀를 뀌었더니? 시어머니 날아가고.] 나무도 날아가고 아무튼 그렇게 했대요. 그래서 그렇게 날아가는 거 보고 나서 그때 남편이 온 거죠, 남편이 왔어요. 그래서 화가 나서,

"너는 이렇게 방귀 많이 뀌니까 집에 가라."고.

"여기에서는 그래서 짐도 다 준비하고 나가버려."

그래서 집을 나갔대요. [조사자: 집에서 쫓겨났어요?] 네. 그래서 자기 집에 가기 전에 짐도 가지고 있고 걸어가는데 어떤 아이들이 나무에서, 그러니까 배나무가 있었는데 많이 달리는데 아이들이 이렇게 딸 수가 없어서 그래서,

'어떻게 할까?'

생각할 때 그때 그 며느리가.

"그럼 내가 한꺼번에 따 줄게."

라고 해서 방구 '뻥' 해서 배나무에 있는 배가 다 떨어지고, 그때 그 순간에도 임금님이 옆에 지나갔대요. 그때 임금님이,

"나는 목이 말라서 배 먹고 싶다."

그때 임금님한테도 드리니까,

"아, 맛있다. 어떻게 내가 목이 마른 거 알고 있었어? 오! 진짜 너는 대단하다."

그래서 임금님이 많이 상도 주고 그 소식을 들은 남편과 시어머니는,

"아, 잘했다."

고 해서

"집에 들어오라."

고 해서 집에 들어왔다. 이 이야기.

[조사자: 이 이야기 어릴 때 들은 기억이 있으세요?] 조금 있어요. 근데 제가 임금님을 지나서 이런 건 기억에 잘 없어요. 근데 방귀 나서 날아갔다는 건. [조사자: 그 장면이 너무 웃겼어요. 그래서 그 이야기를 아시는 거죠?] 그렇죠.

[조사자: 그게 어릴 때부터 전해지던 이야기라는 거죠?] 그렇죠. [조사자: 신기하다. 우리나라랑 똑같은 이야기인데] 아, 그래요? [조사자: 네, 우리나라도 똑같아요.]

범일국사의 탄생과 부부신 좌정 내력

● **구연정보**

조사일시 : 2016. 12. 16(금) 오후
조사장소 : 강원도 강릉시 교동 강릉문화원
제 보 자 : 곤도 사끼에 [일본, 여, 1966년생, 결혼이주 20년차]
조 사 자 : 박현숙, 김민수

● **구연상황**

곤도 사끼에 제보자가 〈복숭아 동자 모모타로〉 구연을 마친 뒤 귀신에 관해 잠시 함께 대화를 나누었다. 이어서 조사자가 곤도 사끼에와 코마츠 미호 제보자에게 강릉 단오굿의 주신 범일국사 탄생담에 관해 들어본 적이 있는지 물었다. 코마츠 미호 제보자는 들어봤으나 내용이 기억나지 않는다고 했고, 곤도 사끼에 제보자는 기억이 난다면서 조사자에게 일부 내용을 확인한 뒤 구연을 시작했다. 처음에는 범일국사 탄생담에 관해서만 간략하게 구연하고 마치는 듯했으나 뒤에 정씨여인이 부부신이 되는 과정까지 추가로 구연했다. 제보자는 구연을 마친 뒤 이 이야기를 알게 된 계기에 관해 자세한 설명을 덧붙였다.

● **줄거리**

강원도 강릉시 학산 마을에서 한 처녀가 샘물을 마시고 임신을 했다. 처녀는 주변 사람들의 비난이 두려워서 낳은 아이를 버렸다. 그런데 학이 아이를 돌봐주었고, 그 아이는 나중에 범일국사가 되었다. 강릉 수호신이 된 범일국사가 정씨여인의 부친의 꿈에 나타나서 정씨여인을 자신에게 시집보내라고 하자 부친이 거절했다. 그 후 정씨여인의 집에 계속 안 좋은 일이 생기자 부친이 어쩔 수 없이 딸이 내주었고, 정씨여인은 죽어서 범일국사 신과 함께 부부신이 되었다.

[조사자: 혹시 단오굿을 보신 적 있으세요?] 네네. [조사자: 미호 선생님도 단오굿 보셨어요?] [청자: 네.] [조사자: 강릉에?] [청자: 네.] [조사자: 그럼 그 단오굿에서 이렇게 마을 강릉을 지켜주는 수호신으로 범일국사라고 들어보셨어요?] 네네. [조사자: 그럼 그 범일국사가 어떻게 태어났는지 이야기 들어보신 적 있어요?] [청자: 태어난 거.] 아, 들어봤어요. 뭔가 [청자: 들어는 봤는데 기억이.] 그게 물 어떤 시냇가 있죠? [조사자: 네, 샘물.] 샘물 구정 쪽으로. [조사자: 구정 네. 혹시 그 이야기 기억나시는 부분까지만 해봐주시겠어요?] 네.

아, 들어는 봤는데 범일국사 그 물 마시면 어떤 여자가 애기 가져서 [조사자: 그러니까 구정에 어떤 여자가] 학 마을이죠? [조사자: 학산.] 학산에서 어떤 물을 마셔서 임신했어요. 근데 임신해서 낳은 게 범일국사인데. 근데 결혼도 안 한 여자가 아들을 낳았으니까 주변 사람들이 의심할 거니까 그 애기를 버렸어요. 버렸더니 학이 와서 그 애기를 키웠다. 그게 범일국사다. 그것까지만 알아요.

[조사자: 그럼 학이 키우고 나서, 계속 학이 키웠어요?] 그것까지는 모르겠어요. 근데 어떤 범일국사는 스님이죠? [조사자: 네.] 그러니까 출가해서 어떤 절에 들어가서 커다란 관인가요? [조사자: 아, 그러면 이 이야기를 어디서 들으셨어요?] 제가 단오제에서 조금 통역을 했어요. 근데 정식 교육을 받은 게 아니고 어떤 손님이,

"자매결연이 되어있는 도시 분들이 단오 보러 온다 그러니까 그거 통역하기에는 조금 기본 지식이 있어야 된다."

해서 좀 인터넷에서 본 거 같아요. 근데 몇 년 전이니까 지금 확실히 기억이 안 나요.

[조사자: 아뇨 지금 거의 확실해요.] 아 맞아요?

그래서 범일국사가 그런데 스님인데 뭐 나라를 지키는 유식? 최유식? 이유식? 김유신! 김유신 장군이 됐다던가? 나중에 나라를 지키는 김유신이 되고 그리고 혼자서 스님이니까 결혼 못하셨죠. 그래서 그게 어떤 지금 범일국사에 무슨 여신 있죠. [조사자: 여신?] 조씨, 조씨인가요? [조사자: 정씨.] 정씨. 아 맞아요. 정씨의 영적으로 나타나서 정씨 아버지한테 협박하는 거죠.

"딸을 달라."고.

"딸을 달라."고.

근데 몇 번 거절했는데 자꾸 집에 안 좋은 일이 생기니까 그 정씨의 딸을 범일국사 딸로 돌렸다. 그래서 육신하고 영이 결혼이 이루어졌다, 그렇게. [조사자: 그렇게 결혼이 이루어져서 강릉의 신이 된 거다?] 네. 신이 부부신이 됐다. 그렇게 알고 있는데 틀렸을지도 모르겠어요.

[조사자: 몇 개월 전에 들으신 거예요?] 들은 것도 있고, 읽은 것도 있고. 근데 제가 몇 년 전이니까 좀 가물가물합니다.

그래서 단오제가 부부신을 모시는 거죠? 근데 일본에서도 자매결연이 되어있는 도시가 그런 부부 신을 모시는 축제를 합니다. [조사자: 그럼 그 부부신은 어떤 스토리 같은 거 없어요?] 거기는 스토리는 들어본 적이 없는데 그 부부신을 이렇게 올리는 거는 건돈점(?) 이라고 그쪽에서 하셨어요.

[조사자: 그럼 거기는 어디예요? 자매결연 맺은 데?] 네, 사이타마켄● 지치부시.

● 사마타 현은 일본 도쿄도[東京都] 북쪽에 인접한 지역이다.

제보자 정보

곤도 사끼에

[일본, 여, 1966년생, 결혼이주 20년차]

곤도 사끼에 제보자는 한국인 남편과 결혼해서 한국으로 이주한 뒤 강원도 강릉시에서 20년째 거주하고 있다. 코마츠 미호 제보자의 2차 조사 때 동행하여 이야기판에 참여했다. 차분하면서도 유쾌한 태도로 구연에 임했다. 조사 취지에 맞는 이야기를 구연하려고 했으며, 동석한 코마츠 미호 제보자가 이전에 구연한 이야기와 겹치지 않도록 하려고 했다.

곤도 사끼에 제보자는 한국어 발음이 비교적 정확했고 구연 속도도 적당했다. 음성은 작은 편이나 청취의 어려움은 없었다. 기억력이 좋고, 상황에 대한 세부 묘사에 더해 이야기에 대한 자신의 느낌을 제시하기도 했다. 다양한 에피소드를 지닌 생애담을 거부감 없이 재미있게 구연했으며, 설화는 정확하게 아는 이야기만 구연하려고 했다. 구연한 자료는 총 14편이다.

노마치 유카

[일본, 여, 1974년생, 결혼이주 10년차]

노마치 유카 제보자는 일본의 효고현 간사이 지방에서 태어나 초·중·고등학교를 졸업하고 오사카로 가서 오사카대학교를 졸업했다. 대학 졸업 후 1년 동안 부산대학교에서 유학을 했던 제보자는 도쿄로 돌아가 증권회사에 다니다가 적성에 맞지 않아 한국계 IT 기업으로 옮겨 컨설팅 업무를 봤으며 다시 일본어학당의 관리직으로 이

직했다. 한국인 남편과는 남편이 일본에서 유학하던 시절에 교회에서 만났다.

노마치 유카 제보자의 한국어 구사 능력은 상급으로, 자연스러운 한국어 대화가 가능했다. 외국인에게 어려울 수 있는 고급 어휘들도 별 어려움 없이 구사했다. 이중언어교사 일을 하면서 한국과 일본의 언어와 문화에 대해 지속적으로 탐구해온 터라서 옛이야기와 문화에 대한 식견이 뛰어났다. 이야기를 구연하면서도 상당히 전문가적인 견지에서 이야기의 의미와 문화적 맥락에 대한 설명을 덧붙이고는 했다.

노마치 유카 제보자의 구연 항목은 민속과 속신, 문화, 신화, 전설, 민담, 민요 등 다양한 방면에 걸쳐 있었다. 1차 조사 때는 민속과 속신, 민요를 주로 구연했고 2차 조사 때는 본의 민간 신앙과 관련된 여러 설화를 집중적으로 구연했다. 총 2회에 걸쳐 50여 편의 자료를 구술했는데 자료적 가치가 높은 것들이 많았다.

마츠다 타마미

[일본, 여, 1976년생, 결혼이주 7년차]

마츠다 타마미 제보자는 일본 시모노세키 출신으로, 한국인 남편과 결혼한 뒤 경북 경산시에서 살고 있다. 경북대 대학원에서 사회학을 전공하다가 잠시 쉬며 육아에 전념하고 있던 중 조사에 참여했다. 어린 딸을 조사 때마다 대동하고 참여했다.

마츠다 타마미 제보자와의 만남은 건국대 인문학연구원의 정진아 교수를 통해 이루어졌다. 연구팀의 조사 취지를 전달받고 기꺼이 조사에 참여했으며, 매우 적극적인 자세로 일본 설화를 구술해 주었다. 주로 구연한 이야기들은 고향인 시모노세키에서 전해져 내려온 전설이나 일본인이라면 누구나 알고 있을 법한 민담, 그리고 일본의 여러 직능신에 대한 신화 등이었다. 총 2회에 걸친 조사에서 30편의 자료를 구연해 주었다.

마츠자키 료코

[일본, 여, 1982년생, 이주노동 8년차]

마츠자키 료코 제보자는 일본 아키타 출신으로 대학을 졸업한 뒤 한국에서 대학원에 다니던 중 타과 조교로 근무하고 있던 남편을 만나 한국에 정착했다. 민속학 분야에 관심이 많아 한국의 민속과 일본의 민속에 대한 지식을 풍부하게 지니고 있다. 현재 계명대학교 교수로서 일본어를 교육하고 있다. 대학에서 학생들을 가르치고 있는 만큼 유창한 한국어 구사 능력을 갖추고 있다.

마츠자키 료코 제보자와의 만남은 먼저 섭외가 이루어진 마츠다 타마미 제보자를 통해 이루어졌다. 구연한 이야기들은 아키타를 위시한 일본 중부 지방의 전설, 일본 대표 민담, 도시전설, 신화 등 이야기의 제 분야를 아우르는 것이었다. 조사자들의 개입 없이도 스스로 이야기를 구연해 갔다. 총 2회 진행된 이야기판에서 마츠자키 료코 구연한 이야기는 총 30편이었다.

모우에 히로꼬

[일본, 여, 1967년생, 결혼이주 19년차]

모우에 히로꼬 제보자는 1967년 일본 후쿠시마에서 태어났으며, 한국인 남편과 만나 결혼한 뒤 강원도 횡성군에서 19년째 시부모님과 함께 살고 있다. 슬하에 두 명의 자녀를 두고 있다.

모우에 히로꼬 제보자와는 총 3회에 걸쳐 조사를 진행했다. 처음에는 일본 동화책 여러 권을 가져와서 어떤 이야기를 들려줄지 고민했으나 2회 조사부터는 스스로 구연할 이야기를 미리 준비해 왔다. 첫 만남에서는 이야기를 기억하여 말로 구연하는 것에 부담감을 느꼈지만 점차 자신감을 갖고 구연에 집중했다. 1차 조사 때에는 일본에서 전해지는 유명한 설화 위주로 구연하다가 점차 무서운 이야기 중심으로 구연했다. 자료를 구연함에 있어 정확한 정보를 전달하려는 경향을 보였다. 그래서 구연 도중에 일본어에 적확한 한국어를 표현하기 위해 한국어 번역 사전을 검색하거나 조사자에게 적절한 단어를 확인하기도 했다. 한국어 종성 발음에 약간의 어려움을 겪었으나 의사소통에는 지장이 없었다. 총 3회의 이야기판에서 설화와 속담까지 21편의 자료를 구연했다.

묘엔 이치로

[일본, 남, 1952년생, 유학 3년차]

묘엔 이치로 제보자는 일본의 문예잡지 『문예춘추(文藝春秋)』의 편집장을 역임한 엘리트로서 퇴직 후 편안한 노후를 보낼 수 있었으나, 타국에서의 새로운 인생을 꿈꾸며 한국으로 왔다. 조사 당시 경북 경산시에 거주하면서 영남대학교에서 한국어를 배우는 한편으로 한국학과 석사과정을 밟고 있었다.

묘엔 이치로 제보자는 마츠다 타마미 제보자를 통해 조사팀과 만나게 되었다. 한국어 구사 능력은 중상급으로 대화에 큰 문제가 없었다. 이야기를 구술함에 있어 서사내용 전달보다 이야기의 의미와 전승 이유 설명에 더 큰 관심을 나타냈다. 이야기판에는 한 차례 참여했으며, 구술한 자료는 총 6편이다.

요시이즈미 야요이

[일본, 여, 1971년생, 결혼이주 13년차]

요시이즈미 야요이 제보자는 1971년 일본의 요코하마 근교에서 태어났다. 2005년에 결혼으로 이주하여 현재 남편과 세 자녀와 함께 경기도 화성시에서 거주하고 있다. 화성시에 있는 아삭도서관에서 방과후 다문화 강사 모임을 하고 있다.

요시이즈미 야요이 제보자는 설화 조사의 의의를 잘 이해하고 적극적으로 호응했다. 나가사키 출신의 아버지가 평소에 들려주었다는 지역 전설을 시작으로 자기가 아는 신화와 민담을 두루 이야기했다. 방과 후 수업뿐만 아니라 평소에 자녀들에게 일본 설화를 많이 들려준 경험이 있다고 했다. 구연한 설화는 모두 8편이다.

이데이 유미

[일본, 여, 1977년생, 결혼이주 15년차]

이데이 유미 제보자는 일본 요쿠하마가 고향으로, 2002년에 교회 소개로 남편을 만나 결혼했다. 남편과 함께 4명의 자녀를 양육하며 단란한 가정을 꾸리며 살고있는 제보자는 부업으로 다양한 일을 하며 한국문화를 자연스럽게 경험했다. 그중 자녀 교육이 가장 어렵다고 밝혔지만, 다양한 경험을 통해 성공적으로 문화적응을 하고 있는 중이었다.

이데이 유미 제보자는 유창한 한국어 실력으로 적극적으로 설화를 구연했다. 어린 자녀들에게 일본의 전래동화를 읽어준 경험들이 많아서, 설화내용을 구체적으로 묘사하는 특징을 나타냈다. 총 12편의 설화를 구연했다.

이케다 마유미

[일본, 여, 1967년생, 결혼이주 22년차]

이케다 마유미 제보자는 일본 구마모토가 고향으로, 일본에서 간호사 일을 하다가 한국 남자와 결혼하여 1997년에 한국으로 이주했다. 결혼 후 4남매를 낳았고, 서울 광진구에 살고 있다. 일본에서의 경력을 토대로 의료 쪽에서 일을 하려다가, 오래 할 수 있는 일을 찾아 통번역 일을 하게 됐다. 통번역 지원사업에 응모해서 2009년부터 일을 시작했다고 한다. 한국에서 가장 적응하기 힘든 일은 자녀들의 교육 문제라고 했다. 부모로서 최선을 다하며 워킹맘으로 살아가고 있는 중이다.

이케다 마유미 제보자는 서울시에서 주최하는 다문화 이야기 공모전에서 수상한 경력이 있을 만큼, 설화에 대한 이해가 높았다. 일본의 대표 설화 외에 특정 지역의 지명 설화도 구술해 주었다. 2회의 조사를 통해 총 15편의 설화를 구연했다.

코마츠 미호

[일본, 여, 1969년생, 결혼이주 20년차]

코마츠 미호 제보자는 1969년에 일본 아키타현에서 태어났다. 일본에서 직장생활을 하다가 남편과 결혼하면서 한국으로 이주했고 강원도 강릉시에서 20년째 살고 있다. 현재 박사과정에서 현대소설 비교문학을 전공하고 있다.

코마츠 미호 제보자의 구연할 때 목소리는 조용하고 차분하다. 발음이 정확하고 적절한 구연 속도로 서사를 진행시킨다. 의성어 사용이 활발하고 기본 서사에 살을 붙여가며 유려하게 구연했다. 가끔 손짓을 사용하기는 하지만 주로 입말 중심으로 구연해 나갔으며 구연하면서 자주 미소를 지어보였다.

코마츠 미호 제보자는 기억력이 좋고 준비성이 철저하여 많은 편수의 이야기를 구연했다. 그 이야기들은 대개 어릴 때 그림책에서 읽은 것과 TV에서 15분씩 방영한 옛이야기 애니메이션에서 본 것들이라고 했다. 설화를 구연함에 있어 일본 민속과 문화와 관련된 정보를 많이 전해주려고 했다. 총 2회에 걸친 이야기판에서 설화 중심으로 35편의 이야기를 들려주었다.

토리카이 쿠미코

[일본, 여, 1977년생, 결혼이주 10년차]

토리카이 쿠미코 제보자는 1977년에 일본 고베에서 태어났다. 한국인과 결혼한 뒤 경기도 안산에 거주하고 있으며, 슬하에 1남 1녀의 자녀가 있다. 다문화강사로 활동 중이며, 다른 이주민 강사들과 함께 안산 다문화 작은도서관에서 옛이야기 모임을 하고 있다.

토리카이 쿠미코 제보자와는 총 2회의 조사를 진행했다. 1차 조사 때는 할머니에게 어린 시절에 들었던 유명한 일본 설화를 간략하게 이야기했다. 다소 긴장해서 동석했던 다른 제보자나 조사자의 도움을 받기도 했다. 2차 조사 때는 훨씬 자연스럽고 밝은 모습으로 이야기를 무리 없이 풀어 나갔다. 주인공이 죽거나 조금 잔인하게 느껴질 부분도 재밌게 구술해서 청중들이 많이 웃으며 이야기를 들었다. 다른 제보자의 설화 구연에 적극적으로 호응을 나타내기도 했다. 2회에 걸친 조사를 통해 총 11편의 이야기를 구연했다.

후카미즈 치카코

[일본, 여, 1974년생, 결혼이주 13년차]

후카미즈 치카코 제보자는 1974년 일본 후쿠오카에서 태어났다. 2002년에 한국에 유학을 왔다가 남편을 만나서 결혼했고, 현재 경기도 오산시에 거주하고 있다. 일본어를 통번역하는 일을 하고 있으며, 다문화 강사로 초등학교 방과후 수업을 하고 있다. 오산시 도서관에서 김알라 제보자와 함께 다문화 강사 모임을 하고 있다.

후카미즈 치카코 제보자는 러시아 김알라 제보자 소개로 이야기판에 동석했다. 두 제보자가 번갈아 가면서 이야기를 했는데, 처음에는 부담스러운 모습이었지만 점차 자연스러워졌다. 수업 때 학생들에게 들려준 이야기와 어린 시절 들었던 이야기를 차분히 구연했다. 고급 수준의 한국어를 구사하며 정확한 발음으로 이야기를 전달했다. 구연한 자료는 5편이다.